辑一

我等就来唱山歌

钟永丰 著

上海文艺出版社
Shanghai Literature & Art Publishing House

目录

我的后殖民童年

　　我的后殖民童年记忆的封面，是土砖书房里，二叔听着美国灵魂乐歌手 Otis Redding（1941—1967）的《Sittin' on The Dock of the Bay》，眯着眼，蹙着眉，嘟着嘴，耸着肩，双手摆胸前，摇着牛仔裤紧裹的屁股，乘着慵懒的拍浪节奏，跳着他自以为称霸舞会的黑人舞步。

　　大概是抢市场，或反映现代化经济的飞腾，那时翻版唱片色彩大胆。Redding 这首歌收在一堆没什么逻辑的畅销曲杂烩里。从封套里抽出唱片，赫！是红沉沉的颜色，端起来对窗，立刻转成鲜跳的亮红。封面长得奇怪，但我用心地记住了。暑假结束，二叔要坐一整天的火车，回到远远的基隆，念那所被他当成舞蹈专科学校的海洋大学，书房里的电唱机与唱片，就归我专属了。二叔跳舞的样子，他吹嘘的舞会，我没有兴趣，但那唱片一放，哦，立刻有种东西要冲出身体，真像雨后的香蕉园：蚯蚓、蜈蚣，还有一堆莫名其妙的虫虫，蠢蠢蠕动！

　　1973 年，小学四年级，我不会英文。没关系！那些封面很好记,都是阿美仔(我们那一带对美国人的称呼)夸张、爱现、沉醉的表情。我迷上摇滚乐团 The Doors 的《Light My Fire》,放牛时哼着歌中的电风琴短旋律给九岁的童年听,牛的踩步变鼓点,天空不再寂寞。后来又发现 José Feliciano(1945—)的翻唱曲,轻灵地把原唱的狂喜塞进好几丈深的阴郁中,像母亲拿手的芋头饭,一口下去,味道有好几层。我心里按着这些新发现的喜悦秘密,无人可讲,如同母亲的心事,她刚腌制的酱菜,只能搁在最内层。

一个学期快得像天空只换几片云。二叔放假回来,顺便就把听腻、不喜欢或不再流行的唱片带回家。他走后我一张一张放,记住有意思的唱片。二叔追流行;有些歌很无聊,譬如《Knock Three Times》,什么敲三下,被黄俊雄布袋戏改成醉弥勒的喝酒歌,还是无聊。有些歌会在心上踩脚印,譬如《House of the Rising Sun》,翻成"日升之屋"。动物合唱团唱红的那个版本,被黄俊雄改成孝女白琴的送葬歌,依然痛肠。披头士的歌当然少不了,那首《Yesterday》真多人改编!最讨厌波尔玛丽亚大乐团的器乐曲版本,轻得像是鹅群赶路时掉下的碎羽毛。

二叔毕业,按学科,应该跑船,但他喜欢有阿美仔的热闹地方。希尔顿饭店刚落脚台北,他跑去应征,一试便中。二叔英文溜,人来疯,擅长即兴表演,头发自然卷,带点暗红,胡须又多,初中便被叫作荷兰人。他也真喜欢这称号;他的自我想象一定是阿美仔,我想,像 Tom Jones 之类的性感流行歌手,随便几首歌,女歌迷就把奶罩、小内裤扔上来的那种。二叔很快干上经理级,听说小费很多,但那时他已不买唱片。

　　二叔出生那年日本殖民政府退出台湾,韩战爆发第二年他念小学,美国在台湾撑起保护伞。他那一辈是第一批吃美援馒头、啃美援饼干、穿美援面粉袋内裤的小学生。国共进入冷战,美军顾问团进驻台湾,美军电台成天播送美国流行音乐。到了二叔的大学时代,仿美的年轻人纷纷冒出头。二叔在家,若看我呆在电视布袋戏或卡通里,准骂声没水平,然后正义凛然地把频道转奉给余光主持的《青春旋律》,等候张艾嘉、胡茵梦、苏芮出来美美地翻唱热门音乐。

　　当然,流行乐对念大学没帮助。能送二叔上大学,靠的是他兄嫂、我父母带着全家老小拼死拼活地种烟草。1970 年代是美浓烟草经济的顶峰,产量占全台 1/4。冬天一到,美浓平原乌绿一片,一两万人忙进忙出,几千栋烟楼日夜熏烤。烟草的产值远高于稻米,但劳动力需求大,工时又长,生产及销售受政府严控。父母那辈的烟农称烟业为“冤业”,无不希望孩子把书念好,将来坐横桌办公,拉拔全家脱开泥巴的沾黏。因此能考上大学的,最有资格享受家里的辛苦积累,况且他们还让家里在地方上这么有面子。

　　二叔是我家历来第一位大学生,受父亲及祖父疼爱,物质欲豁免于客家的省俭道德。想有电唱机跟上流行? 好,去买。想载女同学缺摩托车? 好,去牵。二叔那一辈的美浓大学生,是我镇历史上最紧跟现代流行的一群后生。他们疯电影、迷美国流行文化,成群结队游乐。当然,家里的农事仍得帮多帮少。于是交代完白天的分工,二叔他们弄来手提电唱机,架在秋收的晒谷场中央,大伙儿围着跳舞。熏烟叶的寒夜,二叔绝不一人掌火,随时都是一伙后生聚在烟楼,听着电台里的流行乐,把偷来的鸡、摸来的狗,煮成下酒的宵夜。他们是我镇历史上仅有的纨绔子弟,烟草时代的宠儿。

二叔是我们这些土孩子眼中的文化英雄,他每年寒暑假回来是大事。若他兴致好,会召我们进土砖书房,用电唱机为大家播放最近买的唱片,讲解最新的流行观点。"你们听,那黑人嗓音,拉得多漂亮!"为了说明黑人音乐如何纠结灵魂,他会仰头眯眼、双手抓心。"还有那节奏,碰!碰!碰!"二叔讲着讲着,又唱又跳。我们这些土孩子眼瞪瞪,像在看特技表演。

可是,我们这种大耕作农家,怎有书房?祖堂以外的房间,吃饭睡觉、存放谷物是最高优先,哪还有什么写字房?若真肯读书,饭桌上、屋檐下就行啦!我出生那年,父亲的朋友福庆叔从台北带来一位叫 Myron L. Cohen(1937—)的犹太阿美仔。这位阿美仔是美国哥伦比亚大学的人类学博士生,想研究中国大陆的客家农村,但受冷战阻碍,不得而入。他跑来台北,在"中央研究院"探询替代研究地点。福庆叔在那儿做行政,学术接待与他无涉,但一听到客家,耳朵自动伸长。

套用现在的话,福庆叔定被说成沙文主义者。他把 Cohen 拐下来的说辞不外乎"客家保存最多中国文化,而美浓又保存最多客家文化。"福庆叔跑来我家晓以大义,父亲重视读书人情谊,不理母亲啰唆,决定让 Cohen 住下来。

合院里刚好有一房人外迁。他们答谢母亲的生活接济,让我们使用留下的空房间。父亲把搬空后的厨房、客厅转做工具间与车库,安排 Cohen 住在他们的卧室,我们称为"上片间"的土砖房。

他在村子里穿梭,尖鼻卷发碧眼,操着怪腔怪调的客家话进行田野工作，为劳累的农村生活增添趣妙。精通汉文的Cohen为自己取了个"孔迈隆"的中文名，我们便称他做"孔先生"，隐约觉得他跟孔子一定扯得上关系。他研究我们村子，而村民加油添醋地交换他闹出的各种笑料，也称得上是人类学交换吧。

他留传的笑话大抵跟食物有关。譬如我们用来配稀饭的豆腐乳，第一次他是大块入嘴，害我们家的媳妇惊恐不已。早上珍贵的煎鸭蛋，他出手一挟便是完整一块！"那可是要分成四小块，而且只有老人家与要下田的人才能挟来吃的呀！"几十年后母亲谈起仍旧心疼。

孔先生在我家住了两年。读高中的二叔发现孔先生跟他一样崇拜肯尼迪，讨厌尼克松，骄傲地四处宣扬。念初中的小叔溜进上片间，抓着他问音标，从此对英文有了巨大的自信。孔先生离开后，房里留下一个新式衣橱，一把大同公司与美国"西屋"（Westinghouse）技术合作的电扇，以及版本众多的阿美仔记忆。至于他做的研究，得等到1990年代初我与妹妹参加社会运动，搞田野调查，并读了一些人类学、社会学与政治经济学之后，才有办法理解。

但我家至此有了书房，爱漂亮的小姑第一顺位占用，她去高雄念高中后轮到二叔，然后是小叔、大姊、二姊及三姊。轮到尾巴的我与妹妹时，家族中十五岁以上青壮人口，除了各房长子长媳必须留下来种田、侍奉长辈外，全都离农离土。

书房里迭起两代人的文化层：各种学校制服、教科书，过时的洋装、大衣，过期的《时代》杂志、《今日世界》、《读者文摘》。衣橱里有一个抽屉，塞满了他们青春玩乐的郊游照片，间杂着孔先生没带走的田野照片,最滑稽的是他参加村里婚庆时被新人请烟吃槟榔的景象。有时我把自己锁在书房里听唱片,翻着相片里那些来不及参加的盛会,心里泌出又黏又沉的什么。这种感觉既陌生又让人溺着舒服,正合宜听 Hank Williams(1923—1953)的《Your Cheatin' Heart》。

到了国中,我开始注意大姊带回家的东西。她是族里第一位考上大学的女生,但老一辈的男尊女卑观念让父亲高兴不起来。母亲不服气,对祖母说:"我做生做死,供你的儿子读大学。现在我女儿考上,就算食饭配盐,我也要缴她读!"

祖父疼这位勤奋善办的闽南长媳,没有横加阻止。父亲交代他二弟,我二叔,好好照应小他四岁的侄女。二叔定期给大姊生活费,开启了我们家出外,一个拉一个的传统。二叔阔气,要她尽管带同学去希尔顿,他请吃饭,领她们见识真正的阿美仔舞会。

可大姊的思路有点是美式现代化的逆流。她念中国历史,有民族主义与古典文学情怀,不喜欢浮夸的阿美仔文化,更讨厌装洋卖弄。她也买唱片,但偏爱国乐、京剧、古典音乐与民谣。前三者对我没什么作用,但民谣则令我的品味系统打架。

大姊带回 1970 年代台湾民歌运动的第一批唱片,我隐约感觉远方有人同样听二叔听的那些音乐,但耳朵长出了刺。我读唱片附页的说明,他们说要唱自己的歌,但一时间我还没准备好听他们的歌。我知道我的耳朵生出了美国舌头,但我脚下踩不到新的基础;我感到慌乱。

杨弦唱余光中的诗,胡德夫用国语唱自己族里的歌,我心里尊敬。但他们的唱片一放,我的两只耳朵就开始辩论:右耳说生涩，不好听，简直像艺术歌曲嘛！左耳说应该要支持，不能这样计较。在我早期的音乐聆听史里，大姊带回来的唱片既是窗口，又是疑问。

那些民歌唱片的内文提到美国民谣歌手 Bob Dylan 及 Joan Baez 对他们的影响，我猛然想起二叔的排行榜唱片里有他们几首歌。回头重听，果真在摇滚乐丛林里发现一片草原风景。大姊的唱片提醒了民谣在流行音乐中的重要性；听着听着，慢慢领会了一些个性差异：摇滚乐——像 Steppenwolf 的《Born to Be Wild》之类的，是在用力吼情绪、欲望，而民谣——像 Joan Baez 的《Donna Donna》，则是在说故事。

大姊从台北带回家的，还有几十本翻译的心理学、文学及哲学丛书，出自志文出版社的《新潮文库》。大姊把它们放在书橱上最显目的中央位置，长长一列，正对着电唱机上的黑胶唱片。在离家念高中之前，我好几次拿下来跟它们对看，从没能读进其中任何一本。但那些书名，什么《自卑的超越》、《悲剧的诞生》、《意志与表象的世界》等等，却不断地召唤。我想我一定要上大学，读通那些东西。

二十几年后重提这段，大姊一脸歉然，说她也一样，从没弄懂。

我那被摇滚的青春

一

多么希望我那十八二十时的无聊青春是浸在唢呐、八音、北管,或泡在某个对着时间长倒刺的村落野传统里。但一切晚了;现代化潮涨,摇滚乐像可口可乐,甜水里掺瘾药。淹过下巴,我始觉不对劲。

1980 年初,我念高雄中学。第一年寒假,我跟随家里的读书人传统,回乡当帮农,分担烟事。报纸、电视新闻以及午间连续剧,整天通缉美丽岛事件中的主谋者。城里的学生社团,尤其是高中女校的康乐队,纷纷被动员去医院慰劳那些号称被暴民打伤、砸伤的军警。学生在病床旁弹吉他,跟绑着绷带的阿兵哥合唱爱国歌曲:一幕幕军民同歌共泣的画面。是啊,才一年多前,美国这无情绝义的家伙,竟然弃我们而去。值此风雨飘摇之际,我们怎能不团结,纵容这些坏分子?

我路过了那件事。

年前，12 月 10 日下午，雄中操场边突然放满镇暴车。从没见过这款场面：那些象征国家武力的机械铁青着脸，瞪着我们打排球。隆冬，五点多几分，球影已模糊，我只好骑脚踏车回宿舍。出校门不远，寻常的路线开始折腾。以中山路与大同路交口为圆心，铁蒺藜团团围住一大片区域。我沿着外缘绕路，远远看得到里面有人集结、演讲。好比气象新闻里的台风云层图——那发出激昂声音的地方，应该就是台风眼。

我的政治敏感度尚在稚幼阶段，不太能理解铁蒺藜与演讲的关系。但气氛急切倾斜，透露着不祥，引我回童年某晚，堂哥发仁在窗外压着声音问我，要不要跟他去北上塘。"去北上塘干嘛？"我问他，那里很暗，没几根电线杆啊。"有凶杀案，要不要去啦？"一阵惊怖，空气通了电。大人一定反对的，但我放下铅笔。到了现场，根本进不去。屋外村民围了几圈，里面人影幢幢。村民的神经像是连通着，里面一有动静，他们就如芦苇般晃动。"发仁哥喔！我看不到哇。"他理都不理，探头张望一阵，随就钻了进去。

这次不用他带。我回家紧快洗澡、吃饭，然后骑车赶往台风眼。台风圈早已扩大好几倍，铁蒺藜外多了警察，挥着棍子赶人，我只好折回。第二天早上，路障撤了，我骑过前一晚的台风圈，眼前所见，像极了 1977 年，中度台风"赛洛玛"过境：安全岛上的栅栏被拔起，行道树被推倒，沿街的窗玻璃被砸破，地上有各色各样的碎物。升旗典礼上，教官大声谴责暴力事件，校长呼吁爱国。我呆呆地仰望，感觉他们在用力兜拢破洞的天空。

采完一季烟草，回到城里开学，街上空气很闷。想起猫王

Elvis Presley 两年多前过世,我还没好好听他的歌,几个国中同学都在疯他呢。买了猫王的纪念精选集,但怪了,以前听二叔留下的排行榜唱片还会专找他的歌,怎么现在放他早期的成名曲像《Heartbreak Hotel》、《Hound Dog》、《Jailhouse Rock》,老觉得做作、别扭,像是使劲在揣摩原本不属于他的东西?

由于被殖民的童年,唱片行是少数我能与这城有所联系者。但逛几下便感挫败;唱片柜里的东西,远超过二叔大学毕业后留在家里的畅销歌选集。儿时养成的品味,也顶不住新东西的冲刺。我渴望更有系统的介绍,耳朵转向电台。午夜有个播放轻摇滚乐的节目,每晚十二点差十几秒,一个说故事大姐的声音就会缓缓地洒出:今——夜——星——辰,然后我便感觉天文台的屋顶慢慢张开,满天星星漏进来,无线电望远镜伸出,准备探听外层空间的密语。

那么畅销流行的音乐,我却听成密码,用以解读内心的私密! 若干年后看到一篇故事,讲一位日本著名爵士乐评人在二战期间,每晚掩在棉被里偷听美军电台的爵士乐节目。80 年代初,我方虽不与美国交战,但那些讲述着身体冲动与灵魂渴望的轻妙絮语从压抑的缝隙中湿湿地渗进来,随便一道凝视的光,就可使它们化显为彩虹。无线电送来 Simon & Garfunkel;他们属于雾蒙蒙的冬天,清冷,世界闭嘴,一个人开窗张望,或独孤踱步。他们唱 I'm a Rock,我在脑子里剪辑,把曲子配给美丽岛事件翌晨的喑哑街道。

但只消一个学期便腻了那个节目;他们选放的音乐太轻、太软,搭不上十六七岁陡升的浮躁。高二下学期有个大发现:班上那些前几名、我以为天资聪颖又对课外知识有热忱的学生,原来晚上都在补习班加强操练考试技能。我记得德高望重的校长在高一的新生训练上说过,我们雄中是一流的高中,不用补习,学生课后都还能发展其他的兴趣。

我当真,下课后把排球当专业,跟全校最能打的八九名学生组成校队。我们想代表学校参加城里的中学联运,需要教练与队服。他们推我当队长,怂恿我去找校长。校长和蔼慈祥地提醒我,说这里不是体育学校,要教练当然没有,但是可以补助你们几百块做衣服。好!没关系,谢谢!我们自己找来排球专书,书呆子那样地边看边讲解边练。队员们很肯定,说我带得很好,顺便当教练好了。

没有理想,也无所谓幻灭、背叛。只是原本设定的读书/考试/升学三步骤,变得更薄。我也侥幸了,反正升上高三,有没有毕业都可以考大学,排球打起来更狂。队友们也这般见解,一群疯子全周无休,下课打到暮茫,晚上聚在一起讨论攻守队形变化,做梦都会举双手封网,吆喝一声"唛走!拦死你"。高三下学期结束,六科宕了四科,当然领不到毕业证书。我跟父亲说大学联考不必考了,我准备再多读一年高三。

父亲不同意,叫我去报考,说不定会有好运气。又不是买爱国奖券,我笑着应说,但还是听他的话去考了。结果六科只考126分;当年私立女子大学的最低录取分数折一半,都还比我多四分。父亲这才知道我高三根本没念书,生了气,不准我回去念,怕我又在球场多耗一年。他让表哥阿忠带我去台南注册补习班,之后我回雄中办退学手续,领到一张高中三年的同等学力证明,再回到球场,跟队友们最后一次练球。我问父亲,如果明年我考上大学,可不可以给我买一套音响,像他当年买给二叔那样？他说可以，不过私立大学不算。

阿忠表哥大我一届，在台南补习一年考上医学院，觉得他选的补习班与租屋的房东都不错，顺便也把几个愈补愈大洞的同学介绍过来。第一天下课，我便跑去不远的成功大学察看排球场的环境，发现校队在练球，书包一放我就下场了。他们瞧我身手不错，告诉我每周练球时间，欢迎我加入。我仍热衷排球，但没那么痴疯了。答应父亲的必须做到，可这承诺并不能使补习升学的意义饱满。我想起大姊念放家里的那些标题正经得像宗教的书本，什么《查拉图斯特拉如是说》、《意志和表象的世界》等等，想说哲学也许可以救救我的虚空。

我跑去书店买了几本翻译的哲学书，狠狠地逐字逐句看了几晚，没有一页能领略，最后勉强在号称实用主义哲学家的杜威书里看懂一句话：哲学来自生活。原来我的生活贫乏，提炼不出哲学思维！可我关在补习班的冷气教室，又何能体验生活呢？读小说也许是个办法！自己活得窄，那读别人的生命故事，总会有点长进吧！然而书店里的小说那么多，怎么下手？我想到高中的三民主义课本都在骂苏联革命，那他们的小说是不是跟叛逆、革命有关？于是便专挑苏俄的翻译小说来看。

但生活费就那么点，买一本看一本，一个月要多花好几百！怎么好呢？我发展出一个办法：两三百页以下的小说，像普希金、果戈理、屠格涅夫、契诃夫的中短篇，书店里站着看就好了。长篇小说——像托尔斯泰、陀思妥耶夫斯基、索尔仁尼琴、帕斯捷尔纳克、肖洛霍夫等作家的，买回去慢慢看。我为自己订下严格的生活规律：中午下课立刻冲去吃饭，再去书店看小说，傍晚打排球，晚上备考到十二点，再看长篇小说至两点。看了十几本后,觉得对俄国文学的历史演进缺乏理解,胡乱读好像消化不良,便停下来,专心把马克·斯洛宁的《现代俄国文学史》读完,再依着文学史的脉络选读小说。这样到次年联考前,我看了四十几本小说,几乎把书店里的俄国文学扫光。

有什么帮助吗?不知道!但体内除了运动与性幻想外,多了写诗的微妙冲动。所谓"微妙",想写时写不出,一旦收笔,某种像是字词碎屑的东西又会不由控制地——像是从失禁的自律器官,滴漏而出。另一收获是,我确信大量阅读必须辅以历史观照。

联考发榜,我考上成功大学的土木工程系,排球场上的球友立刻将我拉进校队,从此免上体育课。父亲慷慨信守承诺,花了两万多块请隔壁村的高工电子科老师组了一套音响,摆在家里的书房;我的摇滚乐青春于焉起程。

二

我在1984年碰见许国隆先生。知识上他好高骛广,生活上他根深蒂固,绝少离开台南——他生长的都市。我被他的品位撞击,又受他的慷慨收惊,如此反复,为我的1980年代铺了节奏。两年后他辞掉国中历史老师的教职,在中正路他家二楼开设轰动武林的唱片行——惟因唱碟名店。来店的客人不分年纪,亲昵地叫他"苦仔"。知道他们那一辈知识分子熬过存在主义式的疏离,我为他感到高兴。但我始终称他"许先生";对我而言,"先生"代表着最高级的内涵与敬意。

我认识许先生,乃由于一连串带有必然性的偶然。

　　读完《现代俄国文学史》，我横生一个企图，欲从摇滚乐里听出头绪。书店里找不到摇滚乐专书，我转向旧书店。寻到东门圆环陆桥下，看到一家旧书店，老板遗世傲岸，背驼着，走路时眼神斜睨，想是在喃喃自语，或担心旁边堆叠如危岩的书塔。钟阿城小说《棋王》里的收破烂老朽高人，捷克小说家赫拉巴尔的《过于喧嚣的孤独》里嚅嗫着老子《道德经》的废纸处理工人，后来都在我脑中显影为那位老板。他们是知识森林里的食腐者，专供精炼的腐殖质。

　　拐角处堆放了一大摞过期的《音乐与音响》杂志，我原本以为这种为资产阶级音响迷所办的杂志里，只会介绍做作的古典音乐。信手翻翻，没想到其中还有讨论摇滚乐的文章。抱了十几本回宿舍，把里面讨论音乐的文章剪下来，贴在素描簿上。神奇的是，写摇滚乐评论的人竟然是摄影名家张照堂。他在1970年代初，为恒春传奇民谣歌手陈达所拍摄的一系列影像记录，早已是国家级的文化资产，只不知他尚是摇滚乐的厉害写手。

　　张照堂先生在1975、1976年间的三四期《音乐与音响》杂志里，写了几篇深切影响台湾摇滚青年的音乐评论，我有幸躬逢其盛。他的摇滚乐书写不是泛泛的介绍，而是有见地、品味与文字洗练的评论，且处处是旁征博引的洞察。譬如他谈论美国鬼才吉他手 Jimi Hendrix 的前卫性，开宗明义便是"超越时代一万光年"的吓人口吻；评论 Bob Dylan 的时代性，是大气派地以"Dylan 作为文化现象"的广角镜带入。

　　张照堂最吸引我的一篇文章，是他以凯尔特文艺复兴运动为场景，极富洞察力与说服力地诠释爱尔兰歌手 Van Morrison

的摇滚诗学。尤其在诠释 Van Morrison 的专辑作品《Astral Weeks》时,他精确地溯源了爱尔兰诗人叶芝的文学影响。为说明两者间的联系,文中他选译了叶芝的短诗《爱的忧伤》:"于是你来,带着悲哀的红唇,于是世上的一切泪水尽与你同来,还有那颠簸之船的一切忧伤……"其译文节奏之板荡,令我直以为张照堂的翻译功力远胜杨牧、余光中等译过叶芝的文学名家。1970 年代中期,台湾已有盗版唱片公司翻印 Van Morrison 的专辑了,但独不见这张《Astral Weeks》,于是在文末,张照堂嘲笑这些唱片商"只喜欢抽烟屁股"。

　　张照堂的文章搔了痒,却无由入胜。逛遍台南的唱片行,找不到他认定的第一口烟。有一天,听说台北的进口唱片公司太孚倒闭,一大堆进口唱片折价脱售,我赶紧冲去一家叫华歌的唱片行。唱片行在纵贯线铁道旁,挑唱片时每隔十来分钟便要听到辘辘滚滚的火车声。我蹲在一堆清仓唱片前,兴奋地挑着,不久旁边也蹲了一位买客,用食指与中指,噼里啪啦地翻唱片。我用眼角瞄了一下,是中年男性,看他翻唱片的速度,应是收藏等级的行家。

　　突然他举起一张唱片,问我有没有收。哦,我说,是俄国神秘主义作曲家斯克里亚宾的重要作品《喜悦之诗》,我收了。他没接话,把唱片放回,继续他的噼里啪啦。"那这一张呢?"他不死心,又举起另一张。我接过唱片,端详了好一阵子,承认自己识见不广。"这一张啊,"他拉高调子,略带老子终究高你一筹的语气,"是墨西哥国民乐派的集结作品,其中这一首 Carlos Chavez 的印第安交响曲,"他翻到另一面指出曲目给我看,"是美国的大学音乐学院作曲课程的指定教材。"

　　哇！我心里暗暗折服,这家伙连拉丁美洲的国民乐派都知之甚详。"那你听不听摇滚?"我问他,带着五体投地的仰角。"听呀! 那是好东西,为什么不!"听古典的若也听摇滚,一般品味保守。"那你有没有 Van Morrison 的专辑《Astral Weeks?》"用这张试,标准够高了吧。"有啊,"他冷冷地回答,口气里没说出的是,你连这张都没有,恐怕连入门都还算不上吧。我惊喜过望,冲口直问可不可以去他家听?"可以,来呀!"

　　我忘记那晚有没有请教他贵姓大名、今年贵庚、在哪高就啊等等这些俗常的客套问题,反正逐渐知道他叫许国隆,长我十一岁,老台南,文化大学历史系毕业,在一所国中当教员。1990 年代初认识一位社运前辈蔡建仁老师,正好是许先生的台南一中同学。蔡老师说,许先生高中一年级便展现超龄的文学品味,陈映真先生刚在《笔汇》杂志发表早期作品时就被他发现。他搜罗陈映真散见各处的作品,剪辑成册,让全班传阅,跟着他着迷。班上很快形成一批死忠党羽,他读什么,他们跟着读。要命的是,联考前夕,他老兄恋上红楼梦,整天优哉地圈呀圈、点呀点,那些可怜同学东施效颦,结果不是没考上,便是吊车尾。

　　他领我进音响室,正是他的卧室,床垫左侧架起两颗喇叭,右侧则是唱盘与主机。他从唱片架上拉出我朝思暮想的《Astral Weeks》,"喏,就是这张!"也许是张照堂行文人木三分,加上我不知读了几回,音乐一出,就有种心领神会的熟悉感。声音也调校得很好,音响的摆位极讲究。器材当然不含糊:喇叭用 Rogers LS6A,唱盘用 Linn Sondek,都是英国的贵族品牌。

他看我听得专注，眼神露出孺子可教也的些微喜悦，但嘴角又现出好东西还很多的不耐烦表情。他拿起唱臂，收唱片，"现在我们听别的"。我按住内心的狂喜，他接着放几张蓝调与爵士乐唱片，阐释它们如何影响 Van Morrison。我还在努力吸收、琢磨彼此的关联，他接着问听不听 ECM 的当代爵士乐，我一脸等待开示地摇头。于是他又连放了几张录音奇好、封面特别、形式又高度实验的唱片，把我塞到无缝可喘。

"许国隆你们好了没?"十一点多，他老婆抱着襁褓中的孩子出现在门口。我感到尴尬，但他并没有下凡的意思。

"写东西吗?"他问，想是欲另辟战场。

"写呀，写诗!"我说。

"好，那我们去书房。"

三

许先生的书房不大，大概 5 坪。可是天啊，书从地板往上堆，快要顶到 5 米高的天花板。中间的大书桌也不放过，从桌下堆到桌上一个人高，与周围的书墙距离不到 50 厘米，最好是侧着走。门边摆了两张椅子，那是唯一能坐的地方。门板及门后不能摆书，则贴上挑动情色神经的摇滚乐海报。

许先生从桌上拿起一本德国表现主义版画家珂勒惠支（Käthe Kollwitz, 1867—1945）的作品集，信手翻阅，随口跟我说了珂勒惠支对鲁迅及中国版画运动的影响，接着又递给他珍藏的鲁迅小说早期版本，封面正是当时年轻版画家的作品。80

年代,珂勒惠支以工人、农民抗争为主题的版画作品,如《幸存者》、《母亲们》、《悼念卡尔·李卜克内西》等,经常出现在台湾的左派党外杂志里,但我从未有机会完整地观看她的作品,更不清楚鲁迅为何仰慕。许先生的导览让我豁然开朗,见识到艺术的跨时空传播,以及在社会革命中的巨大力量。

"你写些什么诗?"许先生突然问我。

"大概是现实主义之类的诗,"我答得虚且慌。

"哦!都读些什么样的诗集?"许先生的眼神在书墙上扫移。

"廖莫白、林华洲,还有詹彻的诗集。"我答说。这三位是台湾70年代乡土文学论战后,首批在80年代以农民、农业困境入题的现实主义诗人,且都投身社会运动,是少数能在运动中进行创作的进步作家,令人敬崇。我在书店读过他们的诗作,都很平铺直叙,刻意不耍弄现代主义的意象特技。

"啊,那些不行啦,太白了,等于是散文横排;诗是讲究形式感的东西。"他伸手抽出几本诗集,"读这个,美国黑人民权运动诗集。"他左手拿着书,用右手食指带读,"在这拥挤的巴士上,黑人的座位在哪儿?"他合上书,递给我。"再读这个,非洲黑人诗选,"他足蹬短梯,取下一本诗集。"感谢您上帝,创造了黑色的我,让我是一切苦难的背负者。白,只是偶尔的色彩;黑,却是每天的颜色。"合上书,又递给我,"这才叫抗议诗歌。"

我浑身震颤,使尽心力阅读他传过来的书。第一次有人指导诗学问题,我感觉像是手脚被高人架着练武,除了揣摩招式外,一句话也答不上。我抬起眼睛,环视书库,心想,天啊,才几本书就把我打成这样，那里少说还上万本呢！

　　"喏，这篇长诗你读看看。"刚说完他又潜进书堆。他丢过来的这本，封面印着大大的英文 HOWL，作者 Allen Ginsberg，小小一本诗集，巴掌大的面积。"找到了，这本也拿去。"他交给我一本台湾诗人张错的作品集，里面有他的诗、散文及英诗译作。

　　"这篇长诗《HOWL》是美国 50 年代敲打派文学①的代表作品，发行的书店叫城市之光，是旧金山敲打派文人集结的地方；《HOWL》相当晦涩，不好懂；张错是第一个译此诗的人，很有胆识；两个版本，你可以比对比对。"他把英文版拿过去，翻到诗的首页，"你看开头这句多有时代的气派，I saw the best minds of my generation destroyed by madness, starving hysterical naked, dragging themselves through the negro streets at dawn looking for an angry fix. 张错也翻的不错。"我赶紧把中文本交给他，现在我慢慢抓到他谈论的节奏与方式了。他接着念，"我看见我这一代最好的头脑为疯狂所摧毁，挨饿抵饿、歇斯底里裸露，清晨拖着身躯通过黑人街巷，寻找愤怒的一针。"

　　"这首诗的节奏很重；什么是愤怒的一针？"

　　"大概是打毒品吧！毒品是美国摇滚乐文化的重要部分。"

　　"许先生，你有没有摇滚乐的专书？"这时突然想起我这段日子最大的渴望，想这种书在他而言应是小儿科吧。

　　"啊，正好有这本摇滚乐手册，最新的 1984 年版。"说手

————————

　　①　即垮掉派文学。——编者注

册,有点名不符实,因为这本摇滚乐的历年出版索引其实是八开大小,厚达几百页。他把书摊在书堆上,随意翻。"你看,以Dr. John 这位怪怪的摇滚乐手来说,开头会有他的生平介绍,再来是他的作品年表,每一张作品都有评分,满分是十分,如果十分外还打个星星,像他的首张专辑《Gris-Gris》,那就是非听不可!"

我跟着他的指引浏览,心中暗爽,有这本带路,进唱片行就不用瞎买了。

"厉害的是这栏,叫 worth searching out!"他的语调爬坡,想是又要出惊人之语了。"意思是指这些唱片绝版了,但,嘿嘿,你若是耳朵痒,值得去二手唱片行找找看。"

"可以借我吗?"我怯羞地问他。

"拿去啊,还有那些,"他指着我们刚刚讨论过的一堆书,"都带回去读。"

"Van Morrison 那张《Astral Weeks》专辑可不可以也借我?"我不是贪得无厌,那张实是我遐想已久,今晚就在眼前,怎可连问都不问?

"好,等等!"他咚咚咚,跑去我们稍早听唱片的卧室,又咚咚咚回书房。我这时发现,他手上拿的不是一张,而是一叠!"今晚听过的都带回去吧,我老婆在念了,我得回房履行丈夫义务了。"

好可爱的人啊,我心里赞叹。这家伙的文学、音乐品味这么高,做人又如此大方,我应该要请他看看我写的东西,如果真的不行,也尽早觉悟。于是临走前,虽然被他敲击得有点累,我再次挺起精神问他,可不可以拿我写的东西来请他过目。"当然可以啊！一个礼拜后来找我。"许先生豪爽地答应。

许先生家住台南市最热闹的中正商区,傍晚我跟他进来时是人声嗡嗡,现在一手唱片一手书地走下他家那后来变得知名的陡梯,眼前的街巷一脸寂然,只听见自己短促的狂喜呼吸。

接下来的那个星期,我几乎没去上课,整天窝在宿舍播那一叠黑胶唱片,尤其是梦寐已久的《Astral Weeks》,更是一听再听,直要通灵。边听边读诗;那些黑人抗议作品让我见识到,社会性、文学性及音乐性如何在诗艺中统一。我没用翻译本读《HOWL》,而是一遍又一遍地朗诵,直到背得出前面两页及最后一页。深夜,从过去两年内的上百首诗作中,想象许先生的标准,拣出十几首,重新改写、誊写,收纳成册,等待约定的日子。

那学期,大二下,一半学分不及格,我已在退学边缘。

四

许先生将我的诗辑摊在大腿上,优哉悠哉连翻十几页,没在任何一页停过 5 秒以上。又是一个即将到临的死亡宣判!之前的挫败与绝望闪过脑门:土木专业科目念得摇摇欲坠,撑不完三年铁定被踢出校门;身高太短,动作再好、弹性再高,永远当不了排球队的主力攻击手。干,一无是处,连个像样的恋爱都谈不成。

"啪"的一声,许先生突然拍腿,大叫一声,好啊,这篇好!我瞄了一眼,页面停在《我们,致 1984》。那首诗写于 1984 年初,既向乔治·奥威尔的小说《1984》致敬,也试图讽刺当时国民党高压统治下的台湾社会情境。他又继续翻,"咦,这首,还有这首,也不错,你写景有俄国小说的空间感。"合上诗辑,许先生兴奋地提供投稿的建议。"1984 那首批判性高,可以投《春风诗刊》,其他的可以试试《联合文学》,也许痖弦慧眼识英雄。"

哇,投稿给痖弦主编的《联合文学》!痖弦是现代主义诗派的代表性诗人。现代派诗作太多过于追寻意象与句法的实验,在现实中的投影既浅又淡,不投我意。但痖弦是我最尊敬的现代派诗人,他与热衷进口西方各流派技巧并如法操练的同时代诗人不太一样,有很强的中国诗词底子,还有,我猜,他对文学的主体性很敏感且坚持。他当然也学习西方的东西,可是读他的作品,你知道他慢嚼细咽,吸收的是意念而非只是形式的冲动。所以在他的文字精妙典雅又有当代感,句法中内涵极高的音乐性。

他们这种路数的文人不太可能接受我的稿子,但经许先生这么鼓动,不免飘飘然。我比较能期待的是《春风诗刊》。它是 1984 那年 4 月新创的文学月刊,我认识许先生的时候,刚发行到第 4 期。春风每一期都有主题性鲜明的专辑,譬如第二期是《美丽的稻穗—台湾少数民族神话与传说》,其中有原住民诗人莫那能的悲歌与抗议诗篇,沉郁雄浑,字字带泪带拳,不知撼动了多少知识青年的良知。还有一期的主题是"第三世界文学",介绍了多位拉丁美洲及非洲的进步作家。

投稿后两周不到,春风的总编辑捎来一封信,恭喜我的作品被录用。从笔记本撕下的纸张涂满了字,总编辑热情洋溢地赞扬、分析我的第三世界文学风格。他们还写亲笔信跟你讨论你的文学风格！我不断向要好的同学说这种交朋友的编辑作风,兴奋欲飞。我跑去私烟摊,花两天的生活费买一包苏联烟,跟许先生分享得人赏识的快感。春风出到第四期了,下一期就会有我的诗作,批判戒严体制下萎靡噤声的台湾社会,多爽!

　　一个多月过去了,我没有收到他们寄来的诗刊。我跑遍杂志摊与书店,再也没见到那本诗刊。我到处打听,才从台北的朋友口中听到消息,说《春风诗刊》早被警备总部查禁了。我读着那位总编辑的亲笔信,担心他的安危,想他现在可能被层层监视着,连封信也不敢写。十多年后终于有机会与他认识,提起那件事,想追回那篇诗稿。他说很抱歉,那天警总派人来收查,兵荒马乱,他也不清楚稿件的下落。

　　又过了一阵子,收到《联合文学》的回讯。信封里面是一张印刷的便笺,行礼如仪地说明他们的感谢与遗憾。真希望他们就站在自己的文学立场,再狭隘都行,把我的东西批一顿。诗想太浅,形式太烂啦,都没关系,至少可帮助我长进。学期快结束,头发长过了肩,没上的课也快过半,除了每两周去找许先生还书、借唱片,生活萧索得像一叠旧报纸。

　　许先生会在扉页盖上他特制的藏书章,写几笔评语,然后签下一个怪字。这个字是他名字的最后一个字"隆",再罩上"病"的部首"疒"。问他何故,他笑笑,说他就是一生瘵瘵阴阴。"鲁迅提过,"他满正经地说,"人该像高尔基笔下的海燕,预知死亡,且纵身于狂风暴雨之中。"我看着他,知道他在鼓励我果敢闯荡。他侧身靠着书墙,鲁迅与高尔基全集好长一大排,从他眼前延伸至身后。直到最后一次去他书房,我都凑不足勇气把那两大套借出来。

摇滚乐听到倒胃了,觉得白人的音乐大多做作矫情,不如黑人的蓝调真实。跑去看电影,可院线片差不多死光了,戏院前的街道也奄奄一息。录像带店横行,电视里有第四台专播盗版的各国电影,从艺术片到色情片都有。仅存的几家电影院都靠咸湿片维生。每次进去,里面闻起来真是那个时代的颓废气味:汗臭味、尿骚味、便当的霉味,以及精液的腥味。戏院里的观众平均散开,一眼望去,有出租车司机、无聊老人、打短工来休息的,偶尔有情侣,还有好奇、性欲充满又穷极无聊的孤单年轻男子。

学期结束了,一天没多待,跑回家去帮忙繁重的烟草工作,出大力、流大汗、一碗接一碗吃饭,捡回了一点存在感。可我真害怕几个礼拜后回到大学校园,徘徊围墙外,微弱地问自己:注册,继续念吗?

跑去找许先生,他说他计划在两年内把国中教职辞掉,开间唱片行。我一脸惊讶。他说他改变不了这阳痿的时代,但至少可决定怎么过自己的日子。"许国隆的唱片行一定吓死人!"我开心大叫。"还好啦。"他笑笑。

一年后我退学去当兵了,如我所愿,被放到外岛搬石块、做苦工。第一封信写给家里报平安,第二封信写给许先生,让他知道我在哪儿,好寄书过来。一个月后他果真寄了一袋书给我,内附一封信,这么开头:"薛西弗斯还活着,幸之庆之!"

他真辞掉了!唱片行快开了,叫"惟因唱碟名店"。"一个礼拜就开 4 天,每天不超过 5 小时,其他时间就是老夫听唱片看书写字。"信里他说。

看着海,忆起 1984 那颓废、无望又跌宕的岁月,写一首诗,献给许先生：

追记 1984

——献给一位真诚的朋友

没有出路
古运河懒躺　西郊　台南市
繁华消色东移
海风像一只失伙的犬
自娱自聊追着塑料袋
当歌舞团的招贴在残露的古厝墙上
使劲撑起仅有的鲜艳
秀丰从郁结的街角　转入
成人电影院

瞳孔扩张
黑暗退潮
瘫塌的老人
虚脱的青年
黏稠稠的颓丧　缓缓
析结成形

无奈的烟雾
烂腐的颜色

失根的父权
脱联的记忆
抄录着 1984——
那个手淫的年代

书包掩护跨部　小心翼翼
秀丰搓动他的哀愁
双腿紧绷
抽搐
再抽搐
直至苦闷像一口叹息的痰
啐自压抑的缝隙

在这个边缘的境地
秀丰亲炙了
核心于那个时代的氛围

长茧的手掌不再喜悦于丰收
内山农村
——他的情感基地
横竖躺着寥寂

学院墙外
秀丰自怜不屑地小便
拒绝意志

顺遂于体制

他的真诚朋友把姓名旁以病前缀
化石般的手　激动地
递给他黑色文学——
"在这拥挤的公交车上
黑人的座位在哪儿?"
"感谢您　上帝
创造了黑色的我
让我是一切苦难的背负者"

一度
像激进的云被压力差开动
秀丰穿越田畴与街巷
试图联结——
他激楚的心神
掏空自身的乡人
失欢的土地的脸
径直肥硕的拓宽道路
以及空胀的都城——
这一切一切的关系

在否定的否定到临之前
秀丰哑口无言　眼静静
望着他的自我——

骚然支解　并朝着
他陌生的方向散去

"如果启蒙通向真实的痛楚"
"那么——"
秀丰的朋友挺起一根食指
"我们首先得被它彻底践踏"
"并且欢呼"

"如今我已疲惫"
他垂下头颅像一袋散热的睾丸
在一排鲁迅全集之下
"只想葬在冷漠里"

没有出路

今夜
精液
竟夜满溢
这成人电影院
活生生无人祭扫的集体坟墓
收埋生命
与灵魂

我的 Bob Dylan 旅行

一

　　每个不只把摇滚乐及现代民谣当消费音乐的朋友,心里大概都有一部 Bob Dylan 聆听史。而心里会放部 Bob Dylan 聆听史的人,很难不把他嵌入 1960 年代的文化与社会运动,以及由之而来的方法论纠结。Bob Dylan 出道太早、作品太多、风格转折太多、思想太深刻、内涵太复杂、太多人研究、影响太多人、活得太久,以至于关于他的任何一种论点,容易过时,流于片面。

　　人家毕竟蹒跚走过"十二座雾锁的山麓",爬过"六条蜿蜒的公路",穿越"七座悲伤的森林",曾面对"十二片死亡的海洋",①我没有一丝整体理解或在某方面超而越之的企图。他跟杜甫一样,都是我在创作路上,可以侧身凝视或转身回眸的

①　引号内短语皆为 Bob Dylan 著名作品《暴雨将至》(A Hard Rain's-Gonna Fall)中的歌词。——编者注

重要地景。每当我有能力扭出一点弯曲，或多踏出一步，得以获致新的视角，真正的报酬是多一面见识他们的景致。

一堆翻版唱片夹带 Bob Dylan 进入我的后殖民青少年时代。在脱日入美的台北城，沾染缤纷洋味儿的二叔，带回百余张听腻的唱片。1970 年前后，台湾的工业化迈入出口替代的阶段，成衣加工、电器加工及石化原料踢开农产品及水果罐头，成为出口经济大宗，商圈满是廉价多样的洋装港衫及家电用品。农民完成阶段性任务，逐渐没人理了。寂寞变成农村的主调，我在那百余张翻版唱片里听呀听、钻呀钻，打发伙房里失神的空间与时间。

大概是担心原唱的音乐性太低，早期的翻版唱片公司挑出的 Bob Dylan 作品，大多是上榜的翻唱曲，譬如民谣摇滚乐团 The Byrds 的《Mr. Tambourine Man》、《All I Really Want to Do》，民谣三人团 Peter, Paul and Mary 的《Blowin' in the Wind》；同期的民谣歌手 Joan Baez 也翻唱了几首。要到十年后听了原版专辑，我才知道两者的差别就像是一条曲折的土石路被拉直，铺上柏油；行于其上，游历变游览。但 Bob Dylan 的作品即便被唱成休闲式音乐，内在的心理风景仍远远胜过一般的排行榜歌曲。70 年代末台湾迸发乡土文学论战与民歌运动，新一代论者、作者与歌者激辩通俗音乐——尤其是民谣，与人民、社会及在地的关联，Bob Dylan 被放入 60 年代相互激荡的民权运动与民谣复兴运动脉络中理解，其人其事其歌，顿成传奇，商人始翻印他的精选集。

我讨厌精选集。这种听法不仅剔除了创作的历程，而且所选也不见得精，毋宁是顺耳畅心的曲目。就算真能代表各阶段创作精要,抽离出脉络,就像是把稀罕生物移出生态环境,关进隔离的动、植物园里。广义上——我想,包括民谣在内——流行音乐的聆听与创作从来是环境论与对话论的。

大二上学期,1984 年某个冬夜,校园附近一家唱片行的老板操电话到宿舍找我,说台北歌林公司的货车现就停在他店门口,唱片多得吓人,他又不太懂,问我可不可以帮他挑。电话一放我骑摩托车杀过去,也不管当时已近 12 点。那一车唱片真是多且精! 有英国大厂 DECCA 及瑞典小厂 BIS 的第一代数位古典唱片、德国 ECM 的当代爵士乐,以及瑞典怪厂 OPUS 3、PROPRIUS 的小品音乐,其中最最令我亢奋的是,竟有十来张 Bob Dylan 的早、中期专辑,且是日本版!

日本刻片技术精致,欧美主要唱片大厂在日本压制的版本,版质及音质胜过原版是常有的事,更甭提唱片刻制水平散漫的美国唱片了。1970 年代,1980 年代这二十年是“日本第一”的年代,日本工业产品横扫全球,大有取美国而代之的气势,唱片出版的严谨与周到更直追英、德。这一批日本版的 Bob Dylan 不仅有极深刻的音响呈现,每张专辑还附上厚达 8 页的 8 开册子,内含作品解说、歌词翻译、原作歌词及生平年表,都是美国原版付之阙如的东西,在在表明日本人对待 Bob Dylan 的恭谨。不识日文解说当然遗憾,但光是英文歌词也够我一窥堂奥了。

日本版的唱片贵得多,每张要价新台币 430 元! 当时一张摇滚乐或爵士乐的美国原版唱片才 270 元。我一个月的生活费,连房租才 3 500 元,省吃俭用勉强攒下一千当零用金。望着那一大沓我挑出的,Bob Dylan 从 1962 至 1970 年的所有作品,我知道它们将对我的脑筋发生革命性的冲击,但真贵得让人呼吸不顺!只买两张?那只能以管窥豹!都买?那怎么凑钱?

　　我常来这家唱片行串门子,有一次我在里面的储物间发现七八张传说中的 ECM 当代爵士乐,问老板为什么不上架卖,老板说摆了很久卖不出去,干脆先收起来。我偷偷把唱片标题抄下来,跑出去打公用电话问我的唱片师父许先生。

　　"第一张是 Barre Phillips 的 Journal Violone II,你觉得怎么样?"

　　"这张不管实验性及录音,绝对可列入 ECM 前十大!"

　　"哦!那这张 Kenny Wheeler 的 Deer Wan 呢?"

　　"这张我没听过。我跟你讲,钟永丰,看 ECM 的唱片,两个原则。第一,美国版一律不收,"

　　"为什么?"

　　"版质差德国原版多多。"他的口气拉得长又沉,摇头幅度一定很大。

　　"好,那第二个原则呢?"

　　"你就看封底,如果录音室是奥斯陆的 Talent Studio,管它谁弹谁唱,收下便是!"

　　"哦!"意识到老师傅在传授武功秘籍,我不敢再问为什么。

　　"ECM 在 Talent Studio 创造出一种冷冽、深邃辽远的声音,我们把它称为奥斯陆之音!"

　　挂完电话我立刻冲回唱片行,从中挑了四张。那老板有点吃惊,问我这些唱片到底厉害在什么地方。进口转出口,我加油添醋,把许先生的心法耍弄一遍。老板的脸上堆满感激与敬意,应是把我封为专业级藏家了。

回到那一叠 Bob Dylan 专辑,老板看出我的念头在打架,越过地上好几堆黑胶,大声对我喊,钟永丰,你都带回去听吧!钱分期慢慢付就好了。不知是为了作育英才还是出于营销手法,他这建议真害惨了我。那晚我不仅带走了现场所有 Bob Dylan,还忍不住那些罕见欧洲厂唱片的诱惑,挑走了十几张。结算时为表现对专业客人的尊重,老板把总价写在纸条上,折了两折递给我。

我强作镇定,慢慢打开。为表现大度,我故意不用正眼瞧,但还是倒抽了一口大气;那纸上潦潦写着 18 340,是当时一学期学费的三倍。

二

1965 年 7 月 25 日晚上,Bob Dylan 带着电吉他与一个摇滚乐编制,登上新港民谣音乐节的舞台。后面的故事不管是摇滚或民谣乐迷都耳熟能详了:从第一首歌《Maggie's Farm》开始,观众的嘘声便没停过,直到他又拿起木吉他演唱《Mr. Tamberine Man》,观众才又放心地安静下来。在最后一首歌《It's over now, baby blue》中,他仿佛在告辞、安抚一群长不大的任性孩子:"You must leave now, take what you need, you think will last. But whatever you wish to keep, you better grab it fast."其后,在 1966 年的巡回中,Bob Dylan 与民谣随众不断对峙、叫骂。在 Live 1966:The Royal Albert Hall Concert 这张现场专辑中，我们可以清楚听到观众的咒骂："Judas（犹太叛徒）！"他则回以："I don't believe you. You're a liar!"接着他向电吉他手忿忿地丢了个眼色，要他 Play fucking loud! 然后在杂噪的电音中含混地唱着：Once upon a time you dressed so fine, Threw the bums a dime in your prime, didn't you?

　　这一出出"反英雄"、"反高潮"的戏码，颠覆了表演者与观众的关系，比起 1970 年代中期之后蔚为风潮的 Punk 与 Post-Punk，整整早了十年。在 60 年代民谣复兴运动与民权运动的高峰，新时代的英雄与代言人用刺耳的噪音向一派清纯忠实的群众吐槽！也无怪乎老左派与纯粹民谣信徒当时会咬定换抱电吉他的 Bob Dylan 附拢商业、背叛运动！

　　近半个世纪过后，回顾他的音乐创作历程，恐怕没有人会否认，在内容上他依然为弱势、边缘者发声，在形式上他不断在民谣遗绪中旁征博引。甚至从 2006 年到 2009 年，在从未间断的巡回演出当中，他还为卫星电台制播《Theme Time Radio Hour》（TTRH），以生动的主题分类方式（譬如天气、金钱、花等等），轻松游移地为新世代介绍美国各式民间音乐，类型从蓝调、民谣、乡村音乐、节奏蓝调、早期摇滚、灵魂乐、Bebop 爵士乐及摇滚乐，一路聊到流行音乐与饶舌乐，简直就是一座活动的音乐图书馆。因此 1965 年、1966 年那些闹剧并不涉及政治、社会及文化的核心价值观，更多应是美学方法论上的离异。

　　首先谈谈电吉他的议题。1930 年代，电吉他产生于嘈杂的爵士乐酒吧与俱乐部音响环境里，吉他手必须放大音量的需要。1950 年代中，电吉他促成了蓝调节奏化与早期摇滚乐的蓬勃发展，到了 60 年代初，不到十年，电吉他几已主宰了摇滚乐的构造、性格与市场品味。Bob Dylan 面对电吉他的情况,与另一位流行文化巨人卓别林遭遇有声电影的挑战,颇有类似之处。节奏与电吉他对流行音乐的影响,如同声音与色彩对电影的影响,正反映流行艺术从素朴至繁复、单调至多层的发展趋势。

1920 年代,有声电影作为新的生产技术与艺术媒介,快速进占制片场与电影院。在默片喜剧中以流浪汉形象著名的卓别林,拒绝让人物对话进入默片,认为会减慢表情与动作的节奏,甚至断言有声片撑不了多久就会退场。但后来他认清形势,正视了声音的要求,成就了更优异的作品。譬如在 1931 年的《城市之光》(City Light)片中,卓别林迎新有声片的冲击,试图作出积极的响应。

片子由伟人塑像的揭幕活动开始,上流人士发现高贵的塑像上竟然睡着流浪汉时群起叫骂。卓别林让上流人士发出了声音,但却是非现实的噪音。卓别林以噪音化、非人化的手段羞辱了上流人士,表明他还是有办法用新的技术维系他一贯的社会立场。同时,他又似乎想藉以向自己的群众及有声片的拥护者呛声:瞧,这个名堂难不倒我,我还游刃有余,高明多多呢!

到了 1936 年的《摩登时代》(Modern Times),卓别林仍没让人物说话,但是他选择性地运用声音元素(如机器、广播与歌唱),突出泰勒式生产线的残酷与资本宰制人性的荒谬,使默片表现出前所未有的艺术张力与社会纵深。直至最后的经典《大独裁者》(The Great Dictator)中,卓别林才让主人翁说话,发表反战宣言。然在方法上,卓别林一直坚持"默片为体,声音为用"，既维护流浪汉形象的完整，又超越性地（proactively）响应了新时代的提问。

以卓别林这种魔性（Charisma）坚强的天才艺术家，再怎么看不起有声电影，恐怕也不会容忍他的地位与市场被新的媒体技术夺走。一方面他坚守默片的主体，避免让语言因素疏离广大的非英语系群众，另一方面他下功夫研究声音的运用方式与时机。就像卓别林面对有声技术，在民谣圈子里独领风骚的Bob Dylan不可能无视于电吉他对声音美学的强势推力，及其挑逗青春的吸引力。

但回到新元素的使用上，卓别林对有声技术的运用仍是默片思维；同样地，美学养成来自民谣的Bob Dylan顶多是挪用节奏蓝调的典型主奏样式（他对于电贝斯的运用有时比电吉他更耐人寻味）。他们对于新媒材的使用，严格地说，恐怕更多出于象征、姿态的需要，或处理群众关系的政治考虑。因此，真要探讨Bob Dylan与传统民谣美学的离异，电吉他并非重点。就像左派剧作家布莱希特（1896—1956）在答复关于他的作品是不是现实主义文学的争论时所说的："文学形式，必须去问现实，而不是去问美学，也不是去问现实主义美学。人们能够采用多种方式埋没真理，也能够采用多种方式说出真理。我们根据斗争的需要，来制定我们的美学，像制定道德观念一样。"

从首张专辑开始，Bob Dylan就与民谣传统隐约分道了。

1962年3月，未满21岁的Bob Dylan发表了同名专辑。从他后来的自传及相关的纪录片（如Martin Scorsese于2005年发表的《No Direction Home》），我们知道他自1961年1月迁移至纽约之后造访了晚年的Woody Guthrie，并从各种酒肆、咖啡馆的现场演唱以及朋友的收藏中,大量聆听、吸收各种民谣、蓝调及乡村音乐,像块没有饱和点的海绵。因此重点不再是他听了哪些音乐,而是哪些音乐对处于发展期的 Bob Dylan 影响重大。

听这张同名专辑,整体调性偏冷、略带疏离感,以及 Woody Guthrie 的影响,可能是最先的印象。有两首曲子(《Talkin' New York》及《Song to Woody》)挪用 Guthrie 唱过的调子(当然他也是从别处借来的),练习民谣演绎手法,并藉之向三四十年代的左派民谣以及以 Guthrie 为代表的那一代歌手致敬,往后 Bob Dylan 也将以左派的世界观,延续英美系民谣自工业革命以来支持工会运动并为之发声的进步传统。然而,这张作品最显著的临摹对象并非左翼白人民谣,而是黑人蓝调,更确切地说,是黑人的乡村蓝调(Rural Blues or Country Blues)。

就音乐性质而言,"乡村蓝调"这个词有点混淆,事实上它指的是"离开乡村后的蓝调",是美国南北战争结束南方黑人离农离土至北方工业都市后所演化出来的新蓝调乐风。以后来蔚为主流的风格往前看,离开乡村前的蓝调(以劳动歌为主)倒比较接近民谣。跟其他地区、民族一样,南方黑人劳动歌的结构特征是呼唤与响应(Call and Respond)。

但离开群体化生活的农场环境,到了原子化的工商社会,这种"呼唤与响应"的音乐结构从自我与他者的对应与联结作用中内向化,转变为黑人歌者的自我呼应与对话,藉以诉说离异、受斥、受伤、自我放逐与浪迹天涯的个人遭遇。在现代都市的情境中,这种演唱方式呈显出强烈的社会边缘感与文学性。

这张专辑的 13 首歌曲中,有 7 首来自黑人,其中又大多属于乡村蓝调,而且有 3 首主题是面对孤寂与死亡。来自明尼苏达州乡下的 Bob Dylan 在纽约,在生活情绪上应该能体会都市黑人的边缘感,以及由之来的文化型貌,而 Woody Guthrie 的三四十年代民谣之触及他的,更多是在思想层面。这样的推想或许可以部分解释 Bob Dylan 为何对乡村蓝调倾心,以及演唱调性偏向疏离。影响所及,专辑中的两首白人民谣《The House of the Rising Sun》及《Man of Constant Sorrow》也表现出前所未有的冷静愤怒与炎凉。

五六十年代的白人歌手与乐团之模仿(或说是盗用,从黑人的角度来看)黑人音乐,绝大多数仅止于姿态、唱腔与样式,少数能深探至方法论层次而使作品有较强的文化续航力者,如 Elvis Presley 与 The Beatles,多采用融合主义的做法。他们一方面运用黑人音乐的节奏优势与演绎、渲染情绪的声乐方法,以解放年轻白人的身体,另一方面取用自身的音乐传统如民谣、福音歌与古典等等,以创作传递讯息的旋律形式。

Bob Dylan 似乎没有取悦群众的企图,也没运用已被开发出的融合手法。他的电吉他作品甚至是节奏蓝调的噪音化,在当时是非常前卫的举措。从第一张专辑开始,Bob Dylan 就显示出他对黑人音乐的看法并不仅止于节奏与声乐式样。他辨识蓝调音乐的疏离特性,并以此发展出新的创作手法,正是——我想,他之所以伟大的方法论基础。

三

表面上,传统民谣是一种高度形式化的人民情感表达。高度形式化,是因为一首流传的民谣由数代人经年累月地演绎,自然成就出最能与人民呼吸的美学构架,或枝生出更细致的另类形式。民谣的奇妙之处在于,它不因传唱者众及源远流长而落于平庸。相反地,它往往愈渐深刻,长出一种诗人木心所谓的"骨子不俗而表面俗"的大雅。这大雅的表现,可能是透析人性与世俗的文学性,可能是为禁闭的思想所洞开的一扇窗,可能是解放情欲的身体节奏,甚至——在一些具有特殊天分的创作者听来,还可能是艺术上历久弥新的前卫性。

　　黑人音乐对于美国白人流行音乐的影响显现于 1950 年代中。刚开始是愈来愈多的白人青少年着迷于节奏蓝调;他们不仅越过黑白界限,还形成分众市场。再来是唱片公司注意到节奏蓝调的商业潜力,在一大堆模仿者中物色煽动性强的歌手,于是冒出了? Elvis Presley、Carl Perkins、Jerry Lee Lewis 等早期白人摇滚乐翘楚。他们戏仿黑人歌手的唱腔与肢体表演,轻易解放了白人青少年的身体。到了 1960 年代初,以 The Beatles、The Rolling Stones 为首的英国乐团,出口转进口地把英式节奏蓝调输回原地。英国年轻人没有美国黑白族群、阶级关系的尴尬,他们更深刻而自然地流露出对黑人音乐家的内在崇羡。因此,他们对黑人音乐不仅止于皮相的模仿,而是上升到了临摹的境地,而后者乃是较具主体性的内外对话过程,内蕴更强的文化创造力。直至 70 年代的 Led Zeppelin,英国乐团几乎主导了节奏蓝调摇滚乐的形式发展。

　　然而,1960 年代初的 Bob Dylan 从黑人音乐汲取养分的方法,皆不同于上述二者。他上溯节奏蓝调的社会与音乐根源,从左翼民谣与现代文学的观点,对黑人乡村蓝调进行理解。在蓝调中,他抓到疏离性的三个社会主题——反抗、漂泊与边缘,乾坤大挪移地转化为弱势者的心理处境,以此奠定他自身民谣创作的叙事主体与批判立场。但是——耐人寻味地,论及 Bob Dylan 音乐中的疏离性,其方法不完全来自蓝调。

第一张专辑之后,Bob Dylan 在短短三年内惊人地发表了四张专辑(《The Freewheelin' Bob Dylan》、《The Times They're a-Changin'》、《Another Side of Bob Dylan》以及《Bring It All Back Home》),高进地将蓝调的疏离特性发展为更完整的美学方法,既超越性地响应当时社会运动与民谣复兴运动的期待,又宣示了自身的艺术主体性,且不管是在形式、内容或意识形态的处理上,都将美国民谣推上了前所未有的境界。较诸 60 年代以前的左派民谣(包括更早的,英国工业革命时期的工会运动民谣),这四张专辑造成了几个划时代的分野。

第一,他凸显了民谣创作与演唱的作者论地位,背离了左派民谣中强调与人民合音合调的民粹主义;第二,他脱离了民谣传统中的两个基本美学:田园式的快乐主义与高贵的忧伤主义;第三,在疏离美学的作用下,他的批判性作品把左派场域中等待启蒙与感召的被动性群众,易转为冷静的辩证思考者;第四,他超越了美国民谣的地域性与本位主义,将其观照拉大至国际主义的视野(歌如《North Country Blues》),将批判的高度提升至基督教文明(歌如《With God on Our Side》)。当然,再证诸 1965 年 8 月出版的《Highway 61 Revisited》专辑,Bob Dylan 吸收、回应现代主义文学的能力,已远远超出任何流行音乐的范畴。这些分野,不仅使得 Bob Dylan 的民谣作品具备与现代社会深刻对话的"当代性",甚至放在后来的时代中,都深具历久弥新的"前卫性"。

说 Bob Dylan 是百年一遇的天才,殆无疑义。但单凭当时美国蓝调与民谣的美学元素(好吧,再加上 50 年代末的垮掉派文学;虽然 Bob Dylan 与垮掉派诗人 Alan Ginsberg 更多是同侪关系),就能在短短几年内质量俱变,恐非易事。多年之后,根据当事者的传记资料,大家才知道,《The Freewheelin' Bob Dylan》专辑(1963 年 5 月出版)封面上的那位迷人女孩 Suze Rotolo,原来不是追星族花瓶,而是有着深刻共产主义思想训练与左翼文艺涵养的进步女性。从 1961 年 7 月两人相识到 1964 年分手的这段期间,Suze Rotolo 为 Bob Dylan 导读了当时的局势,还为他引介了布莱希特的戏剧创作与论点。

通过 Woody Guthrie 的影响,左派的关怀立场对 Bob Dylan 而言并不陌生,但 Guthrie 在三四十年代的美国共产主义运动中属于外围,并非如第一线的工作者那般有着完整的认识论训练。较有体系的左翼世界观应是通过 Suze Rotolo 的带领与讨论,而在 Bob Dylan 的眼界中成形。然而,从创作的角度来看,太过发达或尖锐的意识形态往往无益于作品的对话性,除非创作者同时能发展出与之相称的形式方法,否则作品容易枯燥、沦为教条。此时期的优秀作品,如《The Times They're a-Changin'》,《A Hard Rain's A-Gonna Fall》,《Ballad of Hollis Brown》,《The Lonesome Death of Hattie》,《Chimes of Freedom》,《Gates of Eden》等等,不仅内容上是极为复杂的社会叙事与历史、政治议题,所提出的形式又能平衡各种艺术向度的要求。如 Bob Dylan 后来在他的自传里所坦承,他在纽约的前卫剧场受到了布莱希特的撞击,对他此时期的美学产生重大的方法论影响。

布莱希特的疏离美学首先面对的是剧场与观众的关系,他这么说明:"河流是治理的对象,果树是嫁接的对象,从一个地方到另一个地方的运动启发了人们设计汽车和飞机,社会是改造的对象。我们为了治河工人、果农、交通工具设计师和社会变革者而在舞台上反映人类的共同生活的。我们邀请他们到剧院里来,并请求他们在看戏的时候不要忘了他们的工作兴致。这样我们就能把世界交给他们的大脑和双手,让他们按照他们的心愿去改造世界。"

也就是说,布莱希特要求观众与剧场之间是疏离的关系,而非像亚里士多德式或莎士比亚式的剧场,观众被吸入情节,等待情绪淘洗,忘掉自我在社会中的角色。为达到疏离的效果,布莱希特运用各种"反涉入"、"反洗涤"的手法,就像自由派爵士(Free Jazz)乐手反旋律中心的演奏方法,提醒观众不要陷入演员的情绪,因而停止自身作为积极行动者的思考。布莱希特与作曲家 Kurt Weill(1900—1950)合作的《三便士歌剧》(1928),运用德国的酒馆音乐与美国早期的爵士乐,创造出一种既通俗又边缘、既亲切又疏远的音乐风格。与 Suze Rotolo 热恋期间,Bob Dylan 看了此剧,坦承深受影响。

Bob Dylan 在 1963 年以后的创作有多大程度来自于疏离美学的转化,恐怕还需要更多的研究。他如何以布莱希特的疏离美学衔接其对蓝调的琢磨,并以之发展创作与演唱方法,也许是 60 年代的民谣运动史上仍待厘清与理论化的课题。

　　布莱希特的创作与理论在 1930 年代的欧洲左派文艺阵营中,激起了广泛的表现主义之争,深化了现实主义的现代性讨论,而 60 年代的美国民谣界只计较了电吉他的正当性,没能在哲学与方法论的层面上探究现代民谣的发展问题,后见之明地看来,不无遗憾。

Bob Dylan 与杜甫

一

　　2006 年 8 月，Bob Dylan 出版了他的第 32 张录音室专辑
《Modern Times》，名利大丰收。论电台及听众接收度，这张作
品一举冲上美国及 7 个白人国家的排行榜冠军，在英国、德国、
澳大利亚及瑞典等流行音乐大国也至少占第三名；计销售，头
两个月它在全球就卖了 4 百万张。评价上，有 4 个权威性的专
业杂志给了满级分；以啬锐利闻名的评论界大佬 Robert
Christgau 也难得地赞以最高等级的 A＋，再次确认他是最伟大
的摇滚乐创作者，说此专辑"散发着年迈大师的老练祥静以及
知天命后的从容"。在滚石杂志 2012 年出版的"摇滚乐史最
佳 500 张专辑"中，它列名第 204；发行仅仅 6 年，获致如此高
的历史地位，亦属罕见。
　　这张专辑真正令我吃惊并引发思考的，是它另一项更有趣
的成绩：作者以 65 岁创下美国排行榜冠军的最高龄记录。不

管创作或演出，摇滚乐是个高度耗损精力的行业，一年老三岁。1976 年，英国的前卫摇滚乐团 Jethro Tull 发表第 9 张专辑时，团中主要的创作者 Ian Anderson 感到一种别扭的心理状态：一方面，他们功成名就，享受着丰厚的物质回报；另一方面摇滚乐风格演进的速度飞快，十年不到，68 年创团时号称前卫的音乐形式现已显得迟暮西山，而生理上，他们连中年都还不到——Anderson 当时才 29 岁。他诚实面对这种尴尬，把专辑定名为《Too Old to Rock n' Roll：Too Young to Die！》，不无自嘲之意。因此，Bob Dylan 的 65 岁已远非高龄，简直是人瑞级了！一位初出茅庐的创作者，他的成功通常会被归因于天分，然而 65 岁第 32 张专辑！除了天分与不懈的努力，不能不追究他的方法。

虽然号称西方民谣百年一遇的天才，整个 80 年代直至 90 年代初，Bob Dylan 长期陷入创作方向上的困境，期间产出的 11 张专辑，排行榜及评价均属中庸之作。从 1997 年《Time Out of Mind》专辑开始，他逐渐回归并精磨早年的手法。众所周知，Bob Dylan 的创作基础，是对于美国白人民谣与黑人蓝调的临摹。与 Bob Dylan 同世代的文化研究者 Lewis Hyde 统计，1961 至 1963 年间他有 50 首作品是对美国经典民谣的再诠释，占了当时作品量的 2/3。临摹传统，在 60 年代美国民谣复兴运动中蔚为风气。但 Bob Dylan 在纽约还受到欧洲左翼前卫剧场的影响，使其酝酿出以国际主义意识形态及疏离美学为核心的思路与表现手法，接合且极究了美国 40 年代的民谣参与社会运动精神，进而凸显了他的独特地位。

到了《Modern Times》专辑，Bob Dylan 卸除了意识形态负担与形式焦虑，此时他对于民谣资产的再利用手法，舒缓中益趋精妙。专辑十首歌中,有明显再创作痕迹的多达九首,不过已非早期针对一首曲调的单纯操练。此时他已臻信手捻来的境界,大多只取撷前人作品的一小部分词、副歌、主奏吉他或贝斯的旋律,加以变化、糅和、发展,甚至加入自家以前作品中的某些元素,或在一首多人演绎过的曲子中掺进新的玩法。又像是生化科学家,只要从生物体中取出细胞或基因,便能培养出活跃的演化新种。他的脑子像一间内容庞杂的传统音乐档案馆,他蹲踞其中,或编辑或挪用或重组,得心应手。而且,大师无一注明出处。

　　剽窃、不尊重原作者？专辑发行后,种种指控、怀疑纷至沓来。

　　Bob Dylan 一向敬重他的灵感源头,但这回他却反之。我暗想,他之不标明元素身世,会不会是出于对《版权》这种私有化意识形态以及由之而起的司法诉讼的无言抗议？在人类长达数千年的前现代民谣音乐史上,民谣的演绎与承传从未涉及《版权》。版权,与其所衍生的概念《创新》,大体是西方工业革命——特别是在科技产业兴起后,为了确保投资获利与维持竞争优势而固化的观念。流行音乐的工业化,势必造成版权概念的法律化,进而对这种即拿即用、民谣先锋 Pete Seeger 所谓的民谣过程(Folk Process)形成干扰。Bob Dylan 全然不甩版权与出处,也许正用以宣明他重返民谣传统。

　　对于这种档案管理员式的再创作技法,Bob Dylan 倒是从来不避讳。他自谦不擅长写旋律,他的构思方式是在脑子里选首歌,在生活中不断聆听、对之絮语,到了某个临界点,词曲发生变化,一首新歌于焉成形。这除了显示既有作品的搜集、品味与再创作是一体多面外,还指明:一位音乐家再怎么天才,都不可能拥有无尽的形式创造力,除非他懂得与传统对话,接续前人的演创,并从中提炼写作灵思。一位在六七十年代引领时代风骚的民谣歌手,暮年之际尚能再添风华,所依恃者,正是愈磨愈有味的再利用技术与艺术。

很难想象,相似的这条民谣路,十四个世纪之前,杜甫早已出色地走过。

二千一百五十几年前,汉朝第七任皇帝刘彻下令成立乐府,除负责为宗庙外的祭仪与舞蹈制定音乐,还职司民谣采集。这一道行政命令,影响了日后大部分汉语系民谣的词句架构,说得时髦一点,形塑了中国的民间音乐面貌。历史上,汉武帝刘彻不是第一个设立音乐专职机构的皇帝,他所设立的乐府也不是第一个搜集各地民谣的官署。但是,较诸前朝,刘彻的乐官们所采集的民歌出现大量的奇数构造:一言、三言、五言、七言,乃至九言。而且,相对于诗经,乐府民谣在文体上更趋向于叙事化,语言上更加反映平民大众的质朴,内容上更立体地呈现劳动者的爱憎与苦难。

从西周末期到汉初,中原经历了几个大变化:一是生产方式更加远离狩猎采集,趋向定居化的农耕文明;二是世袭的贵族政体逐渐失衡、裂解;三是游牧民族的频繁入侵与大举移入。政治、经济、社会与文化的解体与再结构,当然会反映在民谣的多样演变上。但对于官定的乐府民谣,这只是充分而非必要的条件。汉朝的奠基者刘邦为南方农民出身,自然乐于引入楚声,改造宫廷音乐。及至汉武帝,更广征天下民谣,不仅是向平民进行文化输诚以厚实统治合理性,更藉各地民意以提升其治理上的警觉度。

另一方面，乐府化的民谣更具备了政治正当性，从而对文人的社会认识与写作产生示范作用。比起诗经与楚辞的呆板二言构造，乐府诗的奇数结构更富变化与节奏感，更适于表现深刻的情感、复杂的情绪、冗长的情节，以及变动的人际关系、社会观与生命哲学。来自民间的歌谣经过训练有素的文人官僚整理后，又向下普及民间，影响民间的歌谣创作，如此往返。在杜甫写下第一首诗之前，在官方的背书与机构支持下，知识分子的文学实践与平民的民谣创作之间不断地交流与互渗，延续了整整八百年，形成世界文明史上罕见而进步的文化生态。

二

1918 年 2 月，五四运动前一年，北京大学成立中国民俗学会，刘复、沈尹默、周作人、钱玄同、沈兼士、常惠等人，着手征集各地歌谣。他们的征集方式恐怕是前无古人后无来者：既非诗经、乐府时代的文人寻访，也非西方现代的专家采集。受他们感召，北大校长蔡元培号召全校教职员、学生协助搜集全国近世歌谣，并致函各地报馆、学会及杂志，请其广为宣传。用了近七年的时间，他们回收到 11 000 多首来自 24 个省区的民谣。

这是史诗般的行动！想一想，有多少人受到鼓励，启程回返童年与故土。他们客观而恭谨的采访态度一定让识字无几的母亲又惊又喜，而母亲一开口，他们豁然见识到绵长的记忆之河；他们可能翻山越岭或勇敢地跨过身份的尴尬，采访传说

中的民谣能手;他们之中可能有人发现,民谣原来是集体流传
与个人创作的神秘结合。还有新的态度与想象;在学术机构与
文化运动者的助力之下,他们以族群文化采访者的身份,再度
亲炙了早年听而不闻却直入灵魂深处的民谣。

  同等重要地,是从这批民谣的汇整与研究中,五四的新文
化运动者梳理出近代中国的人文地理,并以新的视野审视中国
古文明。譬如,考古学家董作宾从中发现了 45 首同一个母题
的歌谣,至少涵盖 12 个省区。董作宾是杰出的甲骨文学者,有
着深厚的考古学、文字学及语言学等方面的素养。搭衬着如此
丰富的知识背景与罕见的专业配组,使得他的专著——《看见
她》,成为有趣、启发性极高的民谣研究经典。他认为这类歌
谣应发源于黄河流域一带;在陕西三原,人们如此"看见她":

> 你骑驴儿我骑马,
> 看谁先到丈人家,
> 丈人丈母没在家,
> 吃一袋烟儿就走价。
> 大嫂子留,
> 二嫂子拉,
> 拉拉扯扯到她家;
> 隔着竹廉望见她:
> 自白儿手长指甲,
> 樱桃小口糯米牙,
> 同去说与我妈妈,
> 卖田卖地要娶她。

对照其他各地以"看见她"为动机的民谣,一幅民谣的旅行地图便生动活现地展开了。沿着水路交通,它们在路上骑白马,到了水国就撑红船。随着地理、风俗与语言的差异,每个地方的"她"有着不同的容貌、装饰,描述上各有春秋。领会了民谣所呈现的美妙灵思,董作宾不禁赞叹民谣之为文艺,"是一种天才的表现,……虽寥寥短章,……皆出自民俗文学家的锦心绣口。"

董作宾的赞叹颇能说明当时新文化运动所造成的意识形态翻转:民间歌谣素为传统文人所鄙夷,现反被高举至学术殿堂,视为艺术珍品。再加上鲁迅、胡适等代表新时代精神的公共知识分子,以国民教育、国语文学的高度呼吁搜集、整理各地歌谣,许多大学者遂纷纷投入。董作宾乃针对民谣于地理空间上的横向迁徙,另一位学者顾颉刚则专注一地区的民谣于时间轴上的纵向演变。

呼应这场新文化行动,顾颉刚对自己的故乡江苏,展开了民谣的搜集与分析工作。1924 年,顾颉刚的《吴歌甲集》在《歌谣周刊》连载 32 期,之后并出版专册。顾颉刚差不多动用传统国学研究的全部专业,科学又热情地面对家乡的歌谣传统。集子录有百首歌谣,顾颉刚为之注解与考据的态度无异于面对四书五经,对当时的老学究而言,其荒诞程度绝对胜过用物理学研究童玩。更启人神往的,是他的诠释往往精妙地展现了常民观点;譬如在一首题为"摇大船"的童谣中,顾颉刚注道:"凡儿歌言摇船者,均系手接手推挽若摇船之状时所唱。"

从民谣出发,并把握常民的生活观点,顾颉刚还帮现代读者还原了诗经中的民谣本色。譬如在《甲集》的《附录》中,顾颉刚讨论了《野有死麕》这首诗。其第三段,诗云:"舒而脱脱兮,无感我帨兮,无使尨也吠"。顾颉刚比较类似动机的江苏民间情歌,如《甲集》中的第 68 首——"轻轻到我房里来,三岁孩童娘做主,两只奶奶嘴子塞,轻轻到我里床来",推断它原是描述男女交欢的情歌。它的意思很简单,就是女要男慢慢来,不要弄乱她身上的配巾,不要惹狗吠叫。而朱熹却说此段是表明女子"凛然不可犯之意",硬把女性的怀春说成贞烈。因此,顾颉刚揶揄道:"可怜一班经学家的心给圣人之道迷蒙住了。"真正进入民谣的脉络后,顾颉刚很清楚地辨识,在诗经的注释中,儒家道学是如何凌驾诗学。

从诗经的诗学讨论中,顾颉刚几乎要触及民谣的心灵。同样在《附录》中,他重新审视朱熹对诗经分析方法"六义"之一"兴"的定义。兴者,按朱熹界定,先言他物以引其所咏之词也。放到现代文学,"兴"接近具有逻辑性的联想。而朱熹及历代的注家常从道德观点出发,解释"兴"的逻辑。譬如,诗经首篇首章:"关关雎鸠,在河之洲;窈窕淑女,君子好逑",朱熹如此解释"兴"的作用:"雎鸠,水鸟……生有定偶而不相乱,偶常并游不相狎",因此淑女不仅匹配君子,且他们相处"和乐而恭敬",像水鸟"情挚而有别"。

加上其他类似的例子,顾颉刚看出两个问题。一是"兴"作为分析方法,常有适用模糊之处。以"关关雎鸠"为例,美学上其实更接近"比",但进一步细究又不太像是严谨的比喻。其二,诗经中民谣属性明显的诗篇,如出自国风篇者,似乎不全然能套用伦理逻辑。关于后者,顾颉刚以其所搜集的江苏童谣,指证历历,譬如"萤火虫,夜夜红;亲娘绩苎换灯笼"、"一朝迷雾间朝霜;姑娘房里懒梳妆"等,不胜枚举。事实上,日后的研究也阐明,"反逻辑"、"去逻辑"甚或"调侃现实逻辑"是民谣的通性之一。环顾世界的民俗学发展,要到 1962 年,法国人类学家列维-斯特劳斯(Claude Lévi-Strauss,1908—2009)发表《野性的思维》一书后,我们才逐渐知道,这些看似无逻辑可言的初民神来之笔,仍可透过分析,窥探人类的心灵结构。但在 20 年代,中国现代民俗学刚起步,顾颉刚指出古人说话的"支离灭裂",其洞察力之锐利,论述之敢言人所不敢,也正反映出当时知识分子勇于向时代提明、与既有意识形态诘辩的革命气氛。

起于 1910 年代的这场民谣复兴运动,为五四运动及日后左翼运动中"到民间去"、"向农民学习"的实践方法,奠定了向下延伸与认同的文化理论基础。而在中国历史上,每当时代巨变、社会动荡,怀抱淑世热情的文人转向民间,重新认识时局,并向民谣学习新的论说与创作方法,本就是一个长远的传统。公元 758 年 6 月,杜甫被贬,在安史之乱中离开长安,展开了他的公路歌谣之旅。

三

民谣传统往往在灾年、战乱或社会变革中,与忧国恤民的知识分子野合,生发成激楚的当代化过程。

1930 年代,正值美国经济大萧条,俄克拉荷马州发生连年的大干旱,天灾与人祸加乘,逼使大量无地农民迁徙,寻找活路。二十出头的民谣歌手 Woody Guthrie 随乡民向西出逃至加州,见证了农业大资本与银行业连手发动的土地兼并、其对小农与佃农的层层盘剥以及大农制生产方式对环境的毁灭性后果。路上,逃难的艰辛风景、吃人的体制与游民的行吟在歌手的心灵中交织,促使他写出美国现代民谣史上的开山之作《Dust Bowl Ballads》(沙尘暴纪事)。

1940 年出版的《沙尘暴纪事》在叙事者、当事者、阅听大众之间创造了前所未有的对话深度与向度,影响了日后众多优秀歌手。这张专辑有几项开创性的特质。首先是对事件的实时报导——专辑出版时,大萧条尚未完结,而 Woody Guthrie 所描述与批判的社会现象也正愈演愈烈,其反应之专注与迅速,有助于吸引注目、激起公众讨论。其次,是观察的眼光与叙事的口吻——纪实中的说故事者,其角色既涉入又疏离,有时是客观的全知者,有时是苦难者的集合体,易使听者产生半是宗教半是理智的关怀热情。再者,曲调上 Woody Guthrie 参考了当事者生活其中的传统音乐——小调、摇篮曲、福音歌等等,使得内含大量讯息的歌词得以藉着文化亲近性,抵达受众的良知。还有,在歌词的写作上 Woody Guthrie 增添了新意,譬如用肺病的诊断写沙尘暴之折磨生命、用银行抢匪写社会不义,其切入点既悲天悯人,又跳出人道主义的俗套,为民谣中的现实主义精神创造了呈现的更高境界。

以上都还只是创作方法上的影响,更重要的,是生命态度。终其一生,Woody Guthrie 不满足于安全的、远距离的观察与关怀,坚持参与到社会运动或事件的最前线,理解问题的症结,与群众同悲共苦,用创作发声,引发舆论关注,争取公众支持等等,为 1960 年代的激进民谣运动塑造了人格典范。另一方面,他不安于室,用尽各种办法上路,行旅祖国山河,体验人生,于途中记录、创作;这种滚动式的写作态度,早在嬉皮运动之前,就已创风气之先。70 年代之后,街头复归平静、庸俗,那些受惠于民谣运动的歌手尽管名利双收,不少人仍剔励自己莫废初衷。他们或投身实践理想,或持续以创作批判现实、声援社会变革;溯其源,正是 Woody Guthrie 的遗绪。

1963 年 5 月,Bob Dylan 出版第二张专辑《The Freewheelin' Bob Dylan(Bob Dylan 自在优游)》,不管从民谣运动、反战运动或现代文学来评价,均是精湛之作,而且出版时,他尚差 3 天才满 22 岁。之后,他以惊人的创作能量,3 年内创作 5 张专辑,以犀利的激进批判为高张的社会运动助阵,以高明的音乐性响应民谣与蓝调复兴运动,以前卫的文学性呼应英美的现代诗歌运动及纽约的前卫剧场运动,将美国的反主流文化运动推上巅峰。

但天才的实现除了时代的条件,更需要前人的累积。在杜甫之前,乐府诗历经数百年的搜集、整理、研究与传播,到了战乱频仍、政治与思想中心解析的东汉末年及魏晋南北朝,带有边缘性与叛逆性的文人如曹操、曹植、曹丕父子,及王粲、陈琳、阮瑀、刘桢、傅玄、张华、石崇、刘琨、蔡琰等,常藉社会写实进行政治论述,是其时,乐府诗体中丰富生动的民间性成了时代的首选,他们以之为发声的依靠。这些新创的乐府诗——经典如王粲的《七哀诗》、陈琳的《饮马长城窟行》、阮瑀的《驾出北郭门行》、蔡琰的《悲愤诗》等,为继起的唐朝诗人开启了一扇惊奇之窗,既让他们看到乐府诗形式与语言的巨大后坐力,又为他们展示了如何以民间声学,将政治见解、时代特征与社会关怀等表现面向织育为可攀爬可路跑的新文学体,向上为净言,向下为风谣。魏晋南北朝的乐府诗人之于杜甫，正如同 Woody Guthrie 那一辈的激进民谣实践者之于 Bob Dylan。

　　从周天子命采诗官四出搜集民歌，蔚为"不学诗，无以言"的风气，至汉武帝立乐府采集歌谣，形成"为时而着，为事而作"的新乐府诗创作风潮，这个过程开始于公元前一千多年；不管是从世界政治史、文学史或音乐史来看，皆是惊人的早慧之举，其对中国文明的影响，恐怕要超过后来的四大发明。理想上这是明君藉风谣以观民情、知得失并自我匡正，实际上是民间的材料经过官僚及文人的编辑后，形式及音韵上更为严谨规律，并渗入政治伦理与礼仪规范，从而变身为教化百姓的媒介。司马迁不仅看出诗经编辑过程的政治性，还指出其复归音乐、以利宣传，故云："古诗三千余篇，及至孔子，去其重，取可施于礼仪者……孔子皆弦歌之，以求合韶、武、雅、颂之音。"后世学者对孔子删诗说容有疑义，但对其过程的特点，倒有共识。

　　中国因此形成了非常独特的文学社会机制。文人受感染，内化为重视民谣的风气与传统。民谣既是观察社会舆情的窗口，对其进行理解、诠释与再创作，亦为文人养成学术与写作的必经之路，及评量重要性的依据。文学上，民谣从四方、由下而上地向京畿汇集、整编、出版，使民谣得以保存、流传，既延伸、具象化了文人的国家想象，丰富他们的社会视野，又为其提供创作养分。经过文人润饰的民谣，带着更精炼的美学与校正过的思想内涵，回返民间，与各地的风土、脉络杂交。文人从而成为中介体，使国家组成的上/下、中央/四方之间得以进行政治与文化上的交流、对话；这或许是千年来中国得以维持大一统意识形态的充分条件。

　　类似的过程与机制出现在两千年后的美国。从 19 世纪末至 1960 年代,在国会图书馆及出版业者的支持下,美国民谣搜集/研究/出版/演奏者 John Lomax(1867—1948)、Alan Lomax(1915—2002)父子对美国民谣进行了大规模的田野录音,并进行档案归纳、研究与出版。John Lomax 为国会图书馆成立的《Archive of American Folk Songs》(美国民谣档案)覆盖了 33 个州,富涵多元的地域、职业、种族与信仰特性,在学术研究、公众聆听及文化学习上均引动了广泛的兴趣。但他们的志业不囿于此。

　　儿子 Alan Lomax 成长于美国最为左倾的年代,他对运动性民谣以及反映劳动者与低下阶层生活特性的歌谣特别重视。1939 年底,Alan 在全国性的电台上系统性地介绍美国民谣宝库,并现场演唱 Burl Ives、Woody Guthrie、Lead Belly、Pete Seeger、Josh White、及 the Golden Gate Quartet 等活跃歌手与团体的作品。这些节目直接于学校的课程中播放,受惠的学生多达一千万人,对年轻世代的民谣学习、文化兴味、社会意识与民族想象等等,产生了难以估量的影响。

　　Alan Lomax 见识到民谣运动对社会变革的巨大推力,开始对三四十年代激进歌手的实践历程进行访谈,并录制、出版他们的民谣演绎与创作。50 年代初,Woody Guthrie 受家族性遗传疾病亨丁顿舞蹈症干扰,行动能力恶化,未久美国又陷入恐共的政治局势,活跃的民谣乐手受到监控。多亏 Alan Lomax,美国第一批现代民谣歌手的进步作品得以保存下来,并至少能在藏家与图书馆流通。到了 1959 年,局势稍缓,他又与 Pete Seeger、Theodore Bikel、Oscar Brand 及 Albert Grossman 等民谣运动推手合作,举办 Newport Folk Festival(新港民谣音乐节),安排他所采录过的重要民谣、蓝调歌手走出被遗忘的角落与年代,面对全新的民谣世代。第二年,Bob Dylan 就在这个音乐节的舞台上初试啼声,迅速引发民谣革命。

这样子的承先启后,Bob Dylan 与杜甫多么类似!

放在中国文学史上,杜甫成就的境界显而易见,诸如政治性、社会性与文学性的精致统一,批判性的高超艺术概括,形象、景象与情感、思想的相互渗透,复杂而幽微的心理描述,精准奇丽的炼字锻句,以及文词中丰富的构图与造乐等等,众注家与评家早有定论。读杜甫的乱世作品,其一生纠结在儒家君臣伦理、国家主义、人道主义、淑世热情、家庭责任与创作欲望之间,不断遭逢悲剧,又持续创造惊奇。杜甫以公共知识分子的自我认识与期许,行旅于浊世凶年,像个报导文学家,不断记录途中的见闻并表达关切。以民谣运动的历程观之,杜甫以自身为媒介,接合文人文学与乐府诗歌传统,展衍出广阔壮盛的对话。

四

Bob Dylan 的 2006 年专辑《Modern Times》佳评如潮,但其词曲中援引的传统民谣或前人作品,并未注明出处,因而招致多方诘难。Bob Dylan 没有回应质疑,大概他从来就认为,民谣的传统中,没有"注明出处"这回事。他的静默并不寂寞,60 年代民谣运动中的另一位重要歌手 Ramblin' Jack Elliott(1931—),亦从源远流长的民谣脉络看待此事,他说:"Dylan 从我这儿学到的方法,是我从 Woody Guthrie 那边学来的;

Woody 没有教我,他只说,如果你要学点东西,就用偷的;我从'铅肚皮'(Huddie William Ledbetter,1888—1949,美国民谣与蓝调歌手)那儿学到的,就是这件事。"Pete Seeger 也说过同样的事,他回忆 Woody Guthrie 曾指着他向旁人说道:"这家伙偷了我的东西,但我的东西是向众生偷来的。"

　　杜甫也偷,而且偷得更凶、更广、更绝妙。感谢后代数百位注家的爬梳,杜甫如何因陈出新,吾人得窥一二。早年诗作《题张氏隐居二首》,首联"春山无伴独相求,伐木丁丁山更幽",以声音切入,带出风景之纵深,简直是电影中的摇镜手法。据清初的仇兆鳌汇整,读书破万卷的杜甫,其参考来源可能涵盖南北朝诗人庾信的诗句"春山百鸟鸣"、西晋政治家/文学家刘琨的诗句"独生无伴"、南朝诗人王籍的诗句:"鸟鸣山更幽"、诗经小雅伐木篇"伐木丁丁,鸟鸣嘤嘤"及易经"同气相求"。杜甫像个魔法师,消解前人的文字碎片,吐出景深更远、人味更浓的诗句。

　　再如杜甫在《房兵曹胡马》中写西域来的汗血马,把北魏贾虒论骏马的"马耳欲小而锐,状如斩竹筒"及东晋王嘉《拾遗记》中形容曹操麾下大将曹洪坐骑英姿的"耳中生风,足不践地",糅成"竹批双耳峻,风入四蹄轻",不仅文字练达,形象精准,且速度感跃然纸上。到了《暂如临邑至㟙山湖亭奉怀李员外率尔成兴》中的"鼍吼风奔浪,鱼跳日映山",中年的杜甫藉以表现速度感的意象与意象间的联系,更加纷陈紧凑,令人目不暇接。转化,是诗意表现的基本要求,而杜甫在基本功上所呈现的出神入化天分,惊人至极。

　　终其一生,倒装句法是杜甫进行诗意铺陈与转化时,最重要的手法。晚年客蜀期间所写的《登楼》中，首、次联"花近高楼伤客心，万方多难此登临。锦江春色来天地，玉垒浮云变古今"，运用倒装法，将情绪嵌入动态的风景，焊溶时代感、意象与空间感；诗人的历史心灵，色彩斑斓。

倒装法在杜甫手上，表现出前所未有的前卫感。但倒装法并非出于杜甫的文学实验，魏晋南北朝时期的乐府诗人就已广泛运用，著名者如影响杜甫极深的鲍照（414—466）。读鲍照的民谣形式作品，如《采菱歌》："要艳双屿里，望美两洲间；袅袅风出浦，容容日向山"，倒装法的民间性呼之欲出。再读当时的风谣，如东晋初期的《豫州歌》："幸哉遗黎免俘虏，三辰既朗遇慈父；玄酒忘劳甘瓟脯，何以咏思歌且舞"，则知倒装法根源于乐府中的问答式民谣——相和歌，亦即现代民谣研究中所说的呼唤与响应（Call and Respond）。

新乐府诗人采用民谣中的问答形式，对中国的文学创作历程产生了两层革命性的影响：第一层改变是叙说方式从第一人称移至第三人称；第二层转变是作者视野从精英中心移至黎民百姓。在这两层结构转变的作用下，新乐府诗中开始出现复数的"他者意识"，作品与读者间的对话层次因之纷杂，总而呈现现代小说的基本要素，亦即群黎的多元主体性。

要知道，在西方文学的发展史上，独白式的史诗占据了非常长的时期，小说性质迟至 16、17 世纪才出现，而中国在公元 3 世纪初的汉魏时期，于当时的文学社群——建安七子之间，就已蔚为风气。从阮瑀（？—212）的《驾出北郭门行》表现作者与林中孤儿的对话，到陈琳（？—217）参考《陌上桑》、《东门行》及《孔雀东南飞》等对话体流行歌谣，写出小说体式的新乐府经典《饮马长城窟行》，在在说明，中国诗学受乐府影响，至汉末、魏晋，早已众声喧哗。

　　杜甫从魏晋南北朝的乐府诗人那里所继承的，不仅是白居易所指明的"为时而著，为事而作"的写实主义精神，同样重要的，还有写实主义的创作艺术。天宝十载（751 年），困顿长安的中年杜甫写下即事名篇《兵车行》，承先启后，预示了他的所有伟大：

> 车辚辚，马萧萧，行人弓箭各在腰。
> 耶娘妻子走相送，尘埃不见咸阳桥。
> 牵衣顿足拦道哭，哭声直上干云霄。
> 道旁过者问行人，行人但云点行频。
> 或从十五北防河，便至四十西营田。
> 去时里正与裹头，归来头白还戍边。
> 边庭流血成海水，武皇开边意未已。
> 君不闻汉家山东二百州，千村万落生荆杞。
> 纵有健妇把锄犁，禾生陇亩无东西。
> 况复秦兵耐苦战，被驱不异犬与鸡。
> 长者虽有问，役夫敢伸恨？
> 且如今年冬，未休关西卒。
> 县官急索租，租税从何出？
> 信知生男恶，反是生女好。
> 生女犹得嫁比邻，生男埋没随百草。
> 君不见青海头，古来白骨无人收。
> 新鬼烦怨旧鬼哭，天阴雨湿声啾啾。

　　《兵车行》是杜甫对陈琳《饮马长城窟行》的致敬与回应。在其创作历程中,此篇之所以重要,不只因其首度触及了生民苦难并针砭时政,且是诗人承接乐府歌谣资产并进行再创作的初啼之作,且为其后的三吏、三别等即事名篇,奠定了写实的手法。杜甫一出手就超越汉魏名家,将乐府诗体的写实艺术推高至前无古人的境界。然而,能文之人遭逢战乱,无论是反映社会苦难或批判政治败坏,汉魏以降早已辉煌见诸民间及文人的乐府诗歌;那么,杜甫要如何超越呢?

　　诗人回归民谣的根本:声音、节奏与结构。《兵车行》的节奏强烈,就乐府诗而言,其撞击感之猛,宛如1970年代的英国朋克(Punk)音乐之于前一个世代的摇滚乐。此诗一开头便连用了两个三字句,使灰色系的声音场景充满了不安的氛围,接着平仄相间,绷紧文字的节奏,同时频繁变换场景与韵脚,令人感受祸乱的迫近,接着腰处插入八句五言,并起用短韵"u",造成低回与急促感,传达男丁备受奴役的命运,最后又以长韵"ou"及"ui",引领读者细细慢慢地咀嚼历史的悲痛。《兵车行》的音乐性丰富,不管使用哪一种汉语系地方语,读来尽皆抑扬顿挫、胸臆澎湃。

　　书写悲剧有两道关卡。第一道关卡是写实,亦即掌握现实的矛盾与苦痛的细节;但真正把苦难写真了,又容易使人不忍卒睹,或读来沉痛闷抑,导致疲乏,令人急于脱逃。也就是说,写实主义文学的方法经常让它的主人到不了目的地。因此,伟大的写实主义文学家必须借助形式,在读者与文本间创造疏离的空间,使读者拥有客观的距离,以与作家产生审视性的对话;这是第二道关卡。

为达到疏离的效果,1960 年代的 Bob Dylan 参考了两种风格:充满边缘感的乡村蓝调(Country Blues),以及前卫剧作家布莱希特(Bertolt Brecht, 1898—1956)的疏离剧场。同样地,杜甫从自身的民谣传统中汲取可用的元素;在《兵车行》中,他使用乐府歌谣的重要形式——问与答,帮助身陷历史场景的读者抬高视线,以作为客观的第三者。但读者刚安稳于客观的特权,杜甫又运用"君不闻、君不见"的乐府句法,将读者变为负有历史责任的第二人称。如此诱进、高抬与移位,杜甫藉乐府民谣的元素,创造了真正具有对话效果的写实主义文学。

在文学史上,杜甫早被誉为"诗史",到了现代,更被封上写实主义诗人的称号。杜甫当之无愧,毫无疑问。然而,在诗人的创作生涯中,符合"诗史"或"写实主义"的作品,比例并不高。其大部分作品的说话对象,仍是诗友、文臣将相,以及最多的——他自己;更严格说来,前两者说的也是诗人自己。因此,确切地说,杜甫是一个务实的写实主义诗人;只有在面对时代的剧痛、不堪与涂炭的生灵,内心升起向生民大众说话的使命时,他才会动用乐府歌谣的民间形式。当然,一旦诗人起心动念,其作品便就是既写实且批判,音乐性强,艺术性高超,而对话性深且广了。

1960 年代,Bob Dylan 被冠上的封号也差不多属于上述性质。Bob Dylan 藉由叛逆的姿态以及更多的创作,以逃离这类唯一性封号的桎梏。社会写实、批判时政或反映时代呼声,他当然驾轻就熟且义不容辞,但那并非他人生的全部。归根结底,诗人在乎的,是创作心灵的自由。杜甫若有机会表达他对这些称号的看法,当与 Bob Dylan 不远。

我自身的摇滚乐社会学

——献予赖碧霞女士（1932—2015）

　　有一段时期，大约是 1970 年代末、1980 年代初，台湾的翻版唱片出版业试图亦步亦趋地反映美国摇滚乐的演进路线。从 60 年代初的议题式新民谣、中期的白人节奏蓝调、末期的迷幻摇滚，到 70 年代的融合爵士、当代爵士、重摇滚、前卫摇滚、重金属与早期朋克，翻印的速度愈来愈快，跨越几个世代的摇滚乐压缩在几年内大量冒出。所谓"翻印"，就是把原版唱片当音源制成母带，母带转成母版，再以母版压制黑胶唱片，或者直接以母带拷制录音带；新的封套则是用原版进行照相印刷。以现在的知识产权观点，"翻版"当然是侵权行为，可又与后来的"盗版"不完全等同。

　　当时的美国政府不仅知之、许之，且持续藉助驻台美军电台及后来的 ICRT 电台（International Community Radio Taipei）推波助澜；冷战时期，还有什么比美国流行音乐更持久、穿透力更广更强的政治战略工具？台湾处于冷战对峙的前沿地带，亟需美国军事、经济的护持,自也乐意受其文化全面渗透。于是摇滚乐的翻印,堂而皇之地成为文化工业;青年我等在唱片行喜滋滋地挑片,自动自愿被殖民,侥幸地以 1/3 的价格大量聆听各种"先进的天外声响"。

在冷战结构的国际边缘及专制的戒严体制下听摇滚乐,是一种特殊的历史文化经验,其所遗下的社会烙印贯穿了好几代台湾知识青年。

1983 年进台南府城念书的第一波撞击,是开始认识其他听摇滚乐的大学生;有两种类型深植我心。较容易碰见的是孤傲竞争型,他们以追寻当时最前卫的音乐表现形式为核心焦虑。美国摇滚乐可能是现代流行音乐史上演化速度最快的乐种,从 1950 年代中期的早期摇滚乐到 60 年代末的形式大发生期,只花了不到 15 年的时间。所以这一型的乐迷可有得追了——当他们以为抓住了最顶尖的歌手、乐手或乐团,却经常蹦出名不见经传的家伙,一出声就吓得人透不过气。于是他们的摇滚音乐观是演化主义式的,亦即永远有更厉害的;这是乐趣,也是他们的逃不出的陷阱。

所谓"前卫",其焦点可能在单件乐器上——尤其是电吉他与套鼓,可能在整体风格上,也可能在音乐概念上。简单说,他们的聆听美学是严格的作品论,大多不会关注作品的社会文化脉络与对话关系。但即使他们愿意试试,以彼时的信息条件,也顶多是以管窥豹。他们碰在一起,最常炫耀自己最新、最厉害的收藏或聆听心得,同时鄙视对方的品位与搜寻能力。由于同侪的比评压力,他们之间难以形成讨论性的音乐社群。那些在翻印工业里负责选片的,不乏这类摇滚狂。

另一种是孤僻安静型。他们与天文迷无异——我真觉得，常于夜间伸出灵魂的天线，接收那些超出本身社会几万光年的神秘声音，暗自神游。狂喜之处，他们闭眼、摆头、脸部肌肉扭曲，或弹奏空气电吉他，或手按书桌电风琴，或乘着主唱的嘶喊，幽微地呻吟。摇滚乐之于他们像是密教；他们不太与人讨论，也不大在乎音乐类型的广度。也许在人际关系上习惯不动声色或自我压抑，他们尤其偏好情绪强烈、有长间奏的摇滚乐，如重摇滚、重金属与某些前卫摇滚。他们会把唱针放在一首曲子的 1/2 至 1/3 处，像注射强烈药剂那样，直接进入电吉他、打击乐器的暴风圈。

从小学到高中，课业成绩盘旋在个位数名次的同学让我想逃离教室。进了大学，这类人都从我的眼界里消失了，现在换成摇滚狂们令我感到困惑。我不明了他们的自我如何被摇滚乐置换；在他们嗑药般的聆听氛围中，我感到些微的恐惧。一直要到二十年后，与自己的乐团出境去柏克莱大学表演，被策展人 Andrew F. Jones 招待去旧金山的摇滚乐胜地 Fillmore West，听来自隔壁州的独立民谣乐团 The Decemberists 表演，真正在一个地域文化社群中亲炙摇滚乐，那些困惑才逐渐融解。

原来摇滚乐是这么公众且呼应集体脉络的事儿！而我等在国际政经结构的边缘位置中痴迷于摇滚乐——或第一世界的其他文化产品，注定在横而片断的移植中成为独孤自恋的想象臣民。我们之间形成不了任何公共性，遑论成为与大众沟通的文化主体。我们在自己的文化中永远是孤高的边缘人。我们既看不起自身社会的流行文化，亦无能全貌性或纵深地评论第一世界的文化进展；就算是少数精英有此能力，对那些文化的原生社会而言他们也只是狗吠火车。我们的社会故乡与文化故乡是分裂的：我们生于斯长于斯，但我们有些人的心灵故乡可能是 1960 年代的摇滚美国，可能是某个年代的哲学或古典音乐德国、人类学或美术法国、政治学美国、艺术西班牙或文学英国等等。我们自以为是独立的磁针，个别指向遥远星球上的磁场，彼此间却无由感应。

1980 年代初，并非没有机会接触政治经济学与文化研究，但对于青年时期身心受制但又处心积虑想顶几句想回几拳如我辈者，很难不从摇滚乐中听见那些诱人的、对身体心灵的解放召唤，很难不震撼于某些作品对自身政经体制的否定、批判，与对社会现实的描述，及对弱势者抗争的支持。还有，我们很难不羡慕某些优秀乐人在社会性、文学性、文化性、运动性与音乐性之间所创造的精彩对话。

然而——后来我逐渐意识到，在台湾这个从政治经济到社会文化全面受美式资本主义、现代主义与个人主义强势贯穿的半边陲地区，听摇滚乐、迷摇滚乐、追踪摇滚乐而能不变成形式主义买办或孤绝自封的精英主义者，且能不亢地迎接外来文化、不卑地看待在地的文化生态，是何等不容易！即使我们矢志超脱被殖民的局势，在认识上我们往往陷入传统与现代二分的魔障，在实践上我们又很难不落入眼高手低的窘境。我们年轻在容易听入摇滚乐的年代，但却活在不易听出摇滚乐的社会；这是我辈的幸与不幸。

但二十出头，没有太多思想的翅翼，好飞离摇滚乐狂的深渊，我只能逆反他们的路线，向着摇滚乐的根源，向下听、往后听。感谢许国隆先生，顺着我的兴趣与问题意识，慷慨出借了许多围绕着 1960 年代民谣复兴运动的书籍与唱片。我听了十几张黑人蓝调、灵魂与早期摇滚乐唱片,以及一些民谣与社会运动倡议者改编自白人农工民谣与黑人蓝调的民谣唱片,开始模糊地认识白人摇滚乐如何从黑人音乐的节奏化与城市化中撷取形式与情绪表达的养分,民谣创作如何与传统及社会运动对话,以及——对我而言最重要的——如何与黑人蓝调的土地劳动者关联。

从白人摇滚乐的黑色关联,我渴望听到其他族群的农民音乐。从许先生那里,我知道法国国家广播公司以人类学观点,出版近两百张世界各地的民族音乐唱片,我从其中找到好些"劳者歌其事"的田野录音。从较广的劳动音乐视野,我得以能重新进入台湾的传统音乐场景,因而"再听见"自己的客家山歌。我一遍又一遍地听许常惠先生编辑的《赖碧霞的客家民谣》(请容我充满敬意与谢意地备注:中国民俗音乐专集,第十四辑,第一唱片厂有限公司)。每当赖女士唱到最"黑"的老山歌曲调,我总觉得泪腺乃溯源至心脏。虽然祖先传下的山歌不吐嘈、不抗议,缺乏刺入骨的反讽与幽默,但不妨碍我天真地推测:凡是被压抑的劳动者音乐皆具备蓝调的某些特性,或者,"蓝调"可以理解为劳动者音乐的某些普同性。

但那些涌出的泪水不只关于遥远的童年记忆,还混杂着悔悟:"干!这不就是蓝调!"正如同蓝调乃关乎被压迫的劳动黑人,老山歌之于我先是劳动者,然后才是客家。只是——劳苦的客家祖先啊,真失礼哟,不肖子弟先是听了几百张六七十年代的盗版摇滚乐唱片,又经高人指点,才知道摇滚乐的根源在蓝调,再听了一堆唱片后才幡醒:啊!原来你们也在唱蓝调呀!

　　那已是 1986 年隆冬,距离学期末即将因 2/3 学分不及格被踢出大学,剩不到一个月。我不再进校园,整天关在赁居的透天厝三楼,夜以继日地阅读马尔克斯的小说《百年孤独》,一张又一张地听德州歌手 Lighting Hopkins 的蓝调唱片、陈达的恒春民谣、赖碧霞的山歌、南声社蔡小月的南管,以及第一唱片出版的台湾民俗音乐专辑。小说中,布恩迪亚家族的第六代子孙在掀屋推墙的狂风暴雨中破解了吉普赛人的预言,发现家族宿命早已写定,将随着马孔多村一起消失。而我也知道,命运之门已向我洞开。

我的辞书旅行

　　土生土长的语言，英文称之为 native tongue，直白说就是乡音。用自己的客家话写歌词，不就是五四时期白话文运动所主张的"我手写我口"吗？够自然、够顺手了吧？

　　其实不然！小时在校讲客家话是要受罚的。从小受国民党训政教育，我们的意识里早被建制了一套关于语言的优劣秩序。用这种带罪的语言写一些公开发表的歌词，老实说，第一关是鼓足勇气跟脑子里的统治者辩驳，以克服地方语的自卑感。更麻烦的，是还得遭遇别人脑子里的统治者。东西写出来后，不断要应付同样的疑问：你们的话这么少人懂（拜托，台湾有四百多万客家人），为什么不用国语呢？这样不是可以让更多人理解你们的想法吗？

　　好，我们来说说这个岛上的普通话；十几年前它被请出殿堂，被按了一个较为平民的专有名词，叫台湾国语。在 1949 年以前，作为一种社会语言，它是不存在的。即便 1949 年之后，国民党"政府"运用教育系统及传播媒介，贬抑各种地方语文化、强力推行国语，直到今天，它的社会文化性质仍偏向官僚阶层、国民党外省、北部都会、中上知识阶层。就以语言的记忆与传述功能而言，台湾国语并不触及绝大多数劳动者与乡间居民的生活；台湾的国语流行音乐之难与社会现实及各族群文化元素对话，像摇滚乐那般，根本原因应不脱这种绝缘现象。因此，当我们想记录、描述发生于美浓的人民行动，怎么能绕过客家话？

就语言的表现性而言，上述的绝缘现象还不是台湾国语的最大缺陷，它的标准化也不是症结所在；真正的问题在于它的音标设计。这么说吧，由 21 个声母、16 个韵母及 4 个声调所组成的国语注音符号，对于绝大多数汉语系地方语而言（闽南语有 14 个声母、76 个韵母及 7 个声调，客家话中最为通行的四县腔有 18 个声母、76 个韵母及 6 个声调），均太过简略（若我们将声母、韵母及声调的数目相乘，以测量语言的变化能力，则可发现台湾国语的复杂程度仅及后两者的 1/5 至 1/6 左右）。这造成两个明显的后果：一，台湾国语吸收地方语的能力非常薄弱，注定成为一种贫乏的强势语言；二，台湾国语的音乐性奇差，因为它的声线是锯齿状的，而非一般地方语的流线型。

也就是说，就音乐表现的观点而言，台湾国语是最糟糕的选择。

但也由于地方语的繁复，以同样的艺术性要求，其写作难度远胜于标准语。我刚开始创作时，仅凭自身的语言记忆与知识，一首词往往耗上两三个月。偶然，受到两部大陆辞书的启发，我才意识到语文参考书籍与民谣研究著作的重要。之后陆续收进台湾客家语文研究者的著作,如冯辉岳先生的《客家童谣大家念》及语言学者罗肇锦主编的《客话辞典》,创作的能耐与速度才得以提升。

我的第一部客家辞书是《客家话北方话对照辞典》(辽宁大学出版社,1994 年),著者是辽宁大学的学者谢栋元。谢是出生于广东梅县的客家人,大学就读北京师范大学中文系,研究所专攻古汉语,后任教东北辽宁大学。许是这种由南而北、贯通今古以及由边陲至中心的特别资历,使他写出了这本非常有趣的辞书。

首先,该书的词目编排方式乃多依字词的认识论性质,譬如天文、地理、时间、空间、人体、心理等等,几乎是用文字布置出一个族群的宇宙观。譬如,与时间相关的词目,谢搜集了 91 条,其中光是指涉一天中的时光变化就多达 19 条。难道是因为客家人所在的丘陵地的光线与景色变化特别细致明显,以及他们严肃看重农耕生活的时间效率,使得他们非得把一天切分得那么细不可?

再者,是选字、订字问题;为字音关系长久疏离的族群编纂一部辞典,这是最需要挑剔的工作。后来我所搜集到的客家辞典,针对文字感模糊的语汇,常用"听音生字"的简便方法,亦即根据现时的发音,找一个音近义似的汉字套上。若找不到合宜的汉字,就用类似的汉字,加上部首,新造而成。这种方法的毛病,是没有考虑到语音脱离文字而独自演变的问题。谢栋元认为,现代的客家话可溯源至唐末、宋元之际的中原,因此他常在古籍训诂中,演练精彩的考据工夫。

譬如,人的颜面部位"下巴"在客家话中为"ha ŋam"。

"ha"写为"下",毫无疑问,但"ŋam"该是用哪个字呢?谢栋元选的是"岩",乍看连不上。但他说了,《说文》山部:岩,岸也。又,《尔雅·释丘》:望厓洒而高,岸。因此,岩不唯是岸,且还是高峻的水岸。这么一解,"ŋam"之为"岩"不仅证据确凿,而且,比起只是纯粹部位指称的"下巴","下岩"乃相对于嘴唇,更有立体感。

一般客语辞典的编纂者处理完上述两个工作,大概已经人仰马翻,辞条中该有的例句就顾不到了。谢版客语辞典不仅有之,而且还多援用歌谣。譬如,解释完"两头蛇"这个词目的双面人意思之后,他引了一首很精彩的山歌:心似黄莲口似花,连了阿妹连别侪,早知你鬼心咁坏,唔该惹你两头蛇。以"蛇"当韵脚,读来险奇刺激,不要说在客家山歌,在传统汉语系民谣中,均属罕见。又譬如,在"无话讲"的词目下,例句是竟然是一首抗战时期的数字童谣:一一一,我同日本有仇戚;两两两,我同日本无话讲;三三三,我同日本打下添……

这部辞典的另一个有趣之处是具有近代移民史视野;它成立了一个词目类别:"番域侨情",收录了50几条与南洋客属侨民有关的词目,其中不乏见证移民辛酸血泪者。譬如,"番伯公"是指"没有家室或境况不佳的老华侨","卖猪崽"是指贩卖那些失去人身自由、任人欺榨的移工。当然,对侨居地原住民充满歧视的字眼也比比皆是。

一位学识渊博的纪录片导演给了我这部辞典。它一方面采用社会科学的编目方式,二方面着重文字考据,三方面又广泛搜罗地方文献,参考性既广且深,除了使我更能以文学性的眼光考虑字词,还从此诱发了我对辞书的兴趣。食髓知味,后来我碰到古籍书店,专找这类"奇书"。

我的第二部辞书《粤讴》,作者为清代举人招子庸(1789年—1847年),收录了清朝中叶流行于广州一带的歌谣,便是在一家不起眼的二手书店寻着。这本歌谣集的歌谣编写方法遵循着自诗经以来的传统,亦即定稿者混杂着采风、修整与自创等三种手法与身份。这套无所谓学术伦理与知识产权的采集与再创作方法,是真正中国特色的知识论,在20世纪初之后受到西方学术分科与主客伦理的全面冲击,从此被逐出现代知识围墙。

招子庸出身富裕士绅家庭,早年屡试不中,为有效治疗落第忧郁症,遂结伙逛青楼,淫浸于歌伶美艺。但他毕竟家学渊源,内蕴极佳文艺品位,遂从俗词俚句中听出不得了的领悟。青楼从目的变手段,他藉以收集流传于歌伶间的唱词。之后他以举人任山东潍县知县,有政声。唯囿于乡情,收容涉嫌汉奸的同乡,致遭株连罢官。回乡后寄情风月,结识色艺双绝的歌妓秋喜,引为心灵知己。

之后的故事既红楼梦也百老汇。秋喜欲寄身子庸,唯鸨母摆道,明里定巨额赎款,暗里煽动债主。秋喜识破命运,不忍拖累伊人,遂投江自尽。痛不欲生的招子庸从此更视粤语歌谣为秋喜化身,疼之爱之惜之更假借之,以粤语韵律为主体,编写了这本《粤讴》;全书分为叙事、恋情、规讽、滑稽等四大集,共1262则歌谣,不仅量大,且来源地区广泛,足可证当时广州流行文化之强盛。一百七十余年后,以一个地方语研究者与创作者的眼光读之,激动之处多多,更何况其中还收录了不少经典的客家民谣,如这首《藤缠树》:入山看到藤绕树,出山看到树绕藤,树死藤生缠到死,树生藤死死也缠。

　　招子庸所选入的歌谣具有极高的文学性与音乐性;自诗经、乐府以来,中国的文人民谣采集者大抵素养高超。可招子庸并不像汉、唐及魏晋南北朝的前辈们那样,脑子里装备着儒教淑世主义的伦理滤网;这点与明朝的民谣采集者冯梦龙(1574—1646)类似。但较诸冯梦龙的相关作品,《粤讴》展露前所未见的广泛俗民性,不仅涵盖劳动者、怨妇欲女、贩夫走卒、顽童等常见于地方民谣的主题,甚至连都市边缘者——如酒徒、鸦片吸食者及败家子之流的败德之歌,均昂首灵现,宛若摇滚乐的朋克歌手。因此,在中国民谣采集史上,招子庸的著作不仅是第一部具有全景式视野者,且是第一部反映中国城市生活者。最后,招子庸从喜爱、研究、附灵到创作歌谣,不正是西方现代民谣界所崇尚的歌者—作者综合体(singer-and-songwriter)典范?

辑
二

下淡水河写着我们的族谱

下淡水河是高屏溪的古称,位于台湾南部,主河段长 171 公里,仅次于浊水溪,为全台第二长河;流域面积广达 3 256.85 平方公里,分布于南投县南端、嘉义县东端、台东县西端,及高雄市、屏东县的 23 个乡镇市区,流域面积为全台第一大。高屏溪的上游荖浓溪,源流位于南投县信义乡南端,发源于玉山主峰东北坡,先向东北流,至八通关转东南,汇集分别源自秀姑峦山西南坡及大水窟山西坡的支流后,转向南南西方进入高雄市境,流经梅山、桃源、宝来、六龟、美浓,转向南流至大津,纳东侧流入之浊口溪后,转向西南流至屏东县里港,纳东南方流入之隘寮溪,续流至岭口与来自北方之旗山溪(又名楠梓仙溪)合流后,始称高屏溪。高屏溪之古称下淡水河,不是为与台北的淡水河呼应,而是因为流经汉人称之为"下淡水社"的原住民 Tapoyan 社。

高屏溪流域平均年雨量达 3 046 毫米,92% 的雨量下在 5 至 10 月间,在台湾主要河流之中,其丰枯雨期对比最为悬殊。

也因此,高屏溪冲刷剧烈,平均每平方公里流域面积的年输砂量达 10 934 吨,居全世界第 11 位。高屏溪之冲刷剧烈,是好几个因素的合力结果。首先是台湾位于太平洋的季风带上,每年夏季的台风带来惊人的雨量。再来是高屏溪所发源的中央山脉山势陡耸,平均高度达 2 500 米,从山脊到平原的平均距离却仅 40 公里,因此水力坡降大,冲刷力道强。再加上中央山脉又是全世界造山活动最剧烈的山脉之一,年平均增高 0.8 厘米。山高水急,复以地质脆弱,使得中央山脉的年均侵蚀率达 0.55 厘米,当然也在世界前列。上述因素合作在高屏溪流域,使得屏东、高雄一带冲积出南北 60 公里、东西 20 公里的台湾第二大平原——屏东平原。

　　清康熙年间,美浓人的祖先从广东省嘉应州来到下淡水河南岸屯垦,庄名武洛。从地理形势上看,武洛庄位于高屏溪进入平原后转向西南的大弯外缘,随便来场五十年一遇的豪雨,即有毁庄之虞。康熙五十三年(1720 年)初,凤山知县强征民财,引发全台性的民变,史称"朱一贵事件"。未久,叛乱的首领间发生族群分裂,导致屏东平原上的闽客聚落关系陷入紧张。先天不足后天又失调,饱受水患与民乱之苦的武洛庄先民因而起意再次移垦。他们向北越过冬涸的高屏溪,在平原的北界美浓山与溪岸间寻到一小块冲积平原。

　　乾隆元年(1736 年),武洛庄民在部落领袖的带领下,正式在美浓山下立碑开基。他们按照祖先的习俗,在美浓山系中段的灵山脚下立石,奉为"开基伯公",向天地祭告:"溯我前朝赐国姓,延平郡王　郑,手辟乾坤,大猷聿昭于百世,忠扶日月,流芳永被乎万年,神灵永镇于七鲲。今我广东粤民嘉应州籍迁居武洛庄，右营统领林桂山、林丰山兄弟，统带同胞万余人等，请命天朝，褒忠之誉，赐食，将斧辟遐荒，铲除蔓茎，承先德泽，就残山剩水为宗社，愿山川幽魂勿作荒郊之鬼，生时各为其主，死当配祀社稷，同享春秋，秉佑我等及后裔忠孝为天，智勇护土，永炽其昌。今晨吉期，开基福神新坛甫竣，我等同心诚意，祭告山川，恳祈上苍，佑此土可大，亦因可久，将奕世于弥浓。"

当时垦民仍奉明郑为正朔，在郑成功的姓氏之前，恭敬地留白。但读者大人啊，您一定不会有耐心细读上述的地理、历史；我本来也不会有。1990 年，我起了一个单纯的念头，想回家完整经验故乡的一年。在那之前，我从来没有过。虽是国中毕业才离开，但我生活的端点除自家与学校外，旁的延伸极少，换句话说，从没有在地化与社会化；这也是大多数农村知识青年的悲哀。我不知道整个美浓是怎么回事，甚至祖堂里的连串文字，也未尽知所以然。妹妹秀梅的朋友李允斐更惨，他与我们同一个村子，但学龄前就随父母移居都市了。一直等到考上建筑研究所，他才有机会回来考察美浓的移垦历史与聚落形成的机制。从那时起，他说，才从家人慢慢变成美浓人。

他的硕士论文乃研究清末至日本殖民时期美浓聚落的形成与发展，我们弄了好一阵子读书会，并由他带我们去各个村落走访，解说空间特征与建筑特性。其中最触动我的，是土地伯公的信仰性质及其与聚落开发的关系。客家人以亲属名称"伯公"称呼土地公，在美浓人的信仰体系中，土地伯公联系祖先崇拜，与土地、生产、生活及聚落地理的关系最为紧密。庄头、庄尾、水头、冢埔、路冲等地点一定有之，甚至连合院周围也会安置家族性的土地公。美浓客家人把伯公当成家中的长者、祖先一样看待：他们日出而作，日入而息，朝夕必向所奉祀之土地伯公上香祈求平安。不管是每日或年节的祭祀活动，合院附近的土地伯公与家族中的祖先享祀着同样的虔诚。神佛是偶尔为之，祖先与土地伯公却是每日的生活节奏。

美浓极可能是全台湾甚至包括客家人的原乡之中，土地公密度最高的地方：五万左右常住人口，一百二十平方公里的面积之中，分布了近四百座土地伯公。允斐带我们去灵山脚下参观美浓第一座土地伯公坛，也就是乾隆元年立祀的"开基伯公"。它还维持着始建的形制，没有被改建成流行于台湾闽南地区的神轿式土地公庙：没有金身，也没有建庙，仅立石板，供为福德正神，后植芒果树，一派朴拙。开基伯公依"天圆地方"的格局兴建，以神座为圆心，后方是拱圆的"化胎"，让神座有靠背与扶手；前方平坦的圆埕外缘中间设有"社神位"，圆之中是方形的祭祀空间。

允斐强调，天圆地方的格局与石板立于土地之上，正可通天地之灵气，乃美浓客家土地伯公的核心精神。因此，他说，任何改建成神轿式土地公庙的企图，均会阻断天地人的交通，所以我们都要反对！

这应该是我们回美浓后的第一个文化主张了。十年后，家族长辈出于不让合院土地公日晒雨淋的美意，动念改建，我搬出允斐的分析与主张，竟把他们说服了。允斐那天的导览，从土地公的形制讲到先人如何逃避水灾与民乱，移居至此，让我首度通了美浓的来龙去脉。更撼动我心的是伯公坛边的开基碑文，我读了又读，分享了前有峻岭后有恶水、绝处逢生的喜悦，领会到前人诉天告地、望上苍赐地以使漂灵栖止的怆切。

看着碑文，我想象两百多年前的难民祖先用地道的客家话朗读祭文的场景与气势，瞬间激动，大伙儿鼓动我用客家话念出来。但有好些字词的发音超出我的客语能力，我尴尬地站着摇头。不甘徒然自卑，在内心我给自己派了一个功课，要用客语念出全部内容。我拿着手抄的开基碑文，回家求教于叔公。他是专业的地理师与祭典礼生，执业数十年。老人家看了一眼便朗朗上口，抑扬顿挫毫不含糊。我心中暗暗佩服，细细与他校对我没把握的部分。叔公的传授，像是帮我点通了经脉，念起来又顺又好听。念了十几遍后，我便记住了。之后我好像入了乩，走着、躺着、坐着、洗澡上厕所，都在背诵。我不断地揣摩1763 年惊魂甫定的农民祖先念诵碑文时，他们的语言情绪与姿势。每每念到"就残山剩水为宗社"，心头震动，我仿佛与千千万万世世代代漂移客家人的历史感通了声气。

大学二年级那年我颓废，迷上了美国诗人 Allen Ginsberg 的长诗《Howl》，每夜捧着那本小册子用假装的黑人蓝调嗓音如蒙被启地吼念着：*I saw the best minds of my generation destroyed by madness, starving hysterical naked, dragging themselves through the negro streets at dawn, looking for an angry fix...*（我看见我这一代最好的头脑为疯狂所摧毁，挨饥抵饿歇斯底里裸露，清晨拖着身躯通过黑人街区，寻求愤怒的一针……），也仿佛领略了美国 50 年代青年的郁狂心灵。这两件事相隔六七年，遥相呼应，似乎是向我指明历史意识与诗之间的某种关联作用。

我对家乡的认识渐渐由单点变成块状，由孤零零的线拓成面；更深层的，是在血缘关系上叠上地缘关系，生命的架构因而

立体了。我想起波兰诗人兹比格涅夫·赫伯特（Zbigniew
Herbert 1924—1998）在答复自己为何放弃优渥的西欧城市生
活,决定返乡的一首诗《Mr. Cogito—The Return》中所写的:

> 那他为什么返乡
> 朋友问道
> 他们来自较好的世界
>
> 他大可以待下来
> 把自己安顿好
>
> 放心地把创伤
> 交给干洗店
>
> 丢在大机场内的
> 贵宾休息室里
>
> 那他为什么返乡
>
> ——回到儿时的水
>
> ——回到纠结的根
>
> ——回到记忆的怀抱

——回到焊连在时间栅格上的

那些手那些脸

"儿时的水"、"纠结的根"、"焊连在时间栅格上的手与脸",讲人与生长地的关系,多么恻恻精准!

允斐的硕士论文里都是专业的建筑与都市研究语汇,我翻了几遍,很惭愧,始终读不进去。他的论文中最有趣的地方与论述无关(啊,允斐兄,我不是说你的论文不好啦),而是在签名页上他踩了一个红红的右脚印。到底要表明什么他从没回答,每次都是甜甜又略带神秘的微笑。那脚印生动,从此在我的记忆里走呀走,一直走到1998年,当时我与林生祥正准备为反对兴建美浓水库的运动写作一张音乐专辑。在这张后来称之为《我等就来唱山歌》的专辑里,我想写一首卷首诗,谈河流与族群的关系,召唤运动的群众重新看待我们的历史之河——高屏溪。我想到族谱都是开基祖、二世祖、三世四世地一路记载下来,但从美浓客家的大历史来看,其实是高屏溪在写作我们的族谱。更为核心的创作意图,其实是想邀请那首一直令我魂萦梦牵的开基碑文入歌。这首诗题名为《下淡水河写着我们的族谱》,诗成如下:

阿太①介②阿太太介时节

---

① 阿太:曾祖母。
② 介:的。

下淡水河撩刁起雄①

武洛庄水打水抨

我等介祖先趋上毋②趋下

佢等③打林④筑栅捡石做埘⑤

将这片残山剩水

变做好山好水

佢等紧手紧脚

做细食粗

结果田坵——

田坵满园青溜

奉请

今晨吉期

开基福神

新坛甫竣

我等同心诚意

祭告山川

恳祈上苍

佑此土可大

---

①　起雄：使坏。

②　毋：又。

③　佢等：他们。

④　打林：伐木。

⑤　埘：堤。

亦因可久
将奕世于弥浓
（弥浓庄开基碑文末段）

祖先惊过愁过扛担行过
蹶命犁过介这条下淡水河
这条喂饱田坵喂饱五谷
喂饱我等介下淡水河
流流传传时敛时浦①
写着我等介族谱

---

① 浦：满溢。

水泥的辩证史

19 岁以后每当目睹长而直而僵的混凝土块向后推挤长草的河岸,像是两排镇暴警察堵住高举手臂的边缘不幸者,我常常就恍惚回到祖父裂着缺牙耙的笑嘴,涨着圆裸的肚皮,在沁凉爽平的新铺水泥地上翻滚着入睡的那些个夏日午后。

1969 年,能讲的话还不多,世界的范围由祖父带着我牵牛踏过的地域模糊地构成。世界——在我五岁的心灵中,展开为一张没有时间轴的地图。尤其在蒙雾的冬日,太阳像被糖霜裹住,午后醒来,分不清上下午。我一个人坐在祖堂的门槛上,向南望着,呆着,浸着。

是从那一天早上开始,我的记忆突然变得多彩,并且出现了清晰的形状。我在空荡的木板眠床上醒来,发现客厅的家具全被移到禾埕。我走近客厅一看,一幅景象硬把闪电比了下去:屋后的大土芒果树穿过后门与后窗,竟然就倒在镜平未干的水泥铺面上!

恭敬而充满期待地,全家在屋檐下吃了两天饭。祖父一双粗裂的手掌在水泥地上煞有介事地摸了又摸、压了又压,而后请来识字较多的阿定叔公和识见较广的长有伯公斟酌意见,确定水泥干了,实了,才敢把家具搬回原位。

"啊,恁凉! 恁平!"突然间,我全身的窍门张开,颤抖着,小心翼翼地呵护、再制着那种感觉。

祖父滑稽但幸福的身形身影,像农地重划纪念碑立于被整肃的田野,标志着我们这一家现代化的重要历程。晴时凹凸、雨天黏搭的滑溜泥土地板被水泥,啊,被水泥盖住了耶!

因为这种幸福的冲击,以及想保有并扩大这种滋味的渴望,我学会了测量。两期稻子后,水泥由客厅向外铺展,依照合院家族内的空间伦理,先是延伸至祖父母的卧室,继而入侵父母与我及小妹合睡的房间,立刻就把晚上叽叽作响的床下怪虫的繁殖领域给封锁住了。我牢牢记住了水泥的进程,并在时间轴上划下记号。

又是另一种微笑的幸福,房间也从此换了表情。少了虫鸣的作祟,夜晚与鬼怪的关系就淡了。即使大人仍留在烟楼赶工,我也敢一个人进房就寝了。

上了国小,以同学关系作为桥梁,我开始有机会到别的伙房玩耍。从测量水泥地的面积,我学会了比较。

"哈,阿灯牯家连厅下都没有打上水泥!"

"哦,阿富哥他家实在好,从伙房禾埕走到烟楼,脚底都是白的!"

"要是门楼前能打上水泥,这样我从家里走到学校就不必踏到泥土了!"

每当抽离出游戏,我就会总结刚刚的观察。我仍是会发愣,但多了内容。

从这种比较,我建立了关于我们家这一带地方最早的认识,这种初级的社会知识始终是被拴在蔑视或艳羡的情绪柱上。但这种方法论很快就撞上了盲点;一般少农家经济很快就追过了水泥的成本,水泥面积相仿的伙房越来越多,刚建立的阶级地图很快就过时了。但不用愁,我速速打造了另外一样测量与比较的标准:水泥铺面的细滑程度。

检验细滑程度的最佳时节在雨天:雨水洒满禾埕后,表面越细密,越能反映周遭景物。在这种方法论的基础上,我发现了柏油,因而养成了雨后溜达的乐趣。

"啊,恁凉! 恁平!"

新奇事物纷纷出现,水泥与柏油的比较乐趣消失殆尽。国小毕业前两年,首先是电视,接着是更抢光的洋房、冰箱与瓷砖,显然铺面材料的质与量不足以作为分化我们家与邻舍的判准。可是,每每看到伙房的禾埕重新翻铺水泥,或雨后赤足踩踏在倒映天空的柏油路面上,那股原始的乐趣仍会在我心底兴起。

19岁那年,村里的农人突然放闲,原本应该布满田畴的铁牛、水牛、牛车、拼装车、农民、农具与土地的撞击声,还有人的吆喝声,换成十几部声响狰狞的怪手(亦即挖掘机)、推土机。仓皇问父亲究竟,他笑笑,冷冷地回说,这就是农地重划呀!没说的是,这有什么好大惊失色的。

那年傍晚,一位没见过的朋友出现在附近国中的球场打篮球。看起来三十出头,工业专科学校毕业,一派正经认真的样子。他把球传过来向我打招呼,我跳起投篮,问他为何来我们村子。他说他是工地主任,负责这一带的农地重划工程。我脸面硬化,激动地问他,为什么要把农地弄成这个样子?原来的风景线起落有致,像人的心电图,现在被你们铲平,脉动停了。

"停了! 你知道吗?"我越说越伤心。

"这就是现代化建设,社会的发展方向! 你没办法理解吗?"他收起和善的脸色。

我肃穆地看着他满脸的正义感,想不出任何回应的话。

几秒后我的视线软了,他可能觉得我被镇住,遂放松语气,接着申论。大意是农地重划既为了解决耕地面积代代相传所导致的零碎化、生产规模过小的问题,也为了普及水利设施,扩大灌溉面积,以及铺设运输道路,方便农作物的运输与农业机械的进出。总之,他结辩,经过农地重划,产量才能大幅提高,农民收益才会增加。

我想回应什么,但喉咙卡住,发不出字词,只能不住地摇头。我把球回传给他,转身离开。那场辩论未曾结束,从此跟着我,变成我的第二个影子。

不出一年,村里的风景线全改了。开庄两百年来形成的地景被开膛破肚、夷平,然后田园被整得方方正正、平平坦坦。风景的历史都被铲除,不再有蜿蜒的田埂,田里多了好多垂直交会的重划路。最令我惊骇的是,消水沟——我与童党玩水中捉迷藏兼牵牛游泳的小河,被剃光了头,两岸连绵的灌木丛、芦苇、竹林及湿地,无影无迹!

夜晚是恐怖的寂静;茂盛的季节里应该嘈杂的虫叽蛙鸣,全都消音。水泥紧接着泛滥,田埂、土坎、河岸及圳床……凡是不种作物的空地几乎无一幸免。"青蛙跳得过吗？农人放水翻土时，蚯蚓有地方钻洞吗？蛇有地方躲吗？我们还能去哪儿游泳，逃离大人的眼界呢？"我开始觉得遗憾、惆怅。

重划后第一年，田地产量降得厉害，谣言说是田里动了胎气。村人拼命洒农药、化肥，来年产量不仅平复，甚至超越重划前的水平。

农地重划像是一帖强效的镇定剂，整个村子突然都安静了，长我十岁左右的种田人纷纷不见了。少我七八岁的堂侄不断问我，田里的蛙、水里的鱼都到哪儿去了？他们的蛙哨、钓术都学到家了，怎么到处下钓，田坵都呆呆的？

"我也毋知哩！"我觉得此时再向他们吹夸豪爽的儿时场面，不仅残酷，且也徒增伤感。两代人的联谊淡了，渐渐地。

我与水泥的缘分以一种反讽的方式延续着。

农地重划这一年，我考中成功大学土木工程系。新生座谈会上学长们骄傲地宣明，这是全岛师资、设备最好的土木系。新生训练后，我在系馆内的一根砖柱上看到一张油印海报，上面密密麻麻的控诉文字，确切的标题忘了，大意是土木工程是大地的杀手云云。当天晚上那张海报像一辆失控的推土机，在我脑里肆意摧残，弄得我意识萧条，好些事情胡乱联串。

那张海报隔天不见了，此后我也没听过任何人讨论。我想，写海报的人大概也历经某种"现代化的失落"吧！他考上国立大学的工程科系，家人兴高采烈，不久发现他所要攻读的技术与理论，正好是现代化过程的重要工具，而这工具所助以实现的现代化，将以他所珍视的原初为代价，他自身因而陷入工具性与主体性的无解矛盾。"但他至少勇于反击",我心里暗暗佩服。

开学后未久,在工程材料这堂课上我很快明白:土木系也者,水泥是主角,钢筋、柏油是配角。这因西方人的使力而发扬光大的东西,一直在改变世界的地景。系里的教授每每让我联想自夸武功的殖民者。常常,我从有关水泥制品成分与力道的教科书页上抬起头来,脑门立即就成了屏幕,一景又一景地放映着被镇压的土地。它们灵魂不死,成了乡愁。

心中一阵又一阵阴霾,厌恶感一层又一层加深。

农地重划后,村子的表情迥异、地气浮躁,冒出了一些令村人惶惑的情事。第一批症状是村里各家族几乎都为了分产,闹上法院。分家析产不可免,但过去村子里处理这种代间必然产生的事情,先是家长依据各房对家庭的贡献、对土地的依赖程度,分配田地的面积与位置,再由族长或地方耆老公证与背书下,各房之间形成共识。况且,所谓分家,并非把所有的家产都分掉,部分的土地会以共同持分或尝会的名义,保有家族共有的性质,以作为某种奖励或救助之用。现在,国家的私有化法律强行介入,不承认相传已久的分享机制,村子里的信任机制立即土崩瓦解。

回到实际的生产,人工是省了,产量是增加了,可价格更惨。同时为了适应机械化的要求,耕种者得投资一大笔钱购买各式设备,农家经济更显窘迫。这些后果总合,加剧了青壮人口的外移。他们一走,孩童也大量减少。我国小毕业的时候,全校有学童近千,短短六年内剩不到四分之一。

寂寞刺痛。

　　要等到将近十年后，我接触工农运动，参加政治经济学的读书会，才逐渐理解农地重划在台湾战后发展主义历程中的作用；它在农业挤压政策中属于第二阶段。第一个阶段是资金挤压，亦即通过赋税（田赋及水租）及肥料换谷等政策手段，把农民的生产剩余大幅移转至工业部门，以进行初期投资。工业苗壮了，需要大量廉价劳动力，便得把人从土地上解开。要把人从农村支开，光是压抑农产品的价格还不够，还必须在不影响产量的前提下，降低农业生产的劳动力需求。

　　所以那位工地主任讲的没错，农地方正了（最小面积不得少于1 000平方米），农路、水路才易于规划，机械化程度才能提高，不仅用以减缩人力需求，还提高耕作效率。主任可能不知的是，以农民在现代化过程中的边缘位置，所有剥削性的三农政策都打着造福农民的口号。

　　农村的社会经济体系濒临崩溃，还不是农地重划后的唯一椎心景象。为了增加可耕地，野生动植物的栖息地——湿地、河滩地、河岸、灌木树林等等，不是大量消失，就是巨幅缩减。又为了稳定农、水路质量，及避免非耕土地长草，滋养虫害，柏油、水泥被广泛铺设在田埂、水圳及田间道路上。农村的生态多样性、地景历史，从此一去不复返，几代人的野性童年记忆行将流离失所。

　　读大学的意义快速流失。夜里，乡愁易形为梦魇。农地重划前的那十几段夏日时光明灭交错，像弥留之际的浮光掠影。水泥否定了我的童年，现在我则将否定水泥，而且决定要为这否定的否定付出代价。二年级上学期，我逃避所有关于水泥科目的考试，等着被退学。

　　多年后，每当我在环保抗争的现场望见整排镇暴警察堵住高举手臂的边缘不幸者，就会想起那被长而直而僵的混凝土块向后推挤长草的河岸，以及祖父裂着缺牙粑的笑嘴、涨着圆裸的肚皮，在沁凉爽平的新铺水泥地上翻滚着入睡的那个遥远，遥远的夏日午后。

县道 184 之歌

一

省道 28 号的前身——县道 184，起于嘉南平原南端的半农半工乡镇——路竹，向东穿越丘陵地，抵达闽南人的旗山镇，再进入美浓，把我镇平分成北南两大片。北片的村落拓殖于清乾隆年初，南边是茏浓溪的洪泛平原，日据初期筑堤后，始聚耕成庄。这条东西向县道通过我庄龙肚后再度上山，伸进南台湾最大溪流——茏浓溪的集水区，直深入中央山脉的高山林场与原住民领域。在我家北边四百米处，县道 184 与我庄的干道——乡道 51，交成十字，庄里的大杂货铺、菜摊、食店与客运站盘踞路口。

县道 184 的路肩宽，四季有草，负责掌理水牛的堂哥永荣，每日必巡。永荣哥长我五岁，是我家那一带最年轻的牛车驾手、速度最快的割草手、直线横渡急流的能手、爬树最高的偷果小孩、出拳最重的打手等等，不及备载，自然是我的精神领袖。上小学前最后一个夏天，永荣哥决定教我放牛。我感到传承的神圣，像布袋戏及武侠片演的那样，兴奋又紧张。

永荣哥牵着牛，带我上县道184，路旁的铁刀木结花，引来黄蝶，撒下树荫。永荣哥说新打的柏油路面比家里的竹篾床还平、还凉，而且车子很少。他躺在路中央，闭上眼睛。这不打紧，为表现帅气，他还盖上斗笠。

"永荣哥真好胆！"我打心底佩服。

真的，久久才会有一部老奔驰卡车，客语谐音的"摒屎"牌，载着深山里合法兼非法砍下的原木，叽哩咣聋地从东边辗过来。永荣哥叫我学他把左耳贴紧路面，他说，美国西部牛仔和红番都是这么听火车的。其实每次都是眼睛先看到，等到左耳感觉路面震动时，卡车离我们已不到五十米。

在县道184，永荣哥教我对牛下口令。

"嗷！"，再短促些，是叫牛开步走。

"好——"，拖长音，就是要它停。

"脚！"，同样急促音，是请它老人家高抬贵脚，好把踩住的牛索拉出来。

我学他的样，可它动也不动。

"牛会欺负细人仔，你再大一点就不会了。"

"哦，原来畜生也会识人，知道我还小！"我很不服气。

放牛的重点在后头——水牛的食性。永荣哥说，春天的时候牛喜欢两耳草，入秋之后有牛筋草它就安静了。跟人一样，牛也挑嘴。芒草食得但坚韧，叶缘又利，它会闪开，找更嫩的吃。但到了草枯的冬下，把芒草割回家，放在干稻秆旁，这时它会识时务地吃前者。如果连芒草都没了,河边有一种矮灌木叫银合欢,甜甜的,你把树枝勾下来,连叶带花它都喜欢吃。

"但这些都还不是牛最好吃的!"

"怎有?"我仰头呆望着永荣哥;交春时田埂上那些青葱的草油嫩得连我都想咬一把,还有赢过它的吗?

"禾仔,还没抽穗的稻禾。"永荣哥眯眼,撅嘴,故作神秘,仿佛是牛偷偷告诉他的。这我早知道了。上个月大房的三堂哥阿明贪玩,他们家的牛牯跃下土坎,吃了半坵田的青禾。后果呢,一天内传遍庄头庄尾:人是吊起来打,牛是架起来揍,外加大伯赔人家一大叠钞票。很奇怪,牛跟人一样,做不得的,它硬要。

永荣哥看我露出世故的表情,知道得用别的事情吓我。他说要交代祖父传下的禁忌。

"哦!那是什么?"着迷于歌仔戏的永荣哥说过很多次,如果我家是朝廷,那么祖父就是皇帝。

"结籽的草千万,千万使不得让牛吃!"

"为什么?"我很认真对待这道从家族权威中心颁下的命令;

"牛吃了这种草,拉出来的屎挑进田里,不就会长出杂草来?"

我马上想到水田里那些万恶不赦的杂草,都是它们害爸妈没日没夜。我发誓不给牛吃那种草!

"还有,一定,一定不要给牛吃到竹节虫,阿兴伯公的牛就是这样毙掉的!"

　　"断真!"我一脸惊怖,那么微弱的东西竟然这么要命,这不就布袋戏里面演的,武林大侠有时会给无名小卒打得落花流水。

　　永荣哥小心剥开一只竹节虫。

　　"看到没?"

　　"哇,里面有一只小虫。"

　　"对! 这东西一旦进牛胃,马上叫它满地打滚,嘴吐白沫。"

　　"赫!"

　　永荣哥简直什么都懂,也是他教我开始认识"礼拜日"的。上学后的第五天早上,他追到县道184把我叫住。

　　"阿丰,今天不用去学校!"他喘着不耐烦的口气,一脸弟子不可教的失望。

　　"为什么?"

　　"今天是礼拜日。"

　　我望望天,太阳刚攀过东边的山头,路上有两部牛车向西走来,后面一部停下来,拉了一堆粪,冒着蒸腾的热气。"嗷"的一声,牛真的启动了。

　　"没什么不相同啊!"我真的看不出"礼拜日"跟"昨彼日"还有"前日",有什么差别。

　　"憨牯! 这么喜欢上课,那去吧,反正学校不会有人。"

　　我这时发现,"礼拜日"跟"昨彼日"还有"前日"唯一的不同,是路上除了我,根本没半个背书包的人。但我还是不明白,一样的天,一样的日头从东边上来,一样是大人准备下田,偏偏今天就叫"礼拜日",而且还不用去学校?

我不敢再追问,只好硬着头皮想象:每隔六天,天空就会印上"礼拜日",这一天莫去学校就对了。

永荣哥的眼神突然精亮,"阿丰!你走过去站在那条田埂上等我,我回去拿禾镰和布袋!"他手一指,马上跑回家。

多年后牛已被耕耘机淘汰,田埂也几乎被水泥硬化,我也停止追问"礼拜日"的由来与作用,但每当不经意发现一丛青草,我就有股冲动,想守在那里,等永荣哥拿禾镰和布袋,一根不剩地收拾那丛青草,让我们家的水牛开心。

牛终于听我使唤的时候,补了一年高中联考还是惨败的永荣哥只剩下五专可念。他骑自行车载我到县道184上的客运巴士站,我背着他的行李。三四个他那个年次上下的高中生,背着"省立雄中"、"省凤高中"的明星高中书包,直挺挺地站在站牌下,彼此并不交谈。另外两三个没背书包的,也只跟永荣哥对看一眼,便把脸别开。

奇怪,在河里捉迷藏、在稻田里打棒球的时候,这些人不是与永荣哥共阵的吗?怎么换上校服,站到巴士站下,就都变成一脸冷漠?

"阿丰,牛交给你了。"永荣哥打好车单,头犁犁地接过行李。

我心底别扭,送不出话。

宽宽的县道184路肩,芒草已疏疏稀稀地抽出花穗,一群我们叫作"哔哔当"的小鸟,从尚未收割的稻田升空,乘着波浪形的弧线,朝河边的竹林丛飞去。县道184也换了另一副脸;毕竟它不是做来放牛的。现在它是长又直的溜滑梯,永荣哥坐上客运巴士,就要滑到很远很远的地方。

二

永荣哥放假回来,我们仍一同放牛、割草。但他不再讲牛经了,说来说去都是他在城里带领外省眷村子弟跟闽南学生打群架的自豪事迹。

"永荣哥,外省人是谁?"我不想让他失望,随便问问。

"外省人跟我们一样,是客家人的一种,只是,他们讲国语。"

真好!他们不用担心忘了讲国语被罚;我们班上每天都有人脖子上挂狗牌。

"那你讲方言他们罚你钱吗?"

"哈,我现在国语讲得比他们还标准,还有人问我是哪一省人?"

"那你怎么说?"

"我说我是广东省人。"永荣哥非常得意。

我掉了兴趣;不懂眷村跟我们庄头的共通处,也讨厌打架。唯一引我兴趣的,是他说校庆参加吃西瓜比赛,得了冠军。这我有信心;我在学校吃营养午餐,从没慢过任何人。

第一个暑假之后,永荣哥回来的频率渐稀,庄里跟他同年次的后生也一样;外面的都市化与工业化如火如荼,他们之中的大部分我再也没见过。他们为人忆起或谈论的方式因人而异;离乡后在考试战场上过关斩将的,传诵为模范,败考后混迹江湖的,也被用以教示后代。都逃不掉。

"阿进伯的儿子考上研究所了,真好样势!"

"阿干叔的女儿考过高考了,有横桌好坐了。"

　　"横桌"即办公桌,是脱离农业的最高象征。每有"好样势"传出,我们这些后生小人准要吃几顿没咸没甜的饭。

　　"阿丰,再读毋识书,你就当人脚猴了!"母亲的厨艺是族中最厉害的,可一旦她开口教勉,满桌菜肴顿然失味。

　　在社会上被人踩在脚底的,称"人脚猴"。家族中有几位"读得识书"的同辈人,一路第一名,最后都如愿进了公家。看到他们,耳边就会响起母亲的话。我反倒关心跟永荣哥一样,"读毋识书"的人;我的游耍功夫毕竟是他们传授给我的。照布袋戏里的武林规矩,他们便是我师父了。

　　庄里的人很少聊到他们,偶尔谈到也都带着酸度很高的口水,或预报坏天气般的口吻。他们的消息若在一两天之内传开,那动力一定来自于巨大的不幸。

　　阿宏的消息与身体就是这样沿着县道184送回来的。

　　永荣哥出庄念专校前两年,烟苗刚种完的一个周六下午,他唤我去找阿宏。我在坡面上的中药店门口找到阿宏。他闲着,用橡皮筋打苍蝇,旁边有两批人马正在玩橡皮筋。我想,凭阿宏的武功,这些人一定是不敢让他下场。

　　"阿宏哥,我堂哥要寻你单劈。"我故作庄重地传令,立刻就引起了不小的骚动,正如我意。

　　"在哪儿?"阿宏目珠精亮,像猫在夜里。

　　"土地公后面的烟楼。"

　　"随到!"阿宏的答话冷又短,真不愧是高手。

　　我赶紧回家通报。永荣哥叫我把牛牵到芒果树下钉桩绑出,免得大人发现牛没人照料。一般的比赛规矩是在墙角下划一个十五厘米见方的正方形框,并在一米外划条直线,平行于墙面。双方把议定的橡皮筋置于框内,然后站在线外朝框内的橡皮筋轮流发射。只要把一条橡皮筋打出框外,就赢了。准度不好的人要不是无用地打出一大堆,便是射进橡皮筋堆里,变成赌注。

比赛人数通常是三至五人,每人五十条橡皮筋算是很大的赌注了。那天永荣哥把整季的战利品一千多条橡皮筋全带上;十条橡皮筋一块钱,以本庄孩子的口袋衡量,算是富豪了。在电视布袋戏的年代里我们没有刀剑又不会神功,因此我很果断地认为,永荣哥跟他进行的是一场真正的武林决斗;永荣哥代表白道,阿宏代表西域魔道。

"阿宏,三百条好么?"

"赫,三百条!"围观的人群抖了一下,立即肃静。

"嗯!"又是冷短的回答。

永荣哥从墙边向外跨了四大步,然后欺身用碎瓦片在水泥地上划条直线。哇,两米半,这可是神射手的距离!

"这样好么?"

"嗯!"

六百条橡皮筋堆起来足足有一个掌幅高。他们还加上一个新的规定,没打到橡皮筋的就算输了。这更拉紧了气氛。

双方猜拳,永荣哥先打。

他弯身,右膝跪地,橡皮筋拉长,吸气,瞄准,闭气,射出。

真准! 永荣哥把面顶的两条打了出来,照规定必须摆回去,而且不能触及其他橡皮筋。阿宏走上前,右脚踩线缘,左脚向后跨半步,简单瞄了一下就出手。

"阿母哟!"几个跟我同年的小孩发出惊叹。

阿宏射中摆回去的两条橡皮筋,那两条橡皮筋弹起来撞墙,一条弹入框内,另一条跳了出来。阿宏赢了第一盘。

第二盘阿宏先射。他很精明,只在面顶擦了一下。永荣哥瞄准面顶出露一小段的一条橡皮筋,结果射偏了一点,直陷进橡皮筋堆里,面顶那一条下垂,一半露出框外,等于宣判死刑。

"阿宏,最后一盘五百条!"永荣哥黑了脸,赌性发作,掉了耐性。

"好!"阿宏嘴角得意地斜了一下。

阿宏从框里数出一百条,永荣哥则把剩下的橡皮筋全放了进去。我觉得不妙,想劝开永荣哥,但看看周围,烟楼下少说也挤了二三十个武林群侠,我想永荣哥决心输得彻底,此时决不会罢战。

一千条橡皮筋堆起来的气势把众人唬住,谁也没见过这般场面。这盘永荣哥一点机会也没有,阿宏先射,一出手就把最上面一条打了出来。大家都呆了。

我永远忘不了永荣哥走到芒果树下牵牛的样子:落寞,悲壮,又带点洒脱。我那被布袋戏浸透的脑筋马上把他的身影转化成悲剧英雄:他在决战中被西域魔魁废掉武功,走上奈何桥,从此退出江湖。

我陪他牵牛到鱼塘汶浴,在路上他把仅存的两条橡皮筋从左手腕上剥下,"阿丰,这给你,不要特迷,大人讲得没错,橡皮筋在手上挂久了会吸血,脑筋变憨,读毋识书。"我庄敬地接住,幻想有一天打败阿宏,为他报仇。

再没人敢同阿宏玩。他的考功与准度对反,国中毕业后去念半工半读的职校,一方面想为转做生意失败的木匠父亲省钱,二方面——我猜,他耐不住学校的平庸,想及早进江湖试他的"武功"。

阿宏的新武器是拼装车。

1970 年代,经过土地改革与农地重划,农业生产力一翻再翻。为解决暴增的运输需求,农民便组合耕耘机与拖车。拼装的铁牛车流行农村,造成新的地景与声景。阿宏的拼装功夫不亚于射橡皮筋,兴起了黑手当老板的梦想,后来干脆辍学。每当拼装完成,他总要骑着摩托车,陪农民试驾铁牛车。

阿宏最后一次回家,夏日寻常的午后雷阵雨刚结束,祖堂里一群大人正在争吵。阿宏的伯公很严厉地告诫进春嫂,寿终才能进祖堂,在外横死者抬回来,会克煞生者。阿宏母亲捂着脸,蹲在地上无助地哭喊:"阿宏还存一口气,念着要归祖堂"。

几年后我才问出来。阿宏的功夫厉害,农民边开车,边对阿宏大声赞佩。县道 184 正在拓宽,得意洋洋的阿宏骑着新买的野狼 125 机车,与铁牛车并排。他撞上路肩的砂石堆,正好就摔进他的杰作里。

三

县道 184,更多,是与我父母那一辈农民的关系。

1949 年始,国民党"政府"先是压低租佃率至千分之三七五,接着用价值高估的公营企业股票强制征收地主的土地,让无地的佃农以及生产面积仄狭的小农得以分期承购,解放了农民的生产积极性。但产量的提升需要水利与肥料的支持,于是政府开办农田水利会,广建灌溉系统,并透过农会下放化肥。

放到历史上来看，土地改革的真正意义，是让政府成为支配农民生产剩余的唯一地主。当时的做法是一方面高估水利与肥料的成本，一方面压抑稻谷的价格，再把水费与肥料换算为农民上缴的稻谷量。

于是满载谷包的牛车、铁牛车挤满仲秋的县道184。我是童工，父亲让我爬上谷包堆，贡献一点点压心的重量，随他前往农会。从缓慢移动的谷包堆顶头，3米5的高度，我凝视着一幅沉默不安的乡土。

以低廉的粮食供养庞大的军队与市民，只是将局面稳住，重头戏在后面——发展工业。重点在于低廉的劳工；农村进行全面农地重划，促成机械化耕作与运输，大幅降低农地的劳动力需求。70年代，台湾踏入出口经济，在美浓西南边的高雄港，成衣及电子加工出口区、石化工业区，片片铺开。一推一拉，短短几年间，美浓的青壮人口几乎被县道184吸光。

若美浓的现代化过程是一部大河小说或史诗什么的，我想，卷首诗应该就是县道184：

县道184，初开始
像一尾蚯蚓
从日头落山、话丝又不通的地方
钻到我们这个庄头

每次阿爸车谷包去农会换肥料
就会把我丢到牛车上面压重心

从那儿看出去
县道 184 像一道老鼠洞
路两旁的铁刀木野野搭搭
孵出麻雀、蝴蝶与树影子

从那儿看出去
县道 184 像一尾蛹蛇
久久才会有一台摒屎牌卡车
满满叠着粗巨的桧木
攻天攻地，从山里头闯出来

重划后田埂改转直角
柏油路铺得密密麻麻
耕田是越来越省工
但却是愈来愈难攒食

县道 184，这时候
像一尾水蛭
吸附我们这个庄头
越吸越肥，越吸越光亮
整庄的后生
被它
吸光光

但县道 184 并非历史的单行道，进城的农村孩子也不见得能忘却农业破败、家族溃散的伤痛。1980年代,我就是毕不了业,高中、大学均枉然,最后分发到外岛当兵,被海关起来。1986年夏,入伍后第一次放假回乡,走出美浓的客运总站,被强烈的陌生感击倒。

大街上进行拓宽工程,沿路的老房子被拆成废墟一堆堆,原本附着在建筑上的空间感及时间感顿然颓靡。我站在街上,一时不知如何指挥脚步,又没有脸打电话请父亲来接。我决定走五公里回家。

走到一段上坡路,落日余晖已尽。烟瘾来犯,摸不着打火机,我拐至路旁的土地公庙借火。庙里香烟袅袅,我向土地公额首行礼,再借香炉旁的打火机点烟。吐一口烟,看出庙外,路灯接手,迤逦回家的路。我心生羞愧,竟想请土地公关掉路灯。

失败者回乡的路上,我不孤单。其时,工业化似乎到顶了:泡沫经济鼓胀,制造业外移,劳资冲突,房价陡升……纷至沓来。几年后,在都市里失业的大量农村青年被迫回乡。

他们其中之一也许小名叫阿成,母亲对他的期许总以"成仔"开头。但1990年前后,全球化的都市对外乡年轻人分泌着敌意,阿成决定回乡。他骑着不再风光的"风神125"摩托车,母亲当年的叮嘱在心里响着,渐成呜呜,终至呐喊。

风神125

(母亲口白):
　　成仔,耕田是耕不出油水

你又没读到什么书
不如出去学点技术
人说,百番头路百番难
就算乞食也不清闲
成仔,要努力认做
别人家如果开辆 BMW
我们就铁牛车勉强拖
凑合凑合一定会有
高进的日子

送我出庄你讲过的话
我一刻也没忘
但是母亲这十年日子
我像无主游魂
工作干过一样又一样
哀哉! 没半样有希望
女孩交过一个又一个
一概都难以成双
经济起泡我人生幻灭
离农离土真奔波
不如归乡不如归乡
母亲原谅我要归乡
我要舍死回到山寮下
重新做人

就是这样
我骑着风神 125
辞别这个哮喘的都市
菜鸟仔、目镜仔、鸡屎洪
我真的很不好意思
就是这样
我骑着风神 125
老旧松脱呼天抢地
屌它景气,什么前途啊
我不在乎

土地公土地公,子弟向您点头
拜托拜托,把路灯全部都关掉
不必问您的子弟为何要跑回来呀
土地公土地公,子弟向您点头
拜托拜托,左邻右舍去睡觉吧
不要让他们问这子弟为什么要跑回来呀
不要让他们这么多问

就是这样
我骑着风神 125
夜色起乩星儿抽筋
椰子树槟榔树电火杵
全全着惊
就是这样

我骑着风神 125

接上这条县道 184

阿丰牯、生仔摆、裕牯膦

我也回来也了哟

写首诗给父亲

诗是怎么找上我的？

可能是在 1969 年，我 6 岁的时候。诗从清晨的天空出发，穿过竹门帘的细缝，找到在木板床上失神呆望的我。竹门帘外是祖堂前厅的黑瓦屋顶，再过去是槟榔树伴着椰子树，在南边的蓝蓝天空上利落地剪影。

在客家人称之为"伙房"的大家族合院里，各房的长子长媳早早下田了，能上工的大叔大姑都被吸去新近成立的高雄港加工出口区了，还能念书的小叔小姑和大哥大姊都进城里或去镇上了，余下我们几个，学龄不足又不够力气当童工。父亲们的忙碌是"田头地尾"，母亲们的操劳是"田头地尾"内加"灶头镬尾"。那也是妇女生育率维持高位、婴儿夭折率逐年降低的年代，生齿浩繁，孩子们的童年与鸡鸭相仿，早上野放，傍晚回笼。每年暑假，村子里总会少掉几个，男孩居多：游大水被自己的勇气背叛、攀老龙眼树被枯枝欺骗、爬槟榔树被蛇吓呆、过大马路被冰棒迷惑……没有太多时间哀伤：事头这么多，孩子这么多,生活这么苦,身体又还年轻,性欲还没被环境荷尔蒙中和。

清晨醒来,孩子仍眷恋睡梦的余温,但妈妈早已离开床席。从生命最初始的落寞望出去,是花藻竹门帘所栅格的孤独天空;在父母过早离席的床榻上,一些类存在主义式的胡思乱想有时就蹦芽了:我从哪里来?为什么停落这里?

诗也可能是在14岁那年骑脚踏车过弯时,在一位小女生的目光里找到我。

她住邻村,小我一届,每天下午放学后站在美浓国中校门外的街口等客运巴士。过弯时右边的那一双注目像温室里的探照灯直射心房,让里面属土的东西蠢蠢欲动。体内另一个自我开始受孕、发育,逐渐长出自己的性格与念头。想我该写些什么东西记录这件离奇的事;我参考《诗经》,四字一行地从蛋黄色的夕阳,写到她的眼睛像冬末烟草田上的清晨薄雾那般迷人。

诗随我离乡进城后失语;在新兴的制造业城市高雄,我们坐在大统百货公司门口,没有表情,看着购物人潮进出像蚂蚁迁巢;晚上躺在失眠的床上,我们看着从楼下家庭工厂污水槽爬上来的老鼠在窗台上窃窃交接,甚至想不起以前的一切;白天上学,诗是班上唯一的同学,我们坐在高中的课堂上望着黑板糊成一片;放学后它坐在排球场边,冷冷地盯着我愤怒搥球至天暗。

这样不是办法!高三时它终于开口,我决定去教务处办自动退学。

我去台南补习考大学。诗告诉我它想开口说话,但经过三年喑哑，喉咙的物理形状严重变化，现在它需要新的发声方式。我也迟钝了，我向它坦白。

在我们村子，若有人疯了，要不被带去庙里，看哪个神可以通灵，拉他们回来，要不就任他们在街上游荡，找到新的乐趣，然后变成村子里的新风景。

所以我骑脚踏车带着它在这座陌生的城市晃悠。台南不那么工业，除了市中心一小块繁荣，很多地方自在地老旧，甚至像醉倒的斯文人那般颓圮着。兜着风，它开始有表情，但仍说不出话。

我带它去书店，它挑了《梵·高传》；夜里，它读到鼻酸胸悸，学会了哭泣。它又挑了波特莱尔的诗集、帕斯捷尔纳克的长篇、契诃夫的短篇，叽哩咕噜地它喉咙发痒，吐了一些逻辑不完整的密语。我让它握笔，要它自己写写看。它写了几段意象杂乱的文句，无以为继，要求读更多。它迷上革命前后的俄罗斯文学，我压缩每天的伙食费至新台币 50 块以内，把书店里作者名字后面有斯基的翻译小说陆续买回来。每晚把考大学要念的应付完，我陪它读小说至两三点，有时它兴味一浓，就干脆到天亮。它还要求读美国的、法国的、日本的现代文学。我两手一摊：钱真的不够用了。它想到一个办法：中午吃完饭去书店站着读。

现代主义文学中的一些路数——象征派、超现实、意识流、未来派等等令它着迷，它学样，孤立地看待自己，疯狂地写，尝试用那些进口的技法临摹自我影像。

我考上台南成功大学的土木工程学系，回家发现，村子经过农地重划后人口更加速流失，寂寞高耸，成了深渊：如果农村现代化是为消灭农村,那么现代化教育不正为扫除我的根源?我正在念的土木系将来要指挥那些怪手推土机,不就是第一线凶手?

诗也陷入泥淖。它叫我扔掉那些手稿,我照办,可又偷偷留了一些。我的大学生涯开始不久就呈现慢性自杀的状态,每学期不及格的学分逐渐增长。诗告诉我,它不再有兴趣读翻译的现代主义文学,它写过的那些只有自己看得懂、看得爽的晦涩文句比牛粪还没价值。

那你想干嘛呢?我问它。现在它还能乱扯,算是我目前的糟糕状态中唯一的乐趣了。

去当兵吧!最好是去远远的外岛,说不定还能有点放逐的感觉!它说。

好吧!我再度听它劝。

1985 年,大三下学期,我缺席大部分的课,连考试也不去了。我待在宿舍,没日没夜地读非洲及拉丁美洲作家的诗集、小说,听颓废的前卫派摇滚。诗有时把自己关在衣橱里,天亮前陪我在阳台上抽几根烟,我睡觉时它偷偷跑回我的童年,坐上父亲的牛车,哒哒地行向著浓溪畔的夏日。醒来时它说路上的风景令它想起肖洛霍夫的《静静的顿河》,又说大地是深沉的记忆,等候扰动。

而我是头牛,放了血,逐渐不挣扎地等待死亡的完整。

土地公灵显,真把我送去马祖的东引岛当兵,让海关着,每天扛石头、背水泥,无休无止地干工。写信给台南的朋友,请他随便寄些有文字的东西给我。他回信,说想起加缪写的西西弗斯,推不完的巨石上山,并附上一袋书。他让我读巴金、茅盾、鲁迅、张贤亮、钟阿城及台湾作家陈映真、钟肇政、钟理和、李乔的小说。夜里,诗坐上我的肩膀,陪我在坑道口站哨、读小说。兴致又回来了,但这回,它说,感觉真实多了。要它讲具体,它说现在像是脚底长根、头上发芽。

第二年夏天,父亲因体内农业残余过量病发猝逝。读完大叔发来的电报,我走回寝室,跪在床板上,朝南,向父亲叩首。傍晚,诗陪我在山崖上看海,问我可以做些什么。我说想请你写个东西,纪念父亲的青春岁月。

过了几天,它给我看初稿。

意境是不错,可是那种文绉绉的现代文学语法,你想我父亲读得下吗?

它愣住。

你要不要试试我父亲那辈农民熟悉的语言与语气?

几个月后,它写了这首《秋》:

暮茫里
龟山膝下洗手搓脚介①
阿爸
身后齐齐六分
犁正介烟田
同累咳咳介牛牯
眼瞪瞪
想归

---

① 介:客语中"的"之意。

伸畅一口烟,阿爸

深稳介目光,缓缓

攀过挂云介大山

二十初出头,新讨

哺娘仔①远远下坵

五色梅介田塍②

上土

构泥

乌黝黝介体裁,密密

洋巾蒙面

大河秋浅

啾啾夜莺羞羞走过

"生妹！来归哟"

苍茫看天,阿爸

哺娘一双认做介目珠

行过转暗介田塍

可比火萤虫明灭闪逝

影过阿爸痛惜介心

―――――

①　哺娘:客语对妻子的称谓;仔:在。

②　五色梅:即马缨丹,一种矮灌木;田塍:田埂。

系命：大宗①人家介长子
奈何后生
意想出庄

阿爸,放下裤脚
风微微,动
五节芒
归去介硬泥路
石多
坑多
病子②三月介阿姆
头倾倾,跈③
牛车尾

伫山外
远方世界隐隐透气
轻轻作弄阿爸
像云介心

——1987

———————————

① 大宗：未分家的家族。
② 病子：怀胎。
③ 跈：跟随。

转　妹　家

　　祖父说过一个故事。

　　有一天临暗,他牵牛走回伙房,正要左转进门楼时,看见一位老妇人神色凝重,匆匆走过。咦,这不是嫁到村子里的陈屋某某嫂吗? 他心想,哪有人这么晚转妹家的? 第二天早上他到村子里的肉铺买他嗜吃的五花肉,顺便过家聊。他问及那位回娘家的妇人,村人神色下沉,摇头,说她真是一位勤奋的妇人家,可惜昨晚过世了。祖父倒抽一口气,心里有底,追问是不是傍晚进入弥留状态? 村人点头。

　　“过家聊”即串门子。大白天,晴光朗朗,不与农务,出门找人聊天,这是当祖父才有的特权。往上看,历代农民的理想正是如此:五十出头,农事渐渐交下,含饴弄孙、奉祠祖先、祭拜神明,只管未来与天上事,顶多再加些放牛之类的轻便活。但这种晚年的悠闲待遇仅止于祖父这辈,之后承命的父母亲那辈,二十左右扛起担头,接着进入以农养工的现代化阶段。过了六十,他们发现根本脱不了身。由于公共卫生的改善,上一辈大幅延寿,但下一代几乎被都市吸光。年过七十尚务农者比比皆是,成了历来最孤苦的高龄在职农民。

"转妹家"即回娘家;自由度则低得多。老一辈的妇女即使退出生产前列,回娘家之前仍得斟酌一番。时节对吗? 会不会太频繁? 最重要的:娘家欢迎吗? 掐错了时机,往往扬起闲言闲语,如恼人的牛蝇般。

祖父过家聊的范围很广,地理上大致与生活半径重叠:从下庄的杂货店到上庄的中、西药房,都有他的身影。他不讲八卦、不说是非,喜欢究哲论理;从今天的眼光来看,简直是公共知识分子。在祖父的年代能离乡者几希,除非是地主士绅之后。在现代教育把人分门别类,并抽往都市及工业部门之前,巧手者与善思者构成农村完整的知识传承体系。没有光做不思或只想不动的农民,农事不仅是劳累的体力劳动,亦是繁杂的组织工作。祖父的巧活主要表现在他对水牛的赏识与驯教能力上,因此别家买卖牛只时,他常被延请为顾问。顾问的酬劳是一个小红包与一顿礼貌的午饭,但更让祖父满足的,是饭桌上主人家充满敬意地,或至少是装作尊重地,听他讲一顿儒家哲理,并据以评论世道。

祖父出门若溢出生活圈,那一定是到南边的南边,一个叫石桥仔的地方,拜访大姑婆家。大姑婆是祖父的大妹,在艰困的童年时期,两人相互扶持,感情特好。大姑婆小时染上病毒,延及右目,祖父随侍呵护,好不心疼。体况稳定后,祖父怕病人闷,领着半瞎的大姑婆踏青散心。

祖父过世后的第一个年初二,几位姑妈围着饭桌,像是挖掘自己记忆的考古人类学家,东凑西拼地还原祖父年幼时的人际场景,我才发现,祖父在儒家父权的形象之下,对待女性,有其细致之处。而且,愈是艰苦卓绝的女性,他愈礼遇。相反的,对家族里的懒散男性,他就不会有好脸色。

石桥仔是散村,近莙浓溪,原是镇内生产力较弱的地方。以姑婆的条件,能嫁的人家,状况不会太好。她也没抱怨,认命认做,一心一意把夫家往上拉。同时期,日本殖民公司筑堤防、建水渠,强力将石桥仔编入现代农业行列。不久,太平洋战争进入末期,石桥仔的诸多计划性工事引来美军侦察机的锁定。轰炸期间,姑婆带全家逃回娘家,在禾埕上打地铺。祖父没有怠慢,让祖母及大姑妈打点一家吃食。战后,姑婆好不容易修复炸毁的屋舍,丈夫却早逝。

祖父知道姑婆的处境;妯娌间那些嫌弃怨怼的话比穷困、比轰炸机更伤人。他能做的不多,一有空就买个几斤猪肉往石桥仔跑,凭他自认为的儒道正气,或能帮心疼的大妹驱走些邪秽之气。但经常,那些心机无限的眼神仍让姑婆想逃离。还好有娘家这个合法、临时的避难所,让她能暂时不局促地呼吸。

所幸长子阿春叔承接了母方的坚韧自持,终于荣耀了姑婆陈年的辛酸。而姑婆晚年最幸福的时刻之一,应该就是带着白净端正的长孙回娘家,让他礼貌、宏亮地喊她兄长一声舅公,再跑过去让祖父摸头、拍肩,称赞两句乖。

祖父过世时我在外岛当兵,无缘见识姑婆在祖父耳边最后的絮语。五年后姑婆病危,我正好在家,被派做家族代表,前往探视。我与堂哥永荣抵达时,约是午后三点,她即将进入弥留状态,家人在房间与祖堂之间忙进忙出,准备移身。

在祖堂断气、升天,加入祖先行列,是客家长者一生的执愿。我们兄弟恭敬地立在房门外,等待这一时刻的经过。前来致意的亲友久谙习俗,此时呼吸放缓,目送姑婆移往祖堂。姑婆换上新衣,装扮得像是古代的孺人。以祖先牌位为原点,姑婆头部朝外,躺在祖堂的右侧。"看,这规矩!"堂哥低声提醒,要我认真看。我知道他的意思,以后轮得到我们打点这一切。

亲友跟着进祖堂,各自从他们的亲戚关系出发,呼唤姑婆,要她安心、好走。姑婆还剩一点意识,转动左眼,微微致意。不久旋即闭上,这时一两位在家修行的女居士口诵阿弥陀佛,众人纷纷附应,为姑婆送行。在阿弥陀佛声的间缝,我似乎听见一阵阵微弱的呼声。起先我以为是媳妇或女儿们的啜泣声。等我的身体安静,清楚听见,是姑婆在呼喊:"阿云仔,来载我,转妹家哇。"阿云不正是祖父的名吗?多年前他讲的,临暗转妹家的故事,那一瞬间,我连通了。

祖堂里的一切:低缓的声音、铜黄的光线、女性的导引、充满谅解与祝福的眼神,不知道为什么让我联想到诗经。我于是用偶数的节奏,写了这首《转妹家》:

> 娣仔姑婆,状况不好;消息传透,亲朋赶到
> 娣仔姑哦,有丁嫂喔:我呀我呀!认得出吗
> 娣仔姊呀,阿丁伯母;我呀我呀!来巡汝啰
>
> 姑婆长寿,八十有九;徙到堂下,大家念渡
> 阿弥陀佛,阿弥陀佛;阿弥陀佛,阿弥陀佛
> 看到暗暗,莫要走近;看到有光,佛祖来揽

来娣姑婆,一生苦做;大正出世,时代登波
伙房开基,人工自备;挑泥打砖,帮兄带弟
十八行嫁,开荒石灞;美国轰炸,屋不成家

姑婆生多,丈公去早;妹家行前,帮少帮多
问过姑婆,艰耐到老;欢喜快乐,何时有过
姑婆笑笑,转妹家呀! 兄弟相惜,食昼聊夜

姑婆有福,新衫新裤;子孙满堂,念经送渡
阿弥陀佛,阿弥陀佛;阿弥陀佛,阿弥陀佛
看到暗暗,莫要走近;看到有光,佛祖来揽

姑婆昏迷,愈呼愈轻;听到她喊,阿公的名
阿云仔……阿云仔……来载我呀,转妹家哇
阿云仔……阿云仔……来载我呀,转妹家哇

重 游 我 庄

"嫁来客家庄,你觉得好吗?"多年后问母亲。

"会做死哦!客家人太省,什么都要自己来。"她俨然驻村的人类学家,总结超过半世纪的田野观察心得。

我家在美浓东边,庄名龙肚。

如果大冠鹫从庄北的茶顶山升空,俯瞰,会看见龙肚庄其实细扁如一片荷兰豆荚。东边狮山,西边龙山,两座高度不到一百米的小山脉夹着狭长谷地,中间最宽处一千多米,往南往北收缩至六七百米。中间穿过五千多米长的乡道 51 号。乡道略略蠕动,只在进出庄及至在南边碰到狮山大圳时,才猛转个弓字弯。

严格说来,龙肚并没有菜市场,在人口最多、经济最旺的1970 年代,庄里最热闹的街上只有两个猪肉摊子与杂货店、中药行、理发店、冰店、饭条店各一家,大概也就反映了我庄的市场规模。这些店家所集中的龙肚庄西侧,人们称为"西角",以今天的都市话语,算是我庄的 CBD 了。当时以龙肚庄为中心的生活圈涵括人口曾多至五六千人,商业活动却如此不发达,实肇因于我庄特殊的人文社会性质。

我庄祖先幸运找到的应许地——龙肚,在清朝中期开垦以来,向为南部客家地区条件最优渥的稻米生产地。庄南的大份田与庄北的小份田,合有几百甲土质肥沃的良田,庄民从南边的荖浓溪凿圳接引,水源终年不断,一年可收稻两获,羡煞北边的旱作垦民。

粮食自给自足,是客家小农的理想。主食充分后,我庄各伙房更有余力部署副食的生产。蔬菜随四季变换;屋前屋后、路侧、水边的畸零空地,鲜少逃过妇女的眼光与勤快手脚。肉类蛋白质的培育更重要;鸡寮、鸭舍与猪栏是伙房空间规划的一部分。鸡仔喜欢土里捡食虫子,鸡寮就盖在屋后树荫下。鸭子喜水,好吃水里的藻类、水虫、小鱼,鸭舍就设在半月池边,池里养着草鱼、鲫鱼、大头鲢、南洋鲤。

猪栏与厕所并置于伙房西南侧,春夏的南风及秋冬的北风均帮忙吹开臭味。果树通常绕着屋子种,常见如芒果、龙眼、莲雾、香蕉、木瓜、番石榴、释迦、荔枝、杨桃等等,不仅供应各季水果,还帮忙挡煞、遮阴、修饰屋场,并为土地公创造多子多孙的吉祥意象。

主副食自给自足的理想,及其实现,影响我庄深远。最表层的影响是抑止了菜市场的需要。宰杀猪只得向政府缴税,私宰犯法,所以肉贩尚能生存。1970年代经济好转,庄里出现了两位摩托车鱼贩。早上他们从隔壁的福佬镇——旗山批到海鱼后,先在肉摊附近停一阵子。买肉的人减少后,他们才骑去庄外叫卖。我家伙房在更外围,他们溜进时已近中午。祖父喜尝海鲜，又气鱼仔转味，总是边买边骂他们奸。

　　更深刻的影响是，伙房因此变成食物交换与人际关系更新的连结中心，每家消受不完或吃腻的蔬菜水果分送邻居、亲友，用以还人情或增强关系。连结的发动机在妇女身上，她们脑子里永远有一本随时更新的记事簿：阿龙嫂前天来聊，给了几条丝瓜，今天串门子可以回送一篮茄子；隔壁叔婆上周给了一袋番石榴，今天我们家收割香蕉，要留两串给他们；三姑的媳妇坐月子了，鸡寮里有两只阉鸡七斤重，探视时正好抓它们当贺礼。

　　小孩"消受不了或吃腻"的定义，同大人记事簿里的交换逻辑、优先次序与急迫性，常常不对盘。池塘里刚打上来的鱼、新季的水果、钓了一个暑假青蛙养大的番鸭等等，明明还没吃过瘾或根本不够吃，就被拿去送人了！

　　妈妈们的食物交换意识，有时也会跟自己过不去。在大家族时代，年轻的妇女没有经济权，族长分配到的钱就这么一点，子女一撒娇就心酸。想存点零用金，让子女多买几本参考书，或添件新款式衣服，怎么办呢？母亲曾想把园子里盛产的青菜挑出去卖，可又怕碰到熟人，于是差遣勤快的大姊及三姊。

　　结果呢？一样！连出声都不敢，姊妹狼狈而回，一把也卖不出。

　　所以我庄出不了生意人。乖乖把书念好，把该考的试考好，吃公家饭或任职稳当的公司，才是正办。整个美浓，也差不多是这般家道路数。镇上几个兴起于日本时代的政治望族，尽管家财万贯，权重一时，后人仍选择一关关挨过国家考试认证，丝毫不冒险。说是"耕读传家"，其实是客家村落里严谨的副食品交换体系，抑制了功利性的人际关系运作，使商业文化难以进展。

回到西角，我庄仅有的市集，还是有些乐趣。

每到傍晚，两部奔驰老卡车一滑进西角的小广场，安静的小广场开始滚动。老卡车上满载着番薯叶与甘蔗尾叶，这是猪与水牛的高级晚餐。卡车上的工人一揽揽地丢下来，司机在下面负责收钱。买番薯叶的清一色是妇人，买甘蔗叶的大抵是少年，说明了猪与水牛的家务分工。二十分钟内，不啰唆，卡车上的食草就清光了。卡车一走，小孩子一拥而上，捡拾掉落在广场上的蕃薯叶。他们不见得是穷小孩，那幅景象无非是我庄物尽其用、人尽其才的时代精神表现啊！

小广场边，一东一西两对面，是我庄仅有的风骚了。东向的是冰果室，卖着全台湾只在本镇才有的香蕉油清冰。那种冰我不太喜欢，吃几口，前额就开始微晕。然在压抑年代，那冰店可是我庄唯一的梦幻出口。掌店的老板女儿有多美？我记不住了，但她的姿影足可剪入我庄的现代时装史。

她身材高挑，不多话，彩带束着发，身装不离素白短袖上衣加淡雅花裙子的组合。她倾身掏冰，转身，花裙微扬，轻盈走步，放下冰盘，嘴角微笑丝丝，再转身离去，不知主演了我庄多少有志青年的性幻想场景。

西向的是理发店，重点不在发姐，而在老板兼师傅的老婆。她是我庄的中人，专为福佬猪贩穿针引线，中介猪只买卖。她是本庄唯一可用"婀娜多姿"形容的女性：油亮侧梳的发髻上一定有朵塑料花，花布上衣、黑长裤合宜地包覆她的修长体形，走路是莲花碎步，脚踏绣花鞋。她侧坐猪贩的机车，右脚架在左膝盖上，右手搬住猪贩右肩，左手放右膝，高傲地让沿路的良家妇女翻白眼。

那些福佬猪贩不知利用她赚了多少钱：养猪的农民一见着她，就像发春的猪公，神志不清，任人说价。难怪每次他们来买猪，母亲定把父亲支开，亲自上阵。外曾祖父是福佬猪贩，母亲洞悉他们的伎俩。母亲直接用福佬话跟猪贩较量，惹得那妖娇中人干瞪眼。

辑三

都市开基祖的临暗

一

　　我镇客家人对其迁徙历程的认识与记录中,甚少有年代的指引。他们浏览祖先牌位或翻阅族谱,时间是缺席的。他们目光的起跑点在每一座系谱支架顶端,我们称之为"来台祖"或"开基祖"的那些先人。所以儿时,祖父一遍又一遍讲述家族移动史时,我永远搞不清楚他凛然尊为"来台祖"的某位广东焦岭钟姓男子过海来台闯荡,到底是哪个年代的事?他的某位子嗣又何时跑来我村自立门户,成为我们这一脉的"开基祖"?

　　就像所有的民族主义论述,祖父的历史记忆及讲述方式,使"开基祖"从人升华成某一种精神状态。直到我离乡多年,漂移在不同的城市、工作与身份间,焦虑于未知与不确定,脑中赫然浮现祖父在祖堂里伸长手臂,为我解读墙上、梁下那些不好断句的长串文字。以祖父认知的,历代开基祖的规格,想我难以成为都市开基祖了。结了婚,但成不了家;拼命工作,绝立不了业。道理也很简单：1990 年经济泡沫破碎之后，房价像孙悟空翻筋斗，生活费陡升，实质薪资向下跌，不信邪的人频繁变换工作，认真的则常被工作转换；均无以为基。

都市的傍晚，是一天中最折腾的时段。下班前大约半小时心情急转直下，右半边的胸侧肌肉抽痛。同事散光，办公室一空，整个人便像是被掷入深渊，灵魂飘荡，舌下根甚至产生苦味。晚餐变得困难重重；经常，游走几个街区还找不到胃口。有时不自觉地走进住宅区，寻着煎鱼的焦香及妇女的招呼声在小巷弄里闻呀闻、钻啊钻。回到宿舍继续纠缠，得靠大量烟酒，方得定神。好不容易进入写作状态，已近子夜。

一位朋友知道我的状况后热心安排各种摊子，陪我晚饭。他的口才媲美说书人，二代外省子弟，黑白两道混得深广，喜欢做菜，刚离婚，现孤家寡人。我喜欢他半醉时搅和自身的经历与幻想，无边无际地掰他的江湖演义。共事过的朋友知道他喝愈多，妄想成分愈离谱，都趁他醉酒前闪人。我没差，落拓又无聊，乐得当他听客。

他断定我得黄昏忧郁症。我本就喜欢"黄昏"这个带有色泽的时间名词，现在却与一种精神性病征连在一起，颇令我讶异。我张眼看着他，久久才能问出一句为什么。我期待他会练出一串又炫又瞎的分析，孰料他冷冷地说，小时候他父亲每到傍晚就一副阴森森的出神样，没人敢在这时惹他。

我心里纠紧；从他的怅然神情想象他父亲的黄昏忧郁症。他拿起酒杯，碰了碰我的杯子，一饮而尽后拍拍我肩膀说，老弟啊，你想家，随时可以回去，我父亲十六岁被抓夫，跟家乡可是隔着台湾海峡，还有你死我活的国共对峙啊！

　　我警醒，稍稍可以客观化自己的存在状态，始得重新琢磨"临暗"，这个客家人的时间语汇。国中时，我在国文课本读到两个指涉白天向夜晚过渡的字词——"傍晚"及"黄昏"。为了方便理解，老师直接把它们等同于客家话中的"临暗"。但我从未被说服，总觉得"临暗"远比"傍晚"或"黄昏"细致、深刻，牵涉更多的心理层次。

　　日落前后至夜晚降抵的这段时间，客家人细分成三段。太阳即将接地至落日后余烬染天，称为"临暗"；晖灭后天空呈现白茫的弥留状态，称为"暮麻"；最后微光消失，称为"断暗"。之后我们心甘情愿称之为"暗晡"的，就真的是晚上了。客家人对时光行移的敏感也表现在白天：天亮前是"临天光"，然后是"天光"，"朝晨"即清晨。中文所谓上午至正午的这段时间，我们细分为"上昼"、"半当昼"及"当昼"。

　　原来，在漫长的自然经济劳动史中，对客家农民而言，要紧的是每日的气象变化与每年的节气轮回，且他们在政治地理中历来边缘，似乎也没必要太在乎年代或朝代的坐标价值。他们脑子里装的是天体论的时间观，对于每日的光影递嬗极为敏感。就像渔猎维生的极地爱斯基摩人善于分辨雪态，客家人之眷恋白日也呼应自身的农耕形态。他们的移垦地大多为丘陵谷地，在耕地不足又不良的劣势下，他们必须依靠长时间的家庭劳动力投入，以确保基本产出。

　　1970年代是台湾农业生产的巅峰。莳禾、割稻、植烟及采烟是一年中最紧张的耕作时节。标准的作息是，"天光"前起身，父亲去牛舍与仓库备妥下田的农具与肥料，母亲则在厨房边做早饭，边准备"半当昼"的工人点心。"临暗"，一家人陆续归巢。放学的孩子最早到家,小的负责生火烧洗澡水,大一点的帮忙带更小的孩子,上了中学的则帮祖母喂猪饲鸡,或替祖父打理牛舍。等到母亲下工,移驾厨房,全家人随即绕着晚饭打转,就像是一首摇滚乐曲子进了鼓与贝斯后,所有的乐器自动与之合拍。厨房是所有空间的重心,母亲则使厨房发出节奏,指挥全家心神饱满地渡过白天至黑夜的转换时刻。临暗是甜的,是协和的,是各种心情的收拢,所有事情的依归。

我想起一首台湾家喻户晓的闽南语流行歌《黄昏的故乡》;这是旅外同乡聚会时的必唱曲,众人引吭,每至涕泗纵横:

> 叫着我,叫着我,黄昏的故乡不时在叫我;
> 含着悲哀也有带眼泪,盼我归转的声叫不停;
> 白云啊你若欲去,请你带着我心情;
> 送去给我的母亲,喔……不能够忘记的。

这首歌早被视为台湾的代表性歌谣,其特点是深沉、颤动的高音,类似美国的黑人灵歌。在社会运动风起云涌的80年代,它最常被用来鼓动群众长期被压抑的心灵与认同,几乎享有"社会运动圣歌"的地位。后来无意中听到原唱,方知是翻唱自东洋,好不失望。

但我钝迟的脑筋逐渐明白:农村游子所舐舐的乡愁,绝不会是清晨或午夜的故乡,而黄昏的故乡所连系着的,也必定是母亲。在异乡的都城,少了母亲作为组织者,疲惫的临暗不再能产生重力场,心神耗弱的人儿不管自转或公转,均失却轴心,又焉能不漂荡于茫茫太虚？

　　"临暗"这个古老的客语词汇，在都市产生了新的诗意，指引我理解处境。我得先从台湾现代农业史的观点，说说自身的家族史，进而串连新一代的"都市开基祖"：

　　　　阿公的当昼
　　　　他最爱小姑丈回娘家
　　　　听他讲一段开基史
　　　　哎哟，配一块五花肉

　　　　上联是祖上本无地
　　　　做长工、租旱地、开石滩
　　　　谷租六成
　　　　结果还欠头家帐
　　　　下联是好在三七五减租
　　　　讨老婆、偿旧债、买公牛
　　　　禾、烟、豆、芋
　　　　屋起堂开振鸿图

　　　　阿爸的暗晡
　　　　他不时一吃饱就挥席
　　　　不是找同党怨政治
　　　　就是骑机车巡心事

　　　　年轻时阿爸愿出庄

开卡车当学徒他全想过
奈何长子
老弟老妹还稚幼
十五、六未转大人身
扛谷包、驶牛犁、揽硬活
一给泥土沾到
他讲是,哀哟喂
洗都洗不掉

阿公他是硬颈的国民党
阿爸偏偏是死忠的民进党
一句起二句止三句咬牙切齿
父子俩无缘三句多

都市的临暗
我经常左泡面右罐头
叩首再叩首三叩首
敬自己,阿公讲的
开基祖

都市开基祖
租房是鸟笼般大小
薪水是薄薄的几张
开销样样会咬人

都市开基祖
省省俭俭存无三七五
左泡面右罐头
叩首再叩首三叩首

二

80 年代末,台湾逐步走上政治自由主义及经济放任主义,表现在前者是解除党禁、报禁与直接选举,在后者则是解除资本管制与加入世界贸易组织,所谓全球化,于焉开始。90 年代后,这两大趋势互为表里,解构、再结构台湾。历史并不抽象;从基层受薪者愈见促狭的生存空间向外望,看似对立的两大党实连手解除行政栅栏,放任地产商、银行与地方派系狼狈肆虐,年轻的都市开基祖从此难以生根。90 年代末,走投无路的失业者、失败者悲壮地了断自身困境,像是竞相飙升的撕裂高音,每每令人惊心动魄。

1996 年,桃园一家制衣公司恶性关厂,数百名失业女工循合法途径,南北奔波,皆得不到善待,最后集体卧轨。那阵子,失业工人或失败的小生意者铤而走险,抢劫、偷窃、绑架勒索,此起彼落,跃为社会新闻主流。当然,主政者不会一叶知秋,结构性地响应中下阶层的艰难,只是头痛医头,严打密防。不出几年,监视器布满街口,小区里人人自危,巡守队纷纷成立。

自杀的形态也出现变化。首先是单数转复数;原本个人为主的,翻过 21 世纪,变成携家带眷。常见的情况是做父母的不忍稚子受苦,一起带走,或是夫妻、情侣相偕,共赴无忧。许多类似案件的报导中,真正刺痛人心之处,是他们用红绳系住彼此的手,相约来生。而那一根根红绳之于现世,既是深情亦为切恨。同时,从他们遗留的信文及临走前的准备来看,人在自我了结中,主体性升高,哀怨降低,有时近乎某种行为艺术或祭仪。许多案发现场渗出的平静氛围,似乎暗示:这是关于人生前途的一种选择。

我留了一份新闻简报(2005 年,4 月 5 日,《中国时报》),关于一位生意人的不幸,标题耸动:《崩溃的女强人 狂欢一周吞药自尽》,过程直如公路电影。这名 32 岁女子从小为养女,曾经营珠宝生意,经济情况颇佳,唯六年前离异,女儿由前夫监护,恢复单身生活。长期的工作压力困扰她的精神状态,导致心律不整、失眠、头痛,久治无效。复以迩来事业不顺,遂萌生死念。死前她似乎有意安排一趟旅程。她先是在酒吧结识一名年轻的槟榔商,邀其同游,费用由她负担。他们旅游、访友,一星期后回返台北,投宿汽车旅馆。第二天下午,男子外出处理生意,至深夜多次去电无人接听,火速赶回,赫然发现女子倒在沙发旁,送医宣告不治。记者最后写说,警方在梳妆台上找到三张便条纸;女子在遗言中交代身后事,最后感谢男子的陪伴与帮忙。

从都市里不安的黄昏忧郁症,我回溯了母亲的农村临暗,现在它们又连系了全球化下处境艰险的弱势者。"临暗"这个客家的时间名词,像是延长的黄昏余晖,向四方晕开。我加入了那些在异乡的黄昏中失心的魂魄行列,回旋盘绕于都市街巷。而如果我收留他们的灵魂,让他们通过我的心绪说故事,第一个场景应该就是"临暗":

临暗,收工
一个人行,在都市
我目珠吊吊头颅空荡
好像自家已经
灰飞脑散

三不时我失神走志
浪浪荡荡穿弄过巷
真想听一声
阿母吁孩子洗身
真想,闻一下
厨房里煎鱼炒菜的味息

临暗,悃起
阿公讲的家族史
我们这房历代犁耙碌碡
今我都市打拼
要学开基祖

暮麻,一个人
行中山路
转中正路
论万盏灯照不亮
脚下的路
人来人去算不尽

无人好问
吃饱了没

"犁、耙、碌、碡"是农具,也是种水稻前的四个整田工序,发起音来是二平二入。客家人连缀这四个单词,表明自身的农民认同。"中正路"及"中山路"是 1949 年之后台湾最普遍的路名,每乡每镇的主要道路都逃不掉。

但是,台湾在进入全球化之后,新一代的中下受薪阶层到底面临什么样的工作条件? 他们的人生态度与爱情观又经历什么样的变动?

我透过同事介绍,访问了一位资深的服务业员工。他姓卢,26 岁,台南市郊区一家台法合资卖场"大润发"的经理。卢刚升上经理,讶异竟然有人要采访他们的工作。他很愉快地带我参观卖场的仓储管理与作业流程,一一解说。我也感到新鲜,自 90 年代初在大卖场购物以来,还第一次见识卖场内部。我笑着问他,你进职场也不过 5 年多,怎么人家介绍你,都强调你"很资深"?

卢的笑容的带着浅浅酒窝,他答说是这一行的高流动性使然,能在一个地方撑过三年,算厉害了。但为什么流动性会那么高呢? 他用眼神引我环顾这个用一排排白炽灯管 24 小时照明的工作场所,不带情绪地跟我说,这真的不是一个太愉快的工作环境,而且非常讲究纪律与精确,年轻人不容易耐得住。

卢说台湾的大卖场崛起于 1989 年的荷商万客隆,开始时设在工业用地,靠着大量进货降低成本的模式披荆斩棘,并迅速引来其他投资者的跟进。到了 2000 年,大卖场之间的竞争主轴已不再是成本与价格,而是便利与服务。我请教他怎么看新的主轴。

卢非常 SOP(标准作业程序)地念出要诀。所谓便利,交通、停车便利,购物方便,还有必须让人感受得到价格便宜。所谓服务,第一品相要好,亦即商品不仅要有特色,还得讲究精品感及国际性。第二要精准地满足客人需求,让客人感觉自然、不做作,像在家一样。第三要讲究礼貌。我问他怎么讲究?

卢叫我正眼看他,他换上工作表情,先是微笑、点头,再用很合宜的音量与节奏说:您好、谢谢、再见。我知道这里面有细节,问他练了多久?他很高兴我没看轻,说刚进公司那三个月,每天上班前一定对着镜子练几十次,到了公司随时接受主管抽考、纠正。

我除了说"哇"以外,别无其他表达敬意的方式。

他拿起桌上的卫生纸盒,对我说:拿着,你退后六七步,假装不满我们公司的商品,要找客服人员理论。我照办,距离三步前,他从椅子上站起,恭敬又自然地伸出双手,准备接客人的东西。我还是哇的一声,笑说你们这样干,再不满的客人来到你们面前,杀气都软了大半。

三

1980 年代末,借着重新检讨都市计划的时机,台湾各地兴起新市镇计划。政治与资本结盟,动力源源不绝;掌握地方政府与议会的派系经由土地开发,既扩张地盘,也扩大资本,再相互加乘。旧市镇的外围先是拉起粗胖的外环路,同时一块块农地被征收、停耕、变更、组并为大面积"都市计划用"土地，最后升起一排排面目痴呆的"透天厝"。都说寄望双赢，但通常新旧市镇间形成虹吸作用，老街区很快撤空，只剩带不走的老人，与走不了的贫户。鸡犬相闻的村落杂货店也就在那时让位于资本密集的连锁大卖场；后者矗立外环道，重新定位我们的生活座标。

处处压低成本，又强调规格化的服务方式，大卖场的工作条件会好吗？卢经理从基层讲起，员工人数最多的是 PT（PARTIME；计时工）与业务员。95% 的 PT 为男性，一般又以学生工读为多，薪资为台币 70 元/小时（按：这是 2001 年的水平，2015 年调至 120 元），无年终奖金，纯工时，每日工作最多 7 小时，不包含中间吃饭休息的一小时，而且本时段也不支薪。强调标准化的大卖场，当然订有严格的纪律要求。上班时不得吃槟榔、抽烟、买东西，偷东西一律法办，不可进行与工作无关的交谈。PT 的剥削性高，流动性也高。新进业务员一年有两次升迁机会，升上课长后月薪可达台币 35 000 元（2014 年也还是这个薪水），年终奖金为两个月薪水。再上一级，科长享有宿舍津贴的福利。

卢不到三十，就认定这种卖场工作，我很好奇他怎么想。卢坦白这一行挫折多，对体力与业绩的要求高，工作时间长，同业竞争激烈，景气敏感度高。但是——卢露出坚忍的微笑，这一行挑战性强、可塑性高，每熬过一个关卡，人生的视野立刻改观。这很刺激，卢承认它跟上瘾的差别不大。

我在笔记本上速写大卖场的职场特征，后来成为歌词《三班制》中的场景：

连排连杠的灯管
密不透风的场所
管人赶人的时钟
长年不变的颜色

自己的影看不到
风起雨落闻不到
天时地节无从知
嚷嚷大声讲不得

无影无迹的人生
无日无夜的底层
无风无雨的工时
无话无絮的同事

　　我们越聊越自在，最后聊上了海产摊。我问卢是哪年生
的？他说是越战结束那年。这让我感到新鲜；台湾年轻人一般
不大搭理国际历史事件。卢苦笑说他确无胸怀世界之志，但那
年他父亲事业失败，跑去当出租车司机，母亲开一爿杂货店，全
家命运急转直下。他有记忆以来，家里所有的纷扰都源自那一
年。他自小就被送去远地依亲，内内外外一大堆挫败、纠结与
隔阂，从没有人可投诉。他念了很多小说、散文、传记，慢慢学
会跟自己告解，然后才能跟家人和解。"不然我早爆掉了！"卢
啜饮一小口啤酒，别开眼神，不让人看见眼中的泪。
　　谈谈你的恋爱吧？

许是自小离散,渴望完整家庭,卢十九岁初尝恋情,就急着投射彩虹。他满心当真,设计了一份拾级而上的未来蓝图,内含职位晋阶与财务规划。卢说他要的幸福不大,下了班跟老婆手牵手逛街聊天吃小东西,这就够了。不久发现两人的生活图像套不拢,她的冀望要绚烂得多。更糟的是,她做广告 AE,是营销的最上端,卢当时在麦当劳,是营销的最前端。在职场上她看的是未来半年或一年的趋势,可是卢每天处理当下的状况。他日夜颠倒,没假日这回事,她则是朝九晚五;两人的朋友圈也没交集。最后趁着他入伍服役,女孩瞒着他"兵变"。

退伍那年母亲寻短,报复父亲外遇,他赶回去,女友抱怨没陪她看牙医,他大吼:每个人都要负担你的事情,那谁来负担我的? 一个礼拜后,她提分手。工作漂泊,感情难安定,他有自知之明,也没太为难,但心里的苦痛从此像口深井,常常爬不出来。他的心从此硬化,其后交的女友进不到内心;很深很深的一种伤痛,觉得对爱情不再信任。有一段时间连衣服都不知道怎么穿,手脚都不知摆哪里。每天就是工作工作,弄到筋疲力尽就回家睡觉。

"你能了解那种感觉吗?"卢抬头问我。我知道那不是问题,是呻吟。

四

有天傍晚卢带了一位女孩来找我吃饭。他们互动亲切,我自然认作是男女朋友。卢止住我的误解,说明他们是要好的同事关系,女孩点头,深表同意,眼睛眨着灿烂的微笑,煞是迷人。

我称赞女孩开朗，一时间眼睛失了焦点。还好餐厅吵，出菜快，方便我尽快结束，带他们去附近一家我常去的咖啡馆。大概为了舒通气氛，兼让他的同事觉得值得，卢装出好奇的表情，问我的工作。

其时我是当地县长的机要秘书，这个工作很难说得清楚，且因人、因党而异。但不管蓝绿，会被选用为机要秘书的人有几个共通之处。最基本，他们长年跟在政治人物身边，围绕着老板与选民的政治关系再生产，处理的事情从鸡毛蒜皮的选民服务、狗屁倒灶的政治资源分配，到影响公众生活的各种政策，层层叠叠，不一而足。士绅背景的地方人士、退休的教师、公务人员，或有过选区经营经验的政治人物，是理想的机要秘书人选。他们熟稔地方脉络，通达人情世故，懂得拿捏分寸、内外与层次，手腕圆融，情绪稳定。

"但以上条件我无一具备！"我向卢坦白，"我缺乏在地的渊源，上任前只与县长打过几次照面，性情又孤僻。"这种落差激起卢的兴趣，他搬出实战商管专业，试图联系管理学与政治经理，要我相信"方法"——他特别加了重音与嘴部表情——才是局外人的领航员。

其实七八个月前接此职务时，我也真自豪于局外人的身份，有一阵子还喜欢就着朋友的好奇，煞有介事地理论化我的生存之道，并加赠连篇江湖奇遇。"但是……"我耸肩、苦笑，几乎要向卢招供我最大的问题，是终究无法跨越内心的空洞与孤寂。这时看见他的女同事双瞳圆睁，似乎听得迷离，我那些等着出口的字词显得太知识分子气。

卢是敏感、细致的人，经历过撞墙期，知晓某些要命的东西,使工作不能兑换成就感,让白天的外在与夜晚的内在对不上话。一两秒的静默后,他用手肘轻碰旁边的女同事:"喂,你不是说要来说故事的吗?"接着半戏谑地对着我说:"这个人听说有音乐人采访我的故事,便一直吐嘈说我的生活风平浪静,她的才精彩。"

被这样配对让人尴尬,更糟的是,我竟尚未请教她的大名。

"她姓江,喜欢朋友叫她 Apple。很上进,白天上班,晚上读大学夜间部。"卢代她回答,Apple 嘟了嘟嘴,转身在卢肩上搥了几拳。真羡慕他们这样打打闹闹,想我从国中到大学,不是男班就是男校,女生与性总是黏在一起,挺烦人的。

"你为什么叫 Apple?"我只好接过话柄,礼貌地提出第一个问题。从长相到表情,她仍留有婴儿肥时期的天真可爱,家庭的幸福指数应该不低。她是凑热闹来的吧?我猜。

"小时候我双颊圆圆红红的,家里人就这样叫我。"她边说边解开右手的袖扣,翻露出手腕内面,上有两道割痕,一粗一浅。

"妹子,我不知道你也干过这种事!"卢来自破败的边缘,见识、经验过各式各样的家庭悲剧、闹剧,他故作惊讶地嬉闹,倒也自然。

"这种事成功了叫割腕自杀,失败了叫放血。"Apple 点燃一根烟,原本的婴儿肥遗迹不见了,表情变得近乎冷冽。知道她要讲故事了,我看了墙上的时间:晚上 9 时 30 分,2003 年 10 月 26 日。

"我 1977 年出生。小时候爸爸从事营建业,事业顺畅,闽南语的说法,赚钱若赚水,我要什么有什么,很受宠,连我是左撇子也没在管。我爸多金不打紧,偏偏又英俊、好色,外遇不断,女人像糖渍上的苍蝇,赶一批来一批,父母吵架像没完没了的八点档连续剧。我记得我爸最后一次被抓包,他们两人相互咆哮。拉扯一阵后,他突然停下来,安静地对我妈说,二十出头认识你不久我们就结婚,从此我拼死拼活、没日没夜,现在事业成功了,你就不能让我享受一下恋爱的滋味吗?”

“听起来你爸说得很诚恳啊!”卢不改毒舌风格。

“不仅诚恳,还委曲呢!”Apple 也不遑多让。

“那样你妈才痛吧?”我心里暗暗佩服,离三十岁还一大段,他们不仅历经沧桑,还能像读剧本那般,不带情绪地品评人生。

“我妈起先是愣住,接着脸上的肌肉垮下来,我想是觉悟吧,接着她紧拉着我,转身离开。我妈走得很急,刚开始我也很安静,不久她的眼泪飞溅到我脸颊上,温温的,我这才放声大哭。”

卢点了一根烟,递给 Apple。

“我经常回想、咀嚼那一幕,现在我比较能理解,什么叫作悲从中来。那不是心疼我妈,也不是愤恨我爸,更不是害怕何去何从,而是感到一种人世的悲凉,很纯粹,很深的一种悲。”

“后来呢?”我想到儿时电视布袋戏年代一首家喻户晓的主题曲《苦海女神龙》,歌词最后一句是“美人无美命”。

“我妈在夜市摆摊做小生意,不跟她老公拿钱,也不再当他的接线生、客服、助理、会计,连我在学校的注册费、生活费也是她全包,倔得很。当然我爸还是会偷偷塞钱给我。”

“所以你妈就接受了? 你还是幸福快乐的小公主?”卢大

概听多了这类故事,脸上略微露出不耐烦的神色。

"有五六年我真的以为可以这样,就冷战嘛,总会有人撑不住,然后我们回到从前。有一天家里的红龙鱼缸突然爆掉,那是1992年,股市崩盘,房市接着倒,银行收紧银根。我爸为人作保,三四千万家产一夕赔光,还吃上违反票据法官司,仓皇跑路。讨债的上门,咄咄逼人,我妈苦苦哀求,他们眼睛邪邪地说,你女儿生做这般漂亮,叫她出去赚回来还啊!"

Apple的声线微颤,卢偷偷拭泪,我心想,泡沫经济的时代故事多。

"我爸终究担心连累家里,半年后回来投案。我跟我妈去探监,我大声对他说,爸,你看,在铁窗外看你的是你妻子,不是外头那些阿姨。为了还债,母亲从鞋厂批货回来加工。我问她怨不怨,她很淡,说男人倦鸟会归巢,精力用完自然会回来。"

"Apple,你还没交代为什么放血?"卢又一副挑剔的戏迷样了。

"哦,这个。"她脸上稍稍回复苹果般的甜美。"被逼债那阵子,先是我心爱的钢琴被搬走,接着全家被银行赶出来。那房子是我爸亲自设计的,小时候它就像公主的城堡。我很任性,根本不想理解。有一晚我带着水果刀进浴室,我妈久没听到洗澡声,冲进来。我记得在急诊室里,我妈抱着我哭,一直说对不起。但她哪有错?我发誓再也不要让她难过。"

"痛吗?"卢的语气纠结,听得出不舍。

"孩子,乖,不会痛的。"轮到Apple要弄了,说完,她仰头大笑。

我们不敢跟着笑,不动声色地等她驾返。

"第一刀划下去,我看到血涌出来,心里变得好安静,于是又再一刀。当你心里有巨大的痛时,身体的感觉会不太一样。父亲跑路那一阵子,我的世界变得歪歪曲曲,产生一股报复父亲的念头,也为了舒缓母亲的压力,我跑去酒店上班。上班前我跟带班的妈妈桑讲明,我只坐台,不跟客人出场。前两晚有人想诓我出场,妈妈桑照约束,帮我挡掉。第三晚碰到一位很绅士的中年客人,气质好、人体贴,他带我跳伦巴,两三下就让我神魂颠倒。妈妈桑拉我到旁边咬耳朵,要我相信她的眼光,放心出场,她保证这个客人绝不会让我恶心、吃亏。"Apple 停顿,要卢把烟传过来。

卢把烟推过去,眼神显出焦虑。

"那晚我答应了,妈妈桑所言不假,那客人真是好得没话说,我当他是初恋情人重逢,我猜他对我的感觉也差不多是这样。有那么一瞬间,我全然理解我爸对我妈说的那些伤人的话。那晚是我自家里发生变故以来,第一次被疼惜,第一次可以痛快地哭。天亮后我坐车回家,心情很复杂,一方面发现自己意志竟然这么薄,二方面知道每天不可能有这么好的运气,三方面,答应了这一次,以后拿什么理由拒绝妈妈桑?我就没再去了。"

Apple 吐一口长烟,"上班命要有上班底,我自己没有。"

我 的 卡 哨

美浓现代史上最神奇的一件事,发生于 1970 年代。几千人突然变卖财产,举家迁至数千公里远的南美洲。

约是我读国中那几年,移民梦蔓延如流感。夜里放闲的大人和他们的"卡哨"聚在一起,个个眼球鼓胀,声技夸张地交换所有关于阿根廷大草原的天方夜谭:什么车连开几天,一座小山都看不到;我们这边买一分地,那边可以买好几甲;还有那边的新鲜牛肉比我们的高丽菜干还便宜云云。

"卡哨"可能借自闽南语,在美浓客家话中"伙伴"、"阵党"的意思,贬褒比例端看说话者的语义架设。譬如老婆要她先生来接电话,喊说"尔卡哨寻汝呀",尾音上扬,差不多是在传递对老公交友的不屑。

我不相信真有人付诸行动。那些个夜晚的语言竞技场,到头来还不是"上夜想到千条路,天亮本本磨豆腐";祖先早看透了。更不用说彼时 1970 年代,根本没道理出走。台湾经济正旺,农业产量动不动翻倍成长,工业区大片大片扩张。双位数的 GDP 成长率已非话题,城市里挤满了各式各样的工作机会。
电视新闻报说社会一片欣欣向荣,不是吗?

伙房里所有的议论与渲染在第一房人移民后戛然而止,不
久又一房人迁出。光说不练的,现在变成"留下来的人",内心
总有那么一点不长进的反照,同时幽微地感觉被离弃。而如果
他们稍稍设身处地,又会为前途艰险的亲人感到忧心不安。后
头迁出的是一位堂嫂,丈夫车祸,三十未到守寡,人言如刺,养
三个小孩并不容易。她携子,带着仅有的抚恤金与赔偿金,跟
着自家大哥移民,孤注一掷。我为她的决定感到欣慰,并祝福。
但前头率先搬出的堂叔就令我费解了。

他手捧铁饭碗,业已干到地方邮局的主任,三个孩子中,长
女刚考上医学系,长子读高中名校,顶多再过五六年,就可悠哉
享清福。又何苦自断后路,去到人生地不熟的异乡,一切从头
来过?族里没人知道原因,搁着,久而久之,也就成了某种神
秘。后来我逐渐读懂祖堂内的文字,那个高挂在牌位上头的祖
训"燕翼诒谋",难道是某种移民基因?它的爆发是生物性的,
非关社会局势!

二十几年后,堂叔回来扫墓,同感好奇的妹妹拉他到家
里吃饭。他一抹语焉不详的微笑,一挟又一挟地称赞母亲做
的菜,并学祖父的样子,伸出空碗,要我们添饭。妹妹陪他缅
怀封建年代,耐心等他说故事。可他好像不存在挣扎与奋斗
之类的记忆。我们约略听闻堂叔到了阿根廷后,很快看破该
国政治的无能,实际上也苦于超高的通货膨胀,便带妻小移
转至巴西。20 世纪 90 年代中期巴西经济渐趋稳定,这时他
向往政治更安定的美国,又再度变卖家产,北迁至得州休斯

敦。堂叔一口一口扒饭，反刍记忆；他的毅然决然从何而来，我们仍不得而知。

那时我们在地方上组织反水库运动，找到一栋没人住的老合院，租了右侧。办公室建置好，经费问题接踵而来。募款总是不顺利，我们尝试各种自我养活的办法，包括为报社写稿、接研究案、当研究助理及代课老师等等，类似低等哺乳类动物，活着的时间里，大部分得用在觅食。有一天，我们收到一笔捐款，来自巴西美浓同乡会。巴西耶！又远又久的地方。报上不是说美国向外层空间行星发射的探测火箭，几十年后才有可能收到回传的探测讯息吗？我们看着捐款数据，扬起的正是这种奇异的兴奋感。地方的小区报"月光山杂志"登了巴西同乡会的会讯，引动几位年轻人前往采访、报导，70年代的那桩神秘，才慢慢释疑。

1961年始，台湾向非洲各国派出农耕队，协助发展乡村建设。半为冒险，半因公家头路有保障，美浓好些农校毕业生真跑去了。之后，从他们的口述、带回的纪念品、相片，以及几只小鳄鱼中，美浓开始长出非洲想象。70年代初，一位待过南非与乍得两个国家的黄姓农耕队员结束任务。他回到故乡后仍对充满各种机会的第三世界念念不忘。他的队长同样念兹在兹，指派他考察阿根廷的农业发展。他在台北找到一位阿根廷籍的天主教神父，协助他申请旅游证件，并为他介绍重要人脉。半年后他回到家乡，激动地向围绕的亲戚们描述阿根廷的壮阔、便宜与可能，很快召集到十多位"卡哨"，每人投资2万5千台币，成立共同开发基金。他们把家具、农具装上轮船，开启了美浓人的南美梦。

1971 年"中华民国"退出联合国,1977 年与美国断交,国际局势的不安多少推升了移民潮。1983 年,阿根廷结束军事统治后,经济陷入困境,青壮技术性人口大量移民欧美。为平衡劳动力结构,阿根廷政府松绑移民政策,接纳周围的玻利维亚、智利、巴拉圭及乌拉圭等国移工,并对亚洲开放,企图吸纳韩、日、台等新兴经济体的资本和人才。数百名非法入境的华人因而受到特赦,并授予居留权、就业权和营业权。一推一拉,台湾移民阿根廷者,达数万之众。

但发祥哥在这股阿根廷移民潮中,逆流而回!

90 年代中他回乡,二十年间,试养过四五种渔、畜,屡败屡战,最后在野莲种植上获得突破。野莲是睡菜科莕菜属的多年生草本植物,叶面浮于水,余在水中,食用的部分是长长的细茎。野莲为人采食,历史悠久,据说《诗经》关雎篇的"参差荇菜,左右流之"指的就是野莲,或它的"姊妹"。野莲是南方水乡常客,美浓人善于采食。当外界把它归成美浓特产,我们才知道别处早消失了。

发祥哥的毅力与智慧惊人,善与局势缠斗,成功后成了农民楷模,屡获媒体报导。我看过几篇,开头不脱他二十出头闯荡阿根廷,六年后在乡愁驱使与亲情召唤下回到美浓。发祥哥绝对是念旧顾情之人,但以他的绝佳口才及桀骜个性,我偷偷相信他在阿根廷定是三两下把自己弄成了华人版唐璜,最后被愈滚愈惨烈的桃色风暴逼走。或者,以他后来在农民权益问题上的清晰思考与果敢行动,往回推判,他可能愤愤于同乡在异国被欺侮,又看不惯他们一盘散沙。又或者,他只是不喜欢异乡移民的边缘感。

堂叔的经验历历在目,我对发祥哥为何去阿根廷,失了追根究底的兴趣,只问他到底会不会讲当地话?他不耐烦地唠叨了一长段西班牙文,让我确定他混得够深。可能安土重迁与逃离故乡的渴望共存于一个人体内,它们怎么搅和,最终哪个胜出?也许永远有难以交代清楚的例外。

我想起一部评价不高的好莱坞电影《摇滚乐明星》(Rock Star, 2001),结束前的两幕情节。一幕是重金属摇滚乐团的新任主唱想贡献创作想法,被乐团拒绝,录音后乐团经理陪他在酒吧聊天,主唱好奇经理为何踏上此途。经理说他老婆非常甜美,他们大学毕业前就结婚。有一天他们在酒吧喝酒,他上厕所尿尿时看着墙,想人生不应该是这个样子,接着推门而出,不再回头。另一幕是主唱唱到高潮,拉了一位声音尖拔的乐迷替他的位置。他步出舞台,在后台碰到经理,经理明了他疲累,要他休息一晚。主唱说不了,他现在需要尿尿。

我与发祥哥熟识于90年代末,当时他的养殖事业由猪转虾,财务状况被口蹄疫炸出大窟窿。熬了几年,好不容易才填平。他的样子还真像是重金属摇滚乐团的主唱:带刀的眉宇、藏剑的眼神、粗犷的颧骨与身材,发声打招呼是一吼定江山。但那是吓小偷与混混专用的;对我们这种空有正义感的无用书生,发祥哥是宅心仁厚的侠义汉子,带些"小赌怡情、小酌宜身"之类的无伤雅习。"菊花夜行军"专辑中主人翁阿成的形象有一大半来自于他:

　　譬如说话,阿成的农民语言黑又厚又土又快又精准又善用各种拟喻与俚俗,酒气与人气对味时干脆两句两句押韵,害我们的语言人类学朋友捶胸顿足,说怎会忘了带录音机。但录音机摆上时阿成又收山了,说他讨厌讲给机器听。说一个地名与姓氏吧,阿成在五秒钟内就把一条最近的亲戚关系线揪出来。阿成说植物学没什么用,他们农民的植物学不用拉丁文,他们根据水牛的口感。更不用说仪式了,哪种死亡合哪种过程,多少亲等的人跪什么位置穿什么颜色的丧服,阿成清清楚楚。

发祥哥天生具有领袖魅力,他讨厌被重复或无聊的事情缠住,责任感与性好自由同时在他身上作用。每天晚饭后,他家前庭的圆桌边迅速被他的“卡哨”坐满,有来探究养虾技术的——严肃起来直逼研讨会,有来求助的——从借钱到调解夫妻打架皆有,更多是单纯找他抱怨、诉苦。看他忙不迭地,一下子冲茶,一下子抛烟,一下子斟酒,刚分析完市场趋势,大骂人傻没药医,接着又苦言相劝。好几套即兴剧本交叉搬演;我安静坐看,津津有味。接近子夜,卡哨陆续散去,发祥哥用他拿手的炒虾按住我,又从冰箱起出一瓶红酒,下令喝完才能走。我追问他们的来历,他摇头苦笑,说这些仙人看来欠扁欠揍的,可是本性逍遥,生命力超强,像杂草,一丁点水土就能快活。

发祥哥及他的卡哨,让我串连起许多在中年之际,选择回乡务农的朋友。他们不一定适应不了都市,也不一定不专精于现代社会的分工。他们流浪够多的工作,愈发厌恶劳资关系的捆绑以及机械时间的统治。读书人也知道这些,但那些朋友了悟并勇于追随自由的召唤,恰好是我们最无能之处。

向他们致敬,写了一首《我的卡哨》:

我的伙伴个个天兵
命歪运衰斩不断根
讲他们精专也不明显
讲他们坚耐也不全然
我想他们像杂草走路
就有本事寻到水土

我的伙伴喜好自由
四方游历四方不留
薪水一绑他们会尴尬
时间一赶他们就劲软
他们甘愿当自家头家
当自家手下

西边一暗碗筷一推
我的伙伴无帖自来
有安静的独孤狗
有使跳的滑溜猴
鸡婆的就只引人骂
电不直
三不时倒牵马

饮酒食茶各人自领

得意失志聊过爽平
我的伙伴鼠牛虎兔
隔发财是几万步
我的伙伴猴鸡犬猪
快活样子是上百副

野狼 125、Bruce Springsteen 与茗浓溪的夏天

一

　　1984 年夏天,阿栋迷上野狼 125、Bruce Springsteen 与茗浓溪。那年,我们几乎成了彼此的影子。事情从好几个线头发展,进而交织成团。为了方便叙述,我从最远的讲起。

　　阿栋与我同镇不同里,我住东边的大崎下,他住西边的山下。国中三年级时我们被编在升学班,勉强成为同学。所谓"升学班",就是把全校最会考试的孩子挑出,集成地方荣耀的生产中心,让最恐怖的老师进行魔鬼教学;故而我们的友谊始于勉强。

　　为让同学间产生竞争张力,导师按考试成绩排座次。第一名坐中央,前面第三个位置。以此为原点向外辐射,成绩愈差坐得愈远,每考一次就重编一次,每次都是创伤与虚荣的起伏,以及同学关系的刺痛。这么早让十三四岁的孩子体验残酷的社会阶级分化,是不是有助于往后的求生韧性,我到现在仍不

确定。或有人怀念班导师,但没人想邀同学会,却是全班一致。

我的排名是双位数,阿栋是个位数。我在"关外",他在"关内",交通不易,除了互瞄几眼,整年没讲过话。阿栋身上流露着倨傲的贵族气,在土巴巴的农村孩子间相当刺眼。他的英文全班最好,每回考卷发下,老师总要他分享读法。有一回他站起来,左手不耐烦地把远东英汉辞典举到空中晃晃。当时我心里还不长志地暗骂:干!不就是那几个单字吗?还需要翻辞典!这只猴仔到底是怎么回事?

考高中时,关外的留考本区,关内的则越区,考更好的台南一中。阿栋偏不考台南,同我们考上高雄中学。我们好歹光宗耀祖了,他则算是降格。高一上在排球场碰过几次,他闷闷的,话少且轻。到了下学期没再见过他,直到暑假才知道他休学考上台北的建国中学。我猜他熬不住贵族气作祟,一举跳离南部这些土家伙。我心里微酸,不想再知道他的消息。

大一寒假,他突然跑来我家,说住在我们村子,邀我去聊聊。我心里纳闷,但友谊招手,管它!就跟他走。原来是他阿姨全家移民阿根廷,留下的老伙房随他用。三年没见,隔着不同的高中生活,如今他的气息叠上一层叛逆。看他一个人优游自娱,又像是贵族的乡间度假。他说三餐自理,煮稀饭,配家里做的酱菜。酱菜罐装在农药袋里,吊墙上,农药袋上有醒目的"总断根"商标;那是当时最毒、农民最常用的除草剂。桌上摆一包 Dunhill 法国烟、里尔克的诗集和维特根斯坦的现象学。

"这家伙在展什么呀?"扫描屋内,我有点晕车。

他问我听什么音乐,我念出一大串新近迷上的重摇滚和前卫摇滚乐团,仓皇应阵。他摇摇头,说不听这些。他伸手抽出一根 Dunhill,划一根土到不行的猴头牌火柴,那些伟大的团名瞬间通膨百万倍,一丝敬意都换不到。阿栋吐了两口优雅的烟,开始说他在建中编校刊时,卡拉扬指挥的贝多芬如何让他着迷,索尔蒂的版本又如何太咸等等。说着说着,两只手就举到眼前比划,喃喃哼起交响曲第七号。

"哇,编校刊、听古典音乐!"我黯然卑怯,不禁悲怜自己高中揄三年排球,不留级就偷笑,哪能想象这么高级的精神活动。

"你干嘛跑来这里住?"我掏出公卖局的长寿烟,借了一根猴头牌。他家离我村七八公里,住一两天还好,超过一星期,家里不紧张、邻居不怀疑才怪。我心里这么想,脸上大概也反映出来了。神气的"卡拉扬"走下指挥台,结构松散地说了他这一年的情况以及家里的反映。原来家里对他只考上私立的淡江大学很不满,寒假回来,还在念叨重考的事。他心里烦,索性翘家。

"当然啰,要我也不爽,建中毕业的耶!"

"本来还不想考,我爸骂、我妈求,才去报名。"阿栋漫不经心地回应。

"呵,你还不想考,哪根筋不对了? 你这种程度,随便也上台大。"我回顾他过去的行径,试图串出个逻辑。

"也不知道是怎么回事。"他笑笑,"高三下,校刊社的死党拼命准备联考,我突然觉得没意思。"

我瞅着他手里的烟,隐约理解那种介于失落与背叛之间的情绪。

"你明天干嘛?"他压熄烟屁股,抽换话绪。

"早上做烟活,中午可能去六龟游泳,看日头大小。下午一定打排球。"

"这三样我几乎都不碰。"这时的"不"已无看轻之意。"我们家也种烟,但我爸妈不让我碰,要我专心念书。游泳更不用说了,童年有小孩淹死在村里的大圳。从此我一走近水,他们就紧张。"

真可怜,这样不知溜掉了多少乐趣。

"那排球呢?"美浓可是有名的排球镇,不会打就太扯了。

"只会一点点,不像你主修排球。"

我们爆笑,约了第二天去六龟。

六龟在美浓以东二十公里,是台湾第二大河高屏溪的主流荖浓溪的上游河谷地,一派大山大川的开阔气势,绝非美浓的拘谨俊秀可得比拟。有了机车执照后,我与堂弟们经常往那里闲钻。夏日水饱,抱着充气轮胎泛溪而下,一路鬼叫,真是连篇的成年礼狂欢。冬日水敛,我们沿支流上溯,流连幽静的瀑布、水潭。若得午时日艳,我们便在溪边戏水、打野食,累了就躺大石晒太阳。

阿栋随我们去一次便恋上六龟的山河。我教他简单的狗爬式,他双手扶岸,练习打水,或在浅水处捡视溪石花纹,或蹲在崖边抽烟。没问他好不好玩,他也没抱怨无聊。下午打球的都是村里好赌的排球精,阿栋不敢下场,帮忙捡球、当裁判,开心又专心。我们这边赢了几百块,晚上他继续跟着我们混撞球场。我想阿栋一定鲜少享受这么土直的野趣;他的贵族气渐消,也习惯与我窝在一起,整夜听摇滚乐。我特别让他听摇滚乐歌手 Bruce Springsteen(1949—;以下简称 B. S.)的一首情歌《New York City Serenade》,文绉绉的高贵味道,猜他会受吸引。

张照堂在某一期《音乐与音响》杂志里,有摇滚乐四大情歌的提法,分别是 Bob Dylan 的《Sad-Eyed Lady of The Lowlands》、Van Morrison 的《Madame George》、Lou Reed 的《Sad Song》,以及 B. S. 的这首。B. S. 这首出自 1973 年专辑《The Wild, The Innocent & The E Street Shuffle》,是最先到手的。

寒假结束,我回台南,他回淡水。木棉花刚谢没多久就接到他的电话,要我骑他的野狼 125 去淡水找他。我愣住,问他是怎么回事。他说春假他骑野狼 125 环岛,到了台东发现引擎漏油,用火车寄回美浓。现在修好了,要我回美浓帮他骑上去。我说我没骑过长途,他说莫愁,寄路线图给我,读一读就会。

四月底的某个礼拜三,我逃学三天,照着他的路线指示,由南往北,骑了十个小时,真把他的野狼 125 送上了淡水。我从没把这趟纵贯线摩托车之旅标定为人生壮举,倒是到了淡水,才发现荖浓溪与 B. S. 在阿栋身上合流,冲出了一块惊奇平原。

二

阿栋寄来一叠路线手册,手绘在计算机卡片的背面。倒三角形,涂上深蓝色,是省道标记,又附记:公路编号,单数是纵贯线,双是东西向。这些基本公路知识,现在才知道,我感到差劲! 而且,我被连宕两学期的电子计算机概论课上用的读卡纸,竟然被他这样用,真天才!

阿栋要我按指示,每过弯就丢一张卡。先走省道 19 号,北行约 140 公里后在中部的彰化接上省道 1 号,再骑个两百公里,就可到台北。"每骑一百公里最少要休息十分钟!"阿栋特别打电话来提醒,"不然引擎会过热! 骑车时,要注意路肩上的公路标记与里程数。"他并交代买雨衣、火星塞,路上备用。

没等到放假,我就出发了。周三早上第一节课,老师尚在黑板上演绎流体力学的复杂算式,我偷溜出教室,在春日的阳光微风中,走向柠檬桉的校园大道。阿栋的半新旧野狼 125 摩托车停在树影中,召唤着前所未有的旅程。

摩托车是父亲教我骑的。高二暑假,某个树影缤纷的上午,在节奏轻快的忙碌劳动之后,父亲突然问我要不要学骑机车。父亲的开明令我吃惊且骄傲;同辈学机车很少不经由偷偷摸摸的行径,要么人摔伤回家不敢讲,更惨是车祸出事,派出所通知家里。

这不是父亲第一次开明。小学四年级,夏日午后我随伙房里的堂兄们去游泳,晚饭时被母亲骂,提醒我是家中独子,不准再去河里。父亲当场反驳,说不会游泳算什么男孩子。父亲是我最喜欢的老师,从小他教我驾牛车、驶铁牛,方法清楚,不带情绪,我总是一次就开窍。所以他教我骑机车,一百米加一个转弯,我就驾驭自如了。

1984 年,钻进台湾地图上像条蛔虫的高速公路业已通车六年,纵贯南北的省道退化为区间道路,车速、车量锐减,尤其少了许多杀气腾腾的大卡车。四月下旬,公路上报春的红色系木棉花、紫色系苦楝花均已谢去,现在路肩上的行道树专心绿着。公路上一派闲适,可我内心有点塞车。父亲放手让我自主成长,我却撇下最重要的专业课程,只为一句话答应朋友。但一上路,感觉真爽,远方开始流动,不再是绝对值,不再是固体。阿栋为何乐好环岛,我渐能领略;那不只是行动的自由。而且也不狂,更不野。风景向后流逝,日常的躁动、不安汽化了,心思下沉到灵魂的边缘,记忆通透,内在变成地景,一幕一幕摊开,像母亲在冬阳下曝晒高丽菜、荷兰豆。我的行止没有照阿栋建议的里程数,用几种方式为停驻的风景下注记:长镜头的凝视、一根长寿烟,及一柱尿。

进到新庄,太阳早已让位于霓虹灯,雨丝纷纷,自天空斜斜垂下,繁华的市街倒在柏油路面上,令我感到炫惑。还好没有来这迷蒙疏离的城市念书,我心里嘀咕,一定撑不过两年就自我了断。但阿栋在淡水的大学生活却是另一番景致,只消一晚我便抛开陌生感,融进他们的圈子。

刚到阿栋的宿舍不久,他的朋友、同学一一出现。不管是来瞎扯的、问事的、聊球经的、打招呼的或找麻将伴的,最后都坐到地毯上,大伙儿围着茶盘东凑西搭。阿栋介绍我是成大排球校队,他们看我身材不高,问我是不是举球员?我摇头,说是攻击手,他们有点愣住。阿栋眼神向我示意,我起身跃跳,手触高高的天花板。众人哇的一声,阿栋得意地补充:他是主力攻击手。

一群人像批发南北杂货般地扯到半夜才渐次散去,阿栋用美浓自家的米煮了一锅稀饭,配上他妈妈的酱菜,弄了一顿宵夜,补充肚肠内被过多茶水与尼古丁冲蚀的油脂,好继续聊我们自己的。

阿栋拿出新近写好的一首诗让我读,描写在溪里嬉游的一群泰雅族少女,她们与水、与阳光、与自然的天真互动,以及她们离开部落后的命运隐忧。当时台湾的妇女运动界已开始注意人口贩运与原住民雏妓的问题,好几场直接的救援与抗议行动引起了广泛的社会关切。阿栋说在一次环岛旅行中拜访一个泰雅族部落,看见村子口一群女孩戏水溪涧,引动他赞叹、深思。

记得阿栋之前写的诗非常里尔克(Rainer Maria Rilke),一下笔尽是"你们大家都别想救我"的忧郁,或是与现实无涉的悲叹。但现在,一旦他的描述对象由内心移向人的社会存在,场景即可呈现那么饱满的光线感,我暗自赞赏。"他的感触本就细腻,文思又好,只要引起他凝视,下笔皆不含糊。"我这么揣想,又深吸一口气,心情是平复了。但我不解的是,怎么才短短几个月他的关注方向即由内转外,跨幅这么大?

"哦,阿栋,你的转变相当大,去年冬天还是黏搭搭的现代主义,现在是爽朗的写实主义,为什么呢?"我感觉胸腔升温。在台南,除了长我十一岁的许先生外,我从没碰到可以进行文学对谈的同年。现在与阿栋的讨论,竟可深刻到美学转向的问题,不禁暗自珍惜。

"你还有点功劳呢!"阿栋点上两根烟,递一根给我。

"怎么说?"我接过烟,也叭啦叭啦地抽喷。

"最先是荖浓溪,在瀑布下游泳,我第一次感觉河水流进我的身体,又是刺激又是安抚,好有趣的触感! 就好像是我爸放水进旱田,土里纷纷冒出莫名的绿意。"压熄前,阿栋用烟屁股又点上一根。他也变热切了,但动作就是优雅、徐缓,真是比我高级多了。

"哦,真的!"知道自己随手作出了贡献,反倒腼腆。而且我刚上小学就敢泳渡七八米宽的小河,泅水跟上树摘芒果一样平常,哪会有这么复杂的身体程序!

"跟你说过,以前我的身体处在戒严状态,除了洗澡,水是玩不得的。"阿栋垂下头颅,视线指向我们之间爆满的烟灰缸,两眼涣散。

"但在著浓溪玩个水就能让你的写作转向,也未免太神奇了吧!"他的落寞感倒也不深,只是一时间就把他浸住了,我赶紧将他拉起,就像那次教他狗爬式游泳,一放手他就下沉,得时时扶住他的肩膀。

"当然不只是著浓溪,还加上 Bruce Springsteen!"

"Bruce Springsteen! 这又怎么说?"介绍给他的那张 B. S. 专辑早被我听得稀烂,没这么厉害呀!

"来,听这首《The River》。"阿栋拿出我没见过 B. S. 专辑,抽出黑胶,放上唱盘,再把唱针放在那面的最后一首,苍凉的口琴前奏急切地挣出。

三

阿栋倾身放唱片时,我注意到,除了我推荐的《The Wild, The Innocent & The E Street Shuffle》,唱盘前另有三张 B. S. 原版专辑,分别是《Greetings From Asbury Park N. J.》、《The River》以及《Nebraska》。他怎么会听得狂热? 我感到困惑,与一些些的失落。

B. S. 在摇滚乐史上不是前卫者的角色,刚接触时我甚至认为他的音乐缺乏形式锐气。若真要论及表现张力,乐评张照堂所推崇的那首曲折回荡的情歌《New York City Serenade》——我过早地认为——应是他唯一上得了台面的作品。所以我设想，那歌中的贵族感、文艺腔，应会迷住初识摇滚乐的现代主义者阿栋。但那晚，那首情歌他提也不提。反倒是我觉得平铺直叙、不知何处断句吞口水、器乐形式毫无惊奇之处的其他作品，阿栋可是拥抱以生命热情。

　　阿栋说他最常在傍晚，把自己闷在房间里开大音量听 B. S.，跟着神哭鬼叫，让眼泪如瀑，灌溉抽搐的颜面。像是导演面对过分夸张情绪的演员，我心想——不无鄙夷地——B. S. 的音乐值得那么隆重的礼敬吗？ 随便一首 Deep Purple 或 Scorpions 乐团的重摇滚电吉他间奏，都更适宜呐喊苦闷啊！一直要到两个月后许先生给了我 B. S. 另一张专辑《Darkness on the Edge of Town》的 B 版翻印本，又再买到他的代表作《Born to Run》，对着歌词一听再听，我才逐渐明了，阿栋的呐喊并非存在主义式的虚无宣泄。

　　B. S. 的歌曲常在听者的意识中投影出落魄的蓝领青年景象：他们在濒临崩溃的夜里，孤独地飙车、亡命地呼喊，公路向后卷动，像磁带，播放着不堪的记忆。歌中的叙事者大抵在 1950 年前后出生于纽约大都会周围的卫星工业城镇，童年是极富庶的美国梦乐土，青春期后段碰上 1970 年代美国北方制造业的大量资本外移，成年后他们面对高失业率、城镇萧条与阴晦的未来。虽然在创作情怀上深受 Woody Guthrie 与早期 Bob Dylan 的激进作品影响，B. S. 写歌常以局内第一人称记述，不同于前两者综观局势的全知性观点。风行于 1960 年代民谣/民权运动歌手的启蒙意念，在其歌中也不常见。也因此，即使同样是关切弱势者，B. S. 是直接唱给弱势者听，两位前辈的听众则更趋近于关切弱势者的知识分子或社会行动者。

左翼民谣在 1960 年代中高蹈云端，几乎成了激进知识分子的专属，后来连引领风潮的 Bob Dylan 也陷入内卷的歌者—听者关系，乃至抱着电吉他逃出自己打造的牢笼，留下满场错愕的纯民谣派听众。而在流行音乐愈渐工业化的 70 年代，美国蓝领阶级在炫技化的节奏蓝调、神秘兮兮的前卫派摇滚与虚无主义化的朋克音乐中，恐怕再也难以看到自己的脸孔、听见自己的心跳。所以当 B. S. 动用简拙粗犷的美式摇滚与民谣，诉诸素朴的天主教式社会主义信念，讲述寻常工人子弟的放逐与追寻、希望与幻灭，他们就轰然聚拢了。但不管是物理、心理距离或音乐品味，美国蓝领阶级与阿栋都隔得很远。B. S. 之吸引阿栋，应还有别的原因。

或许是地景的链接、乡土的隐喻。阿栋超喜欢的那首歌《The River》，是这么开始的：

> 我来自下面的河谷，
> 在我们那儿，先生，
> 你被拉拔长大后做的事，
> 就跟你爹一样。
> 读高中时我与玛丽认识，那时她年方十七。
> 我们开车出谷，下到有绿草的地方。

接着他们在河里潜水、欢爱，后来女方怀孕，两人潦草结婚。之后男方满十九岁，进入制造业工作。不久经济低迷，工作锐减，鸡毛蒜皮的事变得巨大，爱情显得冷漠。男方想起过去的美好，记忆如鬼咒缠身，是梦是真，逐渐模糊。歌末，他们再次驱车到河边,但河水已干。

阿栋说这首歌令他想起我们的家乡美浓,也是这么传统的父母,想起时湍时缓的茗浓溪,想起高职毕业后就在加工出口区磨掉青春岁月的大姊,想起烟业逐渐萧条,小镇的失落。我的视线沉重得像一根竹竿,勉强举到唱盘的高度,盯着唱针的波动。阿栋连放几遍《The River》,到了第三遍,前奏的凄厉口琴把我的脑神经绷紧,得一直抽烟才不至于过激,而心里的滋味还真不是羞愧与迷惘可以形容完全。摇滚乐听到现在,原来我只在技术规格上打转,那些东西跟我的成长、内在生命,到底有何关连,我却从未计较!

阿栋终于让 B. S. 唱另一首歌了,歌名很有意思,叫《Stolen Car》,偷来的车。

"哈,又是车!"我笑了,好像抓住一点头绪了。

"对呀,他好像不开车就写不出歌。"阿栋翻开歌词本,带着我读。

《Stolen Car》的故事调性类似《The River》,也是第一人称叙述,讲一个刚成年的家伙与一位小女生的故事。他们认识后不久即结婚,在城市的边边住下来。这男的找不到像样的工作,连车子都是偷来的。夜里游荡,等着被抓。日复一日,爱情也变得若有似无。音乐是徐徐行进,带着我们导读一位时速两三百公里的疯狂车手,他正经历巨大挣扎,可在内心,记忆缓慢流动。

"Bruce Springsteen 讲的都是很简单的小人物辛酸,音乐也平易近人,可他就是有办法把他们的故事唱得像史诗,把他们的内在唱得不凡。"阿栋念的是英国文学系,作品与评论念了一堆,阅听 B.S.,自有他的见解。

"哦,你听,最后一段!"阿栋倾身,把音量转到 12 点半位置。

B.S.声音虚脱,唱着:

> 我开着偷来的车,
> 夜暗如墨。
> 我安慰自己,风头会过去。
> 但我夜里驾车,在恐惧中滑行,
> 怕在黑暗中,我会消失。

人声结束后,喇叭泛起电风琴的送葬挽音,悲中有壮,音响中真可看见那个逐渐被黑夜吞噬的孤寂车影。音乐结束后,我倒抽一口气! 从没听过这么刺痛人心的边陲感。那种刺痛不是抽离现实脉络的存在荒谬,像那些号称前卫的摇滚乐团所意图"艺术性地"表现的那样。

B.S.的音乐有丰富的社会性与深刻的"当局者"氛围,Bob Dylan 当然也在乎残酷的社会现实,可他通常是以局外人的角色进行批判性报导,或提出某种关照全局的分析哲学,因而使他的早期代表作具有强烈的宣示性或启蒙性。听了 B.S. 的音乐之后,觉得较能理解 Bob Dylan。他们两者,正是现实主义写作的一体两面吧!

快凌晨三点了,阿栋毫无睡意,烟一根接一根地抽,淡青色的烟在灯下盘旋而上;好一幅灵魂的隐喻。我拿起他写的泰雅族少女诗稿,重读几遍,现在——听了 B.S. 之后,较能领略他的转变了。高三那年他如果收起叛逆的心,回归主流,跟着他那些精英同学发愤图强考进台大,就不会掉到淡水,窝在这台北的郊区小镇,地理上、心理上也就不会有足够的边缘感,好听入 B.S. 那在绝望中带着一丝丝生命尊严与希望的呼喊了。若不是他听入神,B.S. 之于我也只是路过,不会对我后来的创作产生任何影响。

“对了,忘了要给你看一首很棒的诗。”他跳起身,在杂乱的书桌上捞出一本书,递给我。

“哦,北美印第安人选集!”是本英文专书,收集了 20 世纪美国、加拿大印第安各族重要的文学作品,里面有诗、散文、短篇小说,大都是年轻一辈呼应印第安族群复兴运动的创作。

“你翻到我夹书签那页。”

“When Sun Came to Riverwoman?”

“对,作者叫 Leslie Marmon Silko,女诗人,是印第安文艺复兴运动的重要推手。她这首代表作我知道一阵子了,但一直读不进。去过荖浓溪,再领会泰雅族人与河的关系,我才渐渐能理解!”

这首诗用字简单,但意象层次丰富、迷人,把河与族群神话联系得非常有现代感。读着读着,我不禁想起荖浓溪下游与美浓南边聚落的关连,想起蠹立溪边的大、小龟山,以及收工后在山下洗脚的父亲。几年后,当我尝试用自己的母语写诗,这首诗是标杆。

“我们把它翻出来好不好?”愈读愈激动,不立刻做点什么,好像会内爆。

“好啊!”阿栋抓了纸笔,我们开始推敲,功成如下:

当太阳移近女之河

June 10, 1973

那时
　　阳光下
　　在大河边

鸽子悲鸣
　　召唤
　　　　久远　久远
　　忆起所逝
　　忆起所爱。

在春日浓绿的
　　　　永恒之外
　　柳树在青风中飒飒作响
　　　　时间消失
　　　　　　岁月未知
　　　　　　　未名。

浊水湍急
　　暖裹我双脚
　　你缓缓移入水流

　　　　　棕色皮肤　　双腿
　　　　　深且强劲
　　　　　流动的水。

你的暖意渗入
　　　　　　　　黄沙与天空。
无尽的眼睛恒常炫亮
　　　为河边青苔
　　　为小小水蜘蛛。
放声鸣叫　　这鸽子
　　　　　　　　不会让我忘记
　　　命中注定
　　　在回漩的浑水中
　　　　　　　　它带你而走，
　　　　　　　　我逝去的
　　　　　　　　所爱，
　　　　　　　　　　群山。
太阳之子
　　　　　　移近女之河
　　　　　　而在落日风中
　　　他让她
　　　　　　唱
　　　　　　为西北空中臃胀的雨云
　　　　　　为来自中国
　　　　　　　　淡蓝风中的雨讯。

失 败 者 回 乡

　　1992 年,我与大学文凭的纠缠,终于结束了。整整十年!从 1982 年高中退学进补习班开始,历经第一间大学捱五学期,送外岛东引当兵,被海关二十个月,退伍插班淡江大学二年级,又多读半年。倦且厌,只想回乡。

　　妹妹秀梅早已回到南方。她应征上"中央研究院"的研究助理,领着两位同事——允斐与晓鹃,在美浓及屏东做农户访调。我加入他们,帮忙打杂,到处听人讲故事、批评时局,开心地当这班研究助理的研究助理。但没薪水又没身份,不易打发乡人的疑问,只好拜托远房亲戚介绍,在美浓某国中谋个代课教职,一学期也好。代课教员通常发配边疆,派给那些父母不爱、校长讨厌、社会又嫌弃,人称"牛头班"的三年级后段班。

　　我上他们的国文课,只有四五个女学生静得下,其他的不是趴成一片,就是玩成一团。知道他们经历的社会过程,觉得没有足够的正当性要求他们乖乖听课,我只是请他们放低音量,体谅前面有兴趣的同学。但几行文言文很快就使她们眼神迷航了,我明了她们安静听课,是出于礼貌。我不忍再为难她们。

"我们聊天好吗?"我轻声地问,不想惊动后面的吵嚷。

"好啊! 老师你要聊什么。"她们好像也没有太多期待。

"你们最常有的心情是什么?"聊心情够贴近生活了吧! 我想。

"无聊!"、"不知道要干嘛!"、"好想赶快毕业!"她们散漫地回答。

我认真地点头,心里也跟着散漫了。

"寂寞……"靠边窗的座位上传出一个有点不屑又略带挑衅的拉长音。

那位女孩叫秀惠,上课不太跟旁人交谈,也不抬头看黑板或讲者。她低头,垂发,自顾自娱地写自己的东西,有时望出窗外,心事重重。

我灵机一动,反问她:"那你知道寂寞和孤独的差别吗?"

"孤独是一个人,寂寞是没有人。"她瞧了我一眼,冷冷把话头丢回来。

她的话像两粒子弹射出,一中心窝,二中额头;我愣在讲台上。那是我从小最熟悉的两种情绪;早上醒来时,比我大的不是下田上工就是上学,有时觉得蛮好,发呆也不错,有时又觉得内心被抽到真空,快窒息暴毙。学到表征这种状态的两个字眼后,我一直琢磨它们名下的区分,后来拟出一个存在主义式的解释:孤独时自我的轮廓完整,寂寞时自我则开始模糊。

秀惠的语法免掉借尸还魂的套装哲学,精准、诗意多了! 愣住的那瞬间,我心里酸紧,想她的处境必定有我所没体会过的复杂深刻,而且一定浸得比我久。

"说得真好! 这是我听过最厉害的定义。"我回过神,真想用力为她鼓掌。

秀惠抬起头,转脸三分之二对着我,卸除一些武装。

"而且其他同学也对自己的心情很有想法,那我们这周的作文题目就叫《我的心情》,好不好?"我兴奋地环视大家。

下课出了校门,我匆匆赶赴秀梅他们的行程。那时有关美浓水库计划的正反面议论已在地方上晕开,老人家在树下、农民在茶桌上、民意代表在议事堂上,常常起争执。我们几个回乡的年轻人被曾文忠老师———一位退休回乡的美术教员,邀去商讨此事。秀梅提议,这么大的事,镇公所应该召开公听会,让政府说明计划内容,并邀请各方专家学者发表评估意见。曾老师认为这意见"盖做得",因为镇长是他学生,便安排我们前往拜会。

镇长年近四十,叫添富,跟我同姓。人如其名,事业有成,发家致富。他被派系拱出来当农会理事,继又高票选上镇长,创下历届最年轻纪录。公听会三两下谈完。地点? 没问题,我弄个大礼堂给你们。人? 没问题,我叫里长、邻长通通出来,十九里,每里二十邻,加上全镇的校长、社团理事长,场面够看了吧?

好个地方诸侯的霸气! 我们猛点头,折服。

剩下来的时间,镇长讲故事。在农村进行访谈或拜会,我最喜欢听地方人说故事,因为里面有太丰富的社会学辩证、文学性历程与人类学知识。我们几个读书人从外面回来,凡事新鲜,又一副与世无争、凡事好奇的样子,而且我们的情绪沸点低,随便一个转折就能引发爆笑。面对这种社会菜鸟,说故事的人很容易有成就感。但地方人说故事的意愿与能耐,存有明显的世代差异。

拜访六七十岁从没离乡的老农民,你得想办法把有点学术味的问题转成地方语汇,并嵌入他们的生活脉络,他们才勉强不会答非所问。一旦他们讲顺了,便是一部完整的战后台湾农业史。他们大多是长子长媳,在经济现代化初期撑住整个农业家族;上承父母的权力意志,下对弟妹提供资助,让他们多念书,以进军非农业部门,反馈农户经济。更重要的,他们接手上辈的祭祀责任与文化习惯,操练不辍,所以是一部精彩的农村生活史。

三十岁左右刚从都市回来的年轻农民,身上则有太多未愈的创伤,以及面对未来的惶恐。他们的都市开基梦受挫于90年代初的泡沫经济与资本外移,工作、情感及家庭关系上,皆处于困难的调适阶段,同时还得忍受乡人在问候中有意无意露出的讪笑与奚落。他们刚去了印度尼西亚、柬埔寨或越南娶亲,得熬过一年以上的程序折磨,妻子方能取得来台签证。面对访谈,他们眼神飘忽,闪烁其词。

添富这一代人,最能说故事。他们80年代中回乡时正值壮年,正好接上几个政治经济契机。首先是台湾历经二十年的快速工业发展,积累雄厚,加上台币不断升值,资本的投机化倾向愈形嚣张,房地产、股票常一日数市。在地方政坛,老一辈士绅纷纷凋零,现代化教育培养出来的知识分子又一批批被抽离农村,乡镇级政府的领导阶层遂成真空。而在远方的台北,危机重重的国民党正拉拢地方派系,以应付党外运动的挑战,并活化凋零的统治合理性。添富这一伙人返乡,炒房地产,玩股票,或搞选举,皆能左右逢源。

更早,70年代末,添富在都市打拼,也碰上"黑手变头家"的好时机。在闽南语中,"头家"指老板,"黑手"则涵括底层的作业员、维修员,凡是手得弄脏、弄黑,都算。在生产、消费大肆扩张的年代,得以出来自立门户的处处是机会。士官退伍的添富在善做生意的妻子协助下,经营猪内脏生意。他们看好上升的人均肉类蛋白质消耗量,以及蓬勃的小吃经济,趁势大赚。

添富的事业不在美浓,可他赚的钱却坚持存农会。在低调省俭的美浓,每月用麻袋装几百万现金,载到农会信用部存,黑白两道怎么可能不注意? 加上他作风海派,乐善好施,又勤于排解纠纷,风声变传奇,一下子在地方上炸开。头人都在探听,这小子到底什么来路? 钱用布袋装! 添富当上镇长后,炒地皮的、玩股票的、疯酒家的,还有混黑道的,前呼后拥,夜夜都是资本助兴,人生狂欢。

时代尽管在变,三个主题——学历、离乡与阶级爬升,倒是历久弥新。添富讲发迹史,眉飞色舞,提到考试失利便黯然神伤。添富是国中第一届,毕业那年,他考不上体面学校,被押去念免试又免费的陆军士官学校。"那有多丢脸你知道吗?"添富说他每次放假坐巴士回家,都要算好时间,天黑后进村。下车后他脱掉军靴,拎在手上,蹑手蹑脚,走田埂回家。"大路不是我们这种读书不赢的人做得行的!"多年后添富的羞辱感仍刻骨铭心。

另一个回乡的重要群体,是黑道兄弟。也因为水库议题,我跟他们有了接触。镇公所要办公听会的消息传开后,正反两方竞相动员。从侧面消息,我们知道美浓有好些重要人物早被收编,在水库预定地买了大批土地,等待坐收暴利。担心地方黑道也被官方的超大利益吸附,变成水库计划的禁卫军,甚至危及我们的性命,我提议争取他们的支持。但,怎么说服他们?彼此一点关系都没有,说不定他们还讨厌我们这种读书人呢!没办法就打电话吧,我说。

美浓的黑道老大阿钦,当时是镇民代表会副主席。我打电话给他,说我们是"中央研究院"研究助理,想拜会他,他淡淡地应好,没多说。赴约那天晚上,我们兴奋异常,仿佛是要去看什么奇珍异宝。阿钦副主席家里没什么特别,就是一般的透天厝,他人礼貌客气,不好引动谈兴。建筑学背景出身的允斐懂得现代美术,他注意墙上有一幅像冰块炸开的抽象画,便称赞副主席好品味,懂得欣赏抽象画。阿钦表情歉然,说那幅画长得像泰国虾,夜市买的。大家哄堂爆笑,才松开气氛。

秀梅大胆问他是哪里人,阿钦说是龙肚东角。啊,我们隔壁村,同一个学区。那你认识某某人吗?认识,他是我叔叔。哦,那我祖母跟你们同伙房,你应该要叫姑婆。阿钦又露出投降的表情,笑说美浓人牵来牵去都是亲戚。祖母娘家算是重门风的家族,出了好几位严格出名的老师、校长,但怎么会迸出一个大黑道呢?我与妹妹心里纳闷,但谁敢问?怎么问?

其实聊天聊顺了,答案都在里面。连上血缘线后,地缘线就不难了。我们从某几位亲戚的故事开始,交换家族记忆,连结地方情感。从小就叛逆的妹妹似乎从阿钦的家族背景中嗅到某种连接,突然单刀切入,直接问他:"副主席,在一个老师这么多的伙房成长,是种什么样的经验?"阿钦脸上闪过一阵轻微的扭曲。他说小学直到中年级他的成绩都在前几名,可是有一次贪玩后发烧,名次掉到后半段,其他房的长辈趁机取笑他,也不知道怎么搞的,体内的反骨就弹开了。从此不仅丢掉书本,还开始找人打架。阿钦愈讲愈快,从牛车增速至摩托车。

"那你后来为什么要回来?"我也好奇了。

"云飘久了,不下雨不实在;人飘久了,不回来也不实在。"阿钦的声音变淡变慢,似乎要把情绪收回来。

"聊这么久,还没请教有什么事情要我处理?"阿钦回复民意代表的神色。

"也没什么啦,就是这个月十号,我们要办一场美浓水库公听会,希望副主席能来参加,听听各方面的意见。"我们也言归正传,交代了宗旨。

"这事很重要,我一定参加。你们为地方用心,很难得。"

那场发生于1992年12月10日的公听会不只开启了美浓反水库运动,也奠定了我与添富、阿钦的情谊,后来甚至成了他们在政治路上的咨询对象。更重要的是,从他们的生命史,我开始对那些回乡的失败者产生诠释性、脉络化的理解,并试图把他们写进往后的创作里。

那堂国文课后第二天,秀惠的作文就交了,全班第一个。最后一段,她这么写道:"我们的心里也是有自尊,但如果那些有种族歧视的老师们,伤了我们,我们也会生气。班上同学有自己的前途;不会念书并不表示没有前途,没有什么用了。在这三年来,我们心里有很多的不平和心声,但却无法说出来。"

大 水 柴

诚奇是哪里人？我好像从没问过他。

2000年，民进党取得执政权。前后那几年堪称壮盛期，从社会运动领域，从学界，从地方派系，各路人马纷纷涌入，既有趋炎附势者，也不乏摩拳擦掌、欲藉之实现夙愿的理想主义者；不管如何，都已在政治江湖中混到大尾。他们被委任"中央"或地方政务官后，一般会从跟随的小弟或学生中挑一两位学历不差、年纪在25至30岁之间而又机灵者，安插在办公室当贴身秘书。他们一批又一批出现，兵马倥偬，有些在激烈的政治驳火里"中枪身亡"，有些则随老大转攻其他战场。总之，小将们异动频繁；想来这是我开始认识时，懒得问诚奇从哪里来的原因。

他的老大是县长最倚重的幕僚，与闻重要的政治部署及决策，也是他找我来当县政府的文化局长。我以为他们一定有什么深远的文化企图，不然不会找我这种在政治上跟他们不同路数的人。后来聊到此事，诚奇笑我想太多了，他老大只用一点说服县长。

"哪一点?"

"你得过金曲奖。"

"就这么简单?"

"是的,就这么简单。"

我脑筋打结;诚奇起身,给我的杯子添红酒。我们住同一层宿舍楼,他被我的唱片吸引来,好奇竟有人用黑胶听音乐,身边带着上千张唱片走闽南北。我则被他的红酒留住;诚奇好此道,每周逛大卖场,按图索骥,找好喝的便宜红酒。猜是几个红酒出产国在全球化市场上低价车拼,两三百块台币一瓶的佳酿比比皆是,再加上《神之雫》这类日本红酒漫画推波助澜,品评红酒遂在初入职场的年轻人之间蔚为风潮。诚奇一脸阳光,身高一米八三,政治研究所毕业,喜欢攀岩,还没见识够多的无情与庸俗,原本就灿烂的邻家男孩式笑容,在每天的妙人鲜事刺激下,洋溢着新鲜的期待。

他出酒,我出土产与唱片,两个异乡人,身家背景隐没在凄凄野夜中,渐忘了来处。我们的宿舍连着县政府特区,立在一望无际的甘蔗田之间,最近的市嚣远在几十公里外,晚上的瞎搅和经常是一天的工作结束之后,唯一值得期待者。这种情况下凑在一起,人跟人之间不是快熟,就是散开,没有慢熟这回事。每天生产与再生产的政事,是晚上谈聊的入口。他从政治哲学切入,我从社会科学下手,三两下就分析完了,外加笑料、戏仿与抱怨,打发不了多少时间。长夜漫漫,前途茫茫,女人以及因女人而起的心事,恒是最好的下酒菜。

诚奇不愁没有女朋友,在他房里轮流出现的四五名女孩中,有一两位还是模特儿身材的富家女。诚奇愁的是如何在性欲与成家间,做出"正确"的抉择。不知道是这两者在本质上就会打架,抑或县政府的宿舍气场差,不适于人生决策,总之诚奇的苦恼绵绵不绝,一两瓶红酒铁定撑不住无聊的长夜,啤酒及劣质威士忌硬上的结果是,我们的酒品迅速倒退至有酒就好。

诚奇为此翻了几本弗洛伊德派的心理学分析,结论是他的自我仍摆脱不了本我的纠缠。在我看来,这根本是明星才会有的困扰——几个美女周周抢着挂号进房是怎么回事?凡人的理论是不济事的。

"那你说怎么办?"他无辜又无奈地张着一双茫然的大眼睛。

"不要再区分什么本我、自我!性欲就是你身体里的另一个我,你现在这个年纪就是他当家,他想冒险,你挡不住的,就让他领着你去探索人生吧。慢慢地,他会累,会长智慧,会从你下半身往上爬,爬过你的肚脐、你的胃,先是跟你的心团聚,最后会蹲在你的额头上回顾你的青春。这时在你身体里割据山头的各种我,就会统一了。"

"你是说你自己现在吗?"

两人哄笑。

按世俗眼光取舍,诚奇的女人当中,乔依是成家首选。乔依国小毕业就随全家投资移民至新西兰。才读到高中,严谨又有事业野心的父亲开设的超商已成功连锁成中小企业。乔依是长女,父亲期待她成为家族事业的执行长,所以大学她非念商学院不可。毕业后她想冒出水面吸点自由空气,自告奋勇跑回台湾,管理父亲新开的超商。她乐不可支,四处瞎玩,还参加攀岩夏令营,诚奇正好是驻营训练师。乔依从诚奇身上看到父亲的完美反面,孺慕之情一发不可收拾,营队结束后痴心地追着他跑。

我说我无法想象被一位身高一米七六的美艳富家女倒追的景境,诚奇苦笑,摇摇头。有一晚,近十一点,我听到诚奇门口有敲门声及压抑的呼喊声,断断续续约莫十分钟,我意识到不妙,出门招呼乔依,问她要不要进来坐。我奉上一杯茶,她忍住委屈与气愤,幽幽地讲她的心路历程,以及诚奇对她的意义,我边听边发简讯,要诚奇别为难大小姐。半小时后诚奇敲门,跟我说了声谢谢,双手轻轻扶住她的肩膀。乔依乖乖起身,一点也不扭捏。我心想果然不是本产的,情绪模式不太一样!

诚奇认真考虑过她,为此我张罗了一件首饰,让诚奇决定告白时,有个定情的东西。但诚奇始终犹豫;他觉得乔依追寻的是她父亲的反向投影,而他排拒扮演那角色。我说爱情一开始总是那样的,我们都带着模板找人。诚奇说他了解,但更大的模子来自于她父亲以及他们家的事业,真正让他不自在的,是那个。我心有所悟地看着他,心想这小子真有意思。

"我有时对乔依感到心疼。"

"什么时候?"

"她紧紧抱着我的时候。"

"怎么说?"

她的不安定感我明白,她想稳定下来我也清楚。但你知道吗? 她抱着我的时候,我感觉自己像一根漂流木,要漂到哪里,我自己都茫茫然。

　　我心头一阵酸紧,吸着烟,脑里涌现暴雨泛滥的苕浓溪,水面上漂流木载浮载沉,我们当地人称之为大水柴;对岸的高树乡出过几个游泳高手,据说是小时候专门从湍流里抢拉大水柴的。

　　几天后我把《大水柴》的歌词手稿送给诚奇,纪念这段漂泊的友谊:

妹呀,你抱我抱得这么紧
你抱我抱得这么紧
我喜欢我的手我的嘴
它们握你吻你把烦忧断根
你贴紧我的身我的心
我们凑成一个着急的圆

妹呀,你抱我抱得这么紧
你抱我抱得这么紧
我知道你想稳定想固定
想我是你可以系船的桩
但是我呀就像大水柴
根土分离水带水漂

没底的爱情
就像大水柴
捡得上岸
难得生根

妹呀,你抱我抱得这么紧
你抱我抱得这么紧
我们合成一圈密密的圆
世界拜托停下来停下来
我们滚成一团满满的圆
时间拜托停下来停下来

没底的爱情
静静抱着你
永永远远
不要天亮

歌 手 林 生 祥

一

1994 年,初秋的铅灰色午后,一辆喉咙沙哑的野狼 125 溜进伙房,停在东厢,我的书房外。一个年轻的男子声音叫着秀梅,我妹妹的名字。我自榻榻米床翻起,走出土砖书房。

大学生模样,发长及肩,但看来健康气息多于颓废。鼻梁上架着一副金丝镜框,眼神透出淡淡的才傲,脸上犹有稚气。

"秀梅不在,有什么事吗?"

"你是阿丰?"

"我是。"

他自我介绍:林生祥,美浓竹头背人,就读淡江大学。他说他的乐团将在学校办一场演唱会,门票收入打算捐作反水库运动基金。临走前,他给了我几份演唱会简介,及一卷作品录音带。

那年春,我们结束运动的游击队阶段,成立"美浓爱乡协进会(以下简称协会)",更有步骤地推进组织工作,企图在乡民生活中注入现代性的环境意识。协会初期的运作得力于地方士绅及退休老师的捐助;秀梅担任总干事,理事长是文学家钟铁民老师。

回书房听那卷录音带。大抵是关怀环境的抒情作品,主题围绕着淡江大学所在的淡水镇地景,及其丝连、投射的情愫。音乐风格是后期校园民歌,加上一些 Pink Floyd 式的器乐氤氲。编曲及配器有点繁复,歌词中有不错的文学架式;作品溢出大学生水平多多,从中展露了生涯企图。

我听到一半,就被一种"太迟了"的情绪干扰。关怀环境?不错啊!但观察位置距离事发现场太远。校园民歌?算了吧!它们生对了时代,但长错了地方。还在 Pink Floyd? 什么时候了!朋克音乐都快散场了。拿出带子,连同演唱会简介,交给秀梅,提醒她有这么一回事。

两个月后我赴美念社会学,期间虽也同美浓的运动保持联系,但几乎忘了生祥及他的音乐,只隐约知道秀梅及协进会的干部常去生祥家打逗嬉①,但左翼社会学理论上身,容易绝对化自己的判断,就也没再过问生祥的后续,直至 1996 年秋毕业,回来接替疲惫的秀梅。

1997 年初,协会受邀参加宜兰的小区营造博览会。宜兰在东北,美浓在南,路途遥远。主办方提供的经费不多,我们既想参加又欲省钱,便租一部九人座,塞进三个工作人员及五坪展间需要的广告牌、印刷品及特产,我当司机。去程先往南,走

---

① 客语中"聚会、聊天"之意。

至屏东枫港,向东横过南回公路,再向北穿过台东、花莲以及惊险刺激的苏花公路到宜兰,回程走西部,刚好绕台湾一圈。同行干部怕行车无聊,随身带了一些录音带。

"要听生祥的音乐吗?"

"两年多前就听过了,不怎么样。"

"可是我觉得不错呢!他最新的作品你要听吗?"

我耸肩,不置可否;同事把带子塞进卡座。

果是新作!第一首是《美浓山下》,老山歌调,诵扬先民筚路蓝缕的艰辛,期勉后世子孙的珍惜与承传。民粹主义式的情绪,缺乏历史理解。同事问我觉得怎么样,我笑说美浓镇长可以考虑将这首定为镇歌。第二首是《伯公》。

"伯公"是亲属称谓,客家人用以称呼土地公,反映了人与信仰的亲切。歌中,行将入伍的生祥拜请土地公保佑家乡与女友。是首好听的情歌,有几句写景的词下得很好。我猜他写曲时参考了小调山歌,并让它转了几个弯。痕迹不见了,延伸出既传统又现代的味道。这首很不错,我告诉同事。她有点振奋,说了一些从生祥那儿听来的生平故事。

真正令我改观的,是这一首,叫《耕田人》:

　　我的阿公,今年七十几
　　每天下田做事,还像一个老后生
　　儿子女儿大多走光了
　　只剩阿爸跟这阿公继续做农家
　　我的阿公有田一甲多
　　种禾种烟种茑蕉,好土好地,长得漂亮

种成作物没一个赚得好
出汗流血全都白费了

我的阿爸,认命的耕田人
每日忙上忙下,一年到头难得闲
没日没夜,永远的劳碌命
再冲再拼,相同不会赢

耕田人,可怜没人知啊
耕田人,苦拼没人来惜啊
耕田人,官爷管你去死啊
耕田人,沾到泥的悲哀呀

我的阿母,乡下的妇人家
伊说你们啊,不要再来耕田啊
好好读书,还有一点希望啊
书读不赢,干脆把你们打死光光

现代的台湾歌谣并不缺乏以农家为主题的创作,但通常落入两种类型。一种是如中国水墨画中的劳动者,沦为去脉络化的景致,用以帮衬文人雅士的出世哲理或山林情怀。1970 年代以降的校园民歌中,以"老农夫"、"老樵夫"或"老渔夫"为题的,多为此类。另一种是民族主义式的书写,以农民的劳动及劳动成果联系地域想象,召唤新的政治认同,典型作品如《美丽岛》。不管是哪一种,共通处有二:一是缺乏社会性,二是作者采取局外人的观察角色。

生祥的"耕田人"跳离上述窠臼,以清晰的农民意识、鲜活的农民语言,点出了农家的被剥削处境,更以当事人的角度写出现代化过程中,客家农村的耕读拉扯。音乐上是简单的摇滚乐,但情绪摆荡在"濒临愤怒的绝望"与"濒临绝望的愤怒"之间。在我认为,这是上乘的抗议美学。

"很厉害!"我向同事点头。

从以前那种飘缈虚浮的半校园半前卫式音乐,到现在这首青筋暴露的农民之歌,我不禁好奇,他这两年间的创作取向转变,到底是起于什么样的原由与动力。我当时已是组织干部,自不会只单纯评赏一位本地青年的作品,而不从运动发展的角度,预想未来种种的可能。

歌还没完,我迫不及待地问同事,现在生祥人在哪儿?

"在当兵,七月退伍。"

二

生祥家在美浓竹头背庄,离我大姑家几百米。

大姑转妹家,是我儿时的重要记忆。一说起那边的劳苦,她整个脸皱成一幅崎岖的心情地势图,历历迤逦:麻竹山径、番薯旱田、砾石溪崁,还有——你知道的,贫穷家庭百事哀呀!

在我镇开发史上,竹头背是最艰困的庄头之一。其在美浓山下,地势高又缺乏水利设施,大多只能种植旱作。番薯为大宗,除卖钱,也供应家里养猪之用。好以嘴巴造业者遂兴起一句谣谚,名为提醒,实为挖苦:"有妹莫嫁竹头背,毋系刷番薯就系砧猪菜。"

我家在龙肚庄大崎下，竹头背南边八公里处，近莙浓溪，从清乾隆初年至日据明治末年，水利事业均为我镇先趋，水源终年不断。加上我庄土壤属于细砂质，宜植黄色种烟草，故庄内以烟户为主，算是我镇经济情况不差的庄头。烟草是农作中，劳动力消耗量最高者，所以好事者又造谣了："有妹莫嫁大崎下，一出栅门就系烟头下，暗时尿桶撞上毋撞下。"

贫困或有余，客家妇女操持田事、家务，均是两头烧。

1990年代初，我回乡参与妹妹秀梅组织的农村调查工作，不识字的母亲成了重要的报道人、补充者与佐证者。从学术研究的眼光，我看到了另一位母亲。原来她强记、幽默、口才便给，对各庄的串仔（客语对俚俗谚语的通称）如数家珍，经常画龙点睛地穿插在她的叙事中。譬如讲她娘家附近的村落鸡婆寮——美浓最晚开发的河川地聚落，她便叹说："鸡婆寮好是好，没电，暗时虾蟆蜡怪当作啦叽欧。"客语"虾蟆蜡怪"指大大小小的青蛙；"啦叽欧"是日语中的外来语 radio。

外婆家在五只寮，与鸡婆寮等七八个以"寮"为名的大小村庄一样，座落美浓南边，属日据明治时期屯垦的移民村。垦民多来自北部的客家无地农民，间有少数从美浓周边地区移入的平埔族与闽南人。母亲出生于闽南家族，自小又在混杂的族群环境中长大，除了自身的闽南语及美浓主流的四县系客语外，她尚会讲北部的海陆系客语及一点平埔族语。更有趣的是，她还让我们见识到，美浓附近的闽南人是怎么观看客家人的。

她说早年，美浓妇女会在元宵节时，结群至闽客共同信仰的观音庙礼佛。美浓妇女穿着连身的蓝衫络绎于途,路旁闽南人看了这幅景象,直笑说:"客人真有心,挂网褡来烧经。"闽南人称蚊帐为"网褡";我们自豪的传统服饰在他们眼中竟是蚊帐!

我们对于地方史的研究常不自觉地被"地域中心主义"的意识形态拖着走,亦即以镇内几个开发早、政治经济资源集中的大聚落为主轴,架构自以为是的历史书写。母亲丰富生动的口述生活史所反映的,不只是她的语言天分,更提醒我们,中心/边缘二分的历史观极可能使我们丢失更完整的社会视野。

除了串仔,母亲还记下不少山歌歌词。家里耕作量大,常要请人工,补充家族劳动力的不足。她负责带工,招待点心,听来自各庄工人的即兴唱作,长年下来,脑中积存了一些精粹。但印象中,从没听她唱过。为什么?

她的回答令我讶异。明明是对山歌有品味,她却说:"我怎么可以唱,会被人笑哇!"再追问,原来是男女对唱时的打情骂俏让她嫌恶。但不唱时,那些情色暗喻躺在歌词里,又令她品评再三。想她大概受制于祖父坚持的儒教门风,必得与那些"不搭不契"的山歌保持道德距离。

生祥与我都从母亲那里沾濡美浓的山歌传统:他妈妈用唱的,我妈则只是用说的。在他,山歌是声音与微妙的情绪;于我,山歌更多是口传的农民文学与地方志。同是美浓镇内的农村,为什么会有这种差别呢?或许是因为生祥的竹头背庄较晚进入商品农业。当美浓平原上的农村疯狂追逐烟草经济的时期,他们村子仍处在自然经济的社会文化状态,加上山林环绕,更适宜山歌的保存。

无论如何,1997年初的公路聆听之后,一种超越认同时髦的创作潜能呼之欲出。或许生祥已意识到,山歌不仅是工具性元素,更是他的文化基因与社会语系;由此,新的有机体正蓄势绽放。我联想1960年代美国摇滚乐、新民谣的发展过程之中,根植于黑人蓝调及白人草根民谣的方法论连带。隐隐然,一些创作及运动上的念头也开始发作。

三

1997年7月,生祥退伍,我们在美浓爱乡协进会的办公室重逢,他劈头就说想办巡回演唱,好像我们已经很熟。我猜是踏出校园后,欲连系社会的企图。"是以前那些校园音乐吗?"我有点担心地问。他说不想再唱那些,主要是发表新创作的客家歌曲。"那好!我们就来办客家庄的巡回如何?"他点头,问我可以怎么做。我说我们不仅要去客家庄巡回,还要与各地的村落组织及文化工作室合作,结合当地的小区发展议题,连演唱会地点的选择都要呼应本地运动的需要。我兴奋过度地连诉直说。

"扣结运动的需要?好像没有人这样办巡回,"生祥笑笑地说。"那要怎么弄?"他正经地问。

譬如在美浓,协进会正在做老街区的保存工作,那就可以去拜访在老街上年代最久远、面积最大,建筑上又最有代表性的陈屋伙房,说服他们借场地。又譬如在桃园中坜,我们的朋友曾年有正在推动老树的保存运动,我们若提议在老树下的伯公坛办音乐会,他们一定会积极动员当地的居民来参加,如此我们连宣传都不用伤脑筋。我噼里啪啦地说。

生祥点头,想他也理解了其中的连动作用。"那你觉得巡回演唱会的标题应该怎么定?"他冷静地问。

"这个演唱会很像是一个庄接一个庄地探访朋友,谈新叙旧,那么就叫作过庄寻聊,你感觉如何?"

"嗯,不错,就这么定!"

夏末的一个傍晚,首场巡回就在美浓老街上的陈屋伙房开动。演唱会之前,我们请族长带领乐手祭告陈家祖先,祈求他们的支持与保佑,再去庄头祭拜土地公,请他帮忙稳住天气,让演唱会顺利。陈屋同意让我们使用,除了得力于协会的工作累积,更直接的媒介是陈屋有位长辈是我父亲的挚友,我国小的导师。他帮我引见族长,并做了人格担保。在地方上做事,如何运用地缘与血缘关系以产生积极作用,始终是至为重要的功课。

我们印传单夹报纸、贴电线杆,又自制广告录音带,开着发财车,沿街放送。到了演唱会前三天,没听到什么风声回响,心里发毛,我翻出协会的会员名录,挨家挨户打电话,说明这场音乐会对美浓新文化及年轻人的重要性,并请他们发挥动员能量。

会不会有人来? 真的不知道。我想起早前发生在镇上的一件大事。

1980 年,云门舞集描写汉人渡海来台的舞作《薪传》下乡巡回公演,第一站就选在美浓,我的母校——美浓国中。林怀民的创作灵感得自钟理和的自传体小说《原乡人》,及其遗孀钟平妹的客家妇女形象。云门舞集的档案数据上这么记载当天的情况：

"下午的彩排，云门邀请镇上幼儿园、小学、中学的学生先到场欣赏。他们兴高采烈坐在体育馆的地板上，先听林怀民介绍舞蹈动作和演出内容，再看舞者演出，随舞蹈剧情，孩子们不时拍手叫好，响应坦率直接。到了晚上正式演出，体育馆外停放了乡镇民众所能动用的交通工具，铁牛车、脚踏车、摩托车、小货车等等，有人是下田就直接赶来，有人是从另一个乡镇旗山奔来，把可以容纳两千人的体育馆挤得水泄不通。这座体育馆不是个适合演出的舞台，但云门工作人员硬是用钢架、木板拼出一座舞台，再用榻榻米铺成观众的座位，如此克难，反而造就一个台上不再居高临下，台下也几乎没有距离的观赏环境。"

云门舞集没有记录到的是，当身着客家蓝衫的舞者诗意地跳出艰困垦拓的历史景况时，现场不知有多少辛勤的美浓妇女泪湿衣襟！她们看到了自己的身影、听见了自己的心酸，长年的苦闷遂倾泻而出。但生祥这位本地青年的创作能吸引乡亲，并连通他们的情感吗？

下午彩排时，扬声器传出的声响便已召唤众多邻人、过路人驻足了，他们有些停在路边，侧首观望，有些直接走进陈屋伙房的晒谷场，好奇地打量舞台上的各种设备，现场变成试听会或试看会。比较好玩，但有时也挺累人的，是在工作中得不断以足够的能量响应各种人际关系的指认；多年未见的同学朋友啦，或近或疏的亲戚啦，总会在这种不寻常的相遇场合中发散热情。这也是在家乡工作，必须当一回事的功课。

演出的乐人除生祥外，都是他在大学时期所组乐团——

"观子音乐坑"的成员,包括电吉他手钟成虎、贝斯手陈冠宇及打击乐手钟成达。阿达与小虎是兄弟,出身北投那卡西世家,自小在酒家的音乐环境中长大,能玩的音乐类型相当广泛;冠宇除了弹贝斯外,还是专业的录音师。生祥向我介绍小虎时,很肯定地说他是台湾70后最厉害的电吉他手。几年后,他成为台湾流行音乐界相当成功的制作人,陆续造就陈绮贞及卢广仲等当红歌手。

　　乐团演唱了生祥的新民谣作品,现场观众的反应相当热烈,而且他们对于在老伙房里听这种音乐会感到新鲜。多年后回顾这场音乐会的意义,套句老掉牙的成语,可谓承先启后。最重要的,演唱会证明,以摇滚乐为基底的新山歌是可以与传统说上话的。但问题是,乐手们愿意持续陪同生祥的客家新民谣回乡吗?

四

　　我与生祥都在乎音乐能不能回乡的问题。多年后追想,这好像是我们能长期合作的重要基础。生祥小我七岁,但我们同样是在大学时代末期,开始被这个问题折腾,陷入挣扎,乃至企图作出回应。

　　大学时期,在虔诚的自我启蒙狂热中,我囫囵吞枣地读翻译文学、听盗版音乐,逐渐感到一种被贯穿与被吸附的虚空。警醒后,发现身陷漩涡,便极力搜寻第三世界及台湾的文学、音乐,想藉之泅游上岸。岸是愈来愈远了;但第三世界的众多进步作家让我理解到后殖民处境的复杂,与寻找出路的不易。

在我们这个从政治经济到社会文化全面受美式资本主义、现代主义与个人主义强势贯穿的半边陲地域,听摇滚乐、迷摇滚乐、追踪摇滚乐而能不变成形式主义买办或孤绝自封的精英主义者,或能不亢地迎接外来文化、不卑地看待在地的文化生态,并非是喊喊口号的事。即使我们矢志超脱被殖民的局势,在认识上我们往往陷入传统/现代、非西方/西方等二分法的魔障,在实践上我们又很难不落入眼高手低的窘境。

巡回音乐会之前,我一直没问生祥,为什么在大学时期后半段,他的创作会突然转向山歌?我感觉他也经历了与我类似的挣扎与思辨,而既然走过来了,为何走上这条路已经不重要,如何继续往前走才是重点。当时我反倒佩服他那些流行音乐潜力极佳的团员,且纳闷他们竟然愿意陪着生祥搞这些山歌摇滚。他们应该明白,这种音乐再怎么厉害,也不太可能进城,遑论成为主流。

音乐会之后,我们逐渐熟络。彼时他仍住在台北淡水山区的一栋闽式三合院里。他向房东租了侧厢,入伍前他们的大学乐团便在此创作、排练、瞎混、谈恋爱。第一次造访他的住所时我非常吃惊,想不到在城市化如此严重的淡水镇,竟然可以租到如此乡野的住处。夜里,山的静谧扑泻而下,整个合院被虫吱蛙鸣层层包拢。我们提酒至屋檐下,聊及他的音乐故事及乐团内的人际关系,才知道原来真有路线之争。

1992 年,生祥以此为基地,成立跨校性的学生乐团"观子音乐坑",不久便在第十届大专创作比赛上得到歌谣总冠军,生祥并拿到最佳作词奖。之后又在全台湾青春之星音乐创作大赛上获得优胜,迅速在校园内外蹿红。当时他们在校园内办的创作发表会,年年造成轰动,但内部关系的张力也隐然成形。一开始是创作主体的问题;团员中会写歌的不止一人,他们得小心处理创作比例,人际关系才不致失衡。但外界的评价并不会平均分配,当愈来愈多的注目落在生祥身上时,关系也逐渐紧张。

另一方面,淡水是台湾左翼民歌运动的发源地,70 年代末,在淡水念书的大学生李双泽、梁景峰、胡德夫及后来的杨祖珺等人发起了"唱自己的歌"运动,主张创作响应生活现实、回归民谣传统。1990 年代初生祥去读大学时,民歌运动几近烟消云散,仍间接影响了他的创作观。生祥参考客家山歌所写的几首创作大受肯定,引起台北一些年轻乐评的注意,甚至有人开始以客家新民谣标记这个学生乐团,此时内部的路线之争愈发难以收拾。

表面上是唱国语与唱客语的差别,更核心是音乐创作到底为了响应根源,还是跻身主流? 这根本不是二择一的问题,摇滚乐的演进便是对应传统,形成流行音乐创作方法的历史。但在台湾的脉络中,很遗憾地,两者通常互斥。

乐团势必解散,生祥早有心理准备,但难掩困顿。我安慰他,跟他提醒西方摇滚乐团的基本矛盾:成团通常基于公社式的人际关系,却得在高度资本主义的流行音乐市场里运作。不成气候还好,一旦功成名就,资源与光环的分配差异便残酷地挑拨离间,除非他们重新接受金字塔型的关系结构,像 Rolling Stones 那样。他安静地听我讲一堆摇滚乐团的历史,末了我很慎重地向他建议,若他真要在新民谣创作上耕耘,得回到生长着这些传统的土地上。

1998 年上半年，几件事带着恶兆，接踵而至，像是一具具从上游未知处漂来的水流尸。首先是一月底的地方选举，当选的镇长、县议员清一色是支持兴建水库的国民党人。接着，二月初，新成立的"美浓发展协会"举行车队游街，宣传"兴建水库发展美浓"。

再来，四月十八日。

那天我睡浅起早，刚过七点便到办公室，在门口拾起报纸，头版头条写着："行政院长"萧万长宣布美浓水库一年内动工兴建。我瘫坐门槛，脑中一片惨白，嘴里喃喃念着："他们真要干了！"之后是一阵慌乱，各种会议、村里说明会、社团串联、记者会、抗议行动，无日无之。倥偬之际，我没忘记生祥。

我抽空去淡水看他，向他分析目前的危急情势。生祥也跟着紧张，焦虑地问我可以做些什么，但他除了唱歌又什么都不会。我跟他说：生祥，运动的事我们自会处理，现在我们需要你来为运动造一颗文化原子弹。

"文化原子弹！什么意思？"

我向他坦白，穷尽气力，光靠写文章、说道理、动员群众，除了团结美浓人外，顶多只能争取到南台湾环保团体及台北进步学界的道义支持。但这是一场小镇对抗政府机器的运动，除非我们能在全台湾的舆论上取得优势，否则几无胜算的可能。若能创造出传达运动意念与情感的艺术作品，则我们能触及的社会层面将可十倍、百倍于论述及动员的效果。生祥听着，气氛下沉，他的接话频率愈来愈低。我觉得不好意思，好像整个成败都上了他的肩。

"生祥，如果这个艺术作品是音乐，我所想象的，不是只为运动服务的工具性音乐。它本身不仅要有够强的艺术性,还要能在音乐方法上挑战既有的思维。这些歌不仅要能在运动现场鼓舞精神,还能跟群众回家一同起居,变成他们生活的一部分。也就是说,生祥,我想跟你合作的,不只是运动的音乐,还希望造成音乐的运动。"

前不久他才接收到"唱自己的歌"的民歌运动主张,现在我拉扯这么一大堆音乐与运动互为主体的方法论,会不会跳太远?

"那要怎么做?"生祥冷静、认真地问。

"我先写些词,传给你看看。"我热切但不敢抱太大希望地回答。对我来说,所谓社会运动,总归是偶然性与必然性的对话:必要的基本功课做足了,其他的,就交给生命中无时不在的偶然之神吧。

夜深了,酒正好,烟正顺,我讲了一些在串连中遇到的趣人、趣事、趣话,末了仍避不掉好总结的毛病:"在运动的过程里,你可以见识到人与社会的立体性。"

"什么叫立体性"? 他问。

"譬如说早上你可能与立委、学者、记者、大学生社团等说明南台湾产业政策的主张,中午可能与各种人民团体讨论合作方案,到了晚上你可能参加里民大会,向农民分析水资源政策对他们耕作的影响;譬如说你可能看到一位平常温儒自制的中学老师,在抗议行动中爆发不为人知的深沉愤怒。这是立体感最丰富的工作了!"

生祥点头,眼神有点凝重,又显露些微羡慕的表情。我忍住任何与运动及音乐有关的话絮,转而聊他的生活。给他些时间吧！我想,这不是简单的决定。说了那么多,真希望他不只是觉得我想吸引他回乡,更重要的是他进而思考,南返与他创作生命的关连。

五

1998 年 9 月 25 日,生祥搬回美浓。

彼一时节,美浓东南,荖浓溪的高滩地上,五节芒花已醉茫一片;黄熟的稻田边,在烟农垒起的育床上,红花烟草的尼古丁青苗正天真着鲜绿。午后渐渐安静了,农人不必再忧恼于急性子的雷阵雨。空气中燥郁的水分子退了驾,现在驻满其中的,是专属秋天的声音——镇日打着干土田的铁牛及入境觅食的伯劳鸟。

自 1990 年秀梅回到美浓,组织田野调查队以来,陆续返乡的伙伴们,几乎都在夏后离开都市。秋返,令我敏感。生祥在夏后回乡,又是首位音乐人。预感会有新的连动,我特别记下他回来的日子。

我没有细探他决定归乡的心理过程。他看来一派轻松,难说没度过某些挣扎。我那时迷信秋天,总以为人生若有疑虑,秋天是一道关卡;该勇往直前或痛下转弯,秋天一到,就得了断。但如果是错误的决定呢? 也没关系! 秋天会让那些错误变成生命中仅见的伟大。

近两年后,当我们进入第二张专辑的词曲磨合阶段,我才知道,从 1998 年 6 月我传第一首词《夜行巴士》,到他决定撤出台北,中间发生了一些事。有一晚我们酒喝到脱俗之际,他回顾往事，说收到《夜行巴士》时，感到疑惑，不知如何评价这种强烈批判的叙事性歌词。他随手让他的文学院女友看看，女友读出新意，兴奋地跟他提点，他才从歌词的节奏下手，写出迥异以往的曲式。他们是相克相生的性格组合，创作上能相互激发，却受累于个性扞格，龃龉不断。

那年秋天，回乡与分手，二而为一。

我们碰面讨论词曲，生祥弹唱《夜行巴士》初稿，问我的看法。我觉得他的吉他刷弦方式呼应了我原先设想的公路颠簸感。他拆解和弦及节奏，说明正、反拍及切分的组成如何造成行进感。虽是初稿，然风格及力道均大步跳离之前的作品，两相比较，简直可用分道扬镳来形容。"这家伙的领悟力真惊人！"我心里暗暗称奇，"只是一些新的文字元素，产出却是结构上的天翻地覆！"

曲式达成共识后，生祥开始对词提出修改建议。这些建议，有时从音乐性及情绪诠释的角度出发，有时从农民语气的精确与特殊性出发，有时基于多个第三者的接收与解读可能。这样的讨论不仅使我更敏于文字的音乐性，最重要的是让我面对写作时，得以意识到"复数的他者"。这与我早年写诗大不同。写诗，尤其是现代诗，想象的读者通常只有作者本人。也难怪现代诗愈写愈疏离，变成孤单单的自我。

那时我相信，音乐要能在大众之中产生进步的对话，必须在创作上抓到社会性与文化性。写词者若对社会脉络与集体情绪缺乏理解，产出的文句不易有生动的诠释性；作曲者亦然。我让生祥贴近我的工作；一些有趣的场合，譬如拜会口才流利的农民、传奇性的地方人物及代表性的地方团体，或重要的活动现场,我尽量邀他同往,甚至分派一些工作给他。一则藉以让他体验社会语言的丰富有趣,再则让他见识,如何经由各种层次的地方工作,以产生人际关系的变化。终究就是为他提供养分,冀望未来他的音乐能酝酿犀利的现实感与运动性。有时邀他来书房听唱片,与他分享我对摇滚乐如何产生自传统地方音乐的看法,以及 Bob Dylan 与 60 年代美国社会、文化运动的关联。三不五时他邀我去他家吃饭,接着在他的书房喝酒聊天至深夜。

美浓有着丰富的传统音乐,数个业余的山歌班与职业的八音班活跃于地方上的民俗生活与信仰活动。虽与之友好,但我们缺乏基本的专业,好为这些定义美浓文化的传统做些什么。生祥回来,借口也消失了。我们开办"客家八音研习班",除了办公室里的干部,我们还邀了十几位中年朋友。我们几位年轻男性学唢呐,其余拉胡弦。

我们请到的八音老师林作长先生,家住美浓南边闽客混居的村子鸡婆寮,不算是美浓乐界的传统人物。当时他五十出头,刚从高雄回来,转业养鸡。他的鸡舍近茎浓溪畔,远离家户,只有他的唢呐能刺破幽静。鸡舍旁,他搭建一个铁皮工寮,寮内堆满饲料、农具,近门处摆了一张传统四方桌,四条长板凳侍候,桌上满是唢呐、二弦、打击乐器及各种零件。养鸡农吹唢呐、组八音团,虽是异象,但作长哥可是专业出发。

学校念的是农业专科,养鸡当然不难;在学期间他加入国乐①社,出了社会他做过一些阿里不搭②的工作。为解闷,他

①　国乐,即民乐。
②　闽南语,乱七八糟之意。

跑去电台义务主持客家音乐节目,从而钻研八音。这时父母也年迈了;身为长子,他舍不得老人家孤单,干脆回乡养鸡。他的专业、兴趣、家庭责任与生活,从此收拢。

"多完整的一个人!"听他说自己的故事,我心里好生羡慕。他与他的伙伴们一奏起八音,轰天盖地,死人也能吵活,我才明了他为什么要选在偏远处。可是,我疑惑地问,那些鸡受得了吗?作长哥笑笑说,养牛听莫扎特有什么了不起,听八音长大才厉害!这种鸡不只是真正的土鸡,它们的文化程度还远超过街上的患瘴大细。"患瘴大细"在客语中指不学无术的年轻人。我们大笑,他话锋一转,指着他身旁的老师傅说,看哪!跟你们认真学八音,结果变成我们这种土家伙!

学员、师资齐备后,我与生祥按作长哥的指引,开车去凤山市的一间乐器店为大家买乐器。我们很惊讶地发现,传统乐器的价格跟农具差不多,用料与音准当然也不太严谨。墙上挂着几把月琴,我想起已故闽南语说唱音乐大师陈达。试问老板价格,一把不到两千元台币。我问生祥要不要买一把试试?他说他不懂那种音乐,我说我家里有陈达的恒春民谣唱片,你听听就会。生祥不仅买了月琴,临摹了陈达的弹唱,后来还跑去恒春拜访正致力复苏传统的朱丁顺老师,以及他所带领的恒春民谣班。

这都是好玩的事,但回乡搞运动并非那么浪漫,光家里的疑问就难以应付。有很长一阵子,我给家里的理由是当记者。这个理由的解释力不错,可以充分说明为什么我没有固定的上班地点与时间。族中较有见识的上班族真去买了我所指称的报纸,回来问为什么连着几天都看不到我撰写的新闻?我很镇定地应说,凡是地方版上有关环境与农民的新闻,文章头挂着"本报讯"的,就是我负责的。

我们这一群伙伴,有各种回乡的缘由。最早的,像秀梅,痛心于1980年代末社会运动的民族主义化与民粹主义化倾向,回乡寻找新的出路。接着回来的,有些是响应运动号召的热血青年,有些则厌倦泡沫化的都市生活,返乡务农。不管是什么理由与目的,一旦回来,就得面对农村社会里,层层纠结的人际关系与自我否定的农民价值观。我们带着各式各样的问题回来,面对更多的问题。疑问处处;除了行动,永远不会有更好的答案。

生祥回来,又是在秋天,我感觉该写一首歌。我取了一个中性的集体名称"秀仔",说说大家的回乡故事:

秀仔归来

(记一群归乡的后生)

秀仔决定归来,
回到爱恨交杂,
感情落根的所在。

这个决定真难讲清楚;
同事问他,
你按呐打算,撒好?(闽南语)
朋友跟他警告,

你转去乡下，
头壳是坏去呀乎？（闽南语）
祖母的问题更棘手；
她问秀仔，
什么时候回都市呀？

但是秀仔决定回来，
回到爱恨交杂，
感情落根的所在。

他没办法再像他的朋友，
把不满交给选票代理。
他没办法再像他的同事，
把寂寞交给市场打理。
他不想再像上一代人，
认做认命认份，
儿子女儿赶出去食头路，
日子好坏全全任由政府。

故所以，
菅芒结花，
栽烟苗的时候，
秀仔回来，
回到尴尬拉扯，
感情落根的所在。

跟着他回来的问题，
庄头蔓延到庄尾。
但是秀仔归来，
就是答案。

辑四

导 读 南 台 湾

　　南台湾包括云林县、嘉义县市、台南县市（2009 年底合并为台南市）、高雄县市（2009 年底合并为高雄市），以及屏东县。人们对台湾南部的印象，近年来愈来愈政治化，所谓民进党基本盘、泛绿大本营、本土铁票区等等，莫不来源于选举。甚至台北人也会忍不住纳闷，向他们的南部朋友探问：你们真的是比较喜欢阿扁与民进党吗？大部分的南部朋友，包括我在内，恐怕不会太喜欢一再被这种口气追问。这种问法既显示对整体脉络缺乏理解的兴趣，也透露出某种优越感作用下的鄙夷。

　　南部投票倾向的结构性转变是非常晚近的事。在 1990 年中之前，除高雄县与屏东县外，台湾南部的其他县市首长宝座均是国民党人的囊中物。党外人士及后来的民进党人即便能拿下高屏两县的执政权，但从县议会、乡镇公所到乡镇民代表会，也都还是国民党的天下。虽说国民党人得利于戒严体制，以及选举时运用派系动员与利益交换，他们的选票仍是有相当的社会经济基础。

1949 年,惊魂未甫的国民党在后有追兵、内有伏兵的局势下,迅速在农村施行土地改革,大幅降低佃农的地租,将可耕的公有荒地放领给小农,把地主的土地所有权限制在三公顷以内,并辅导佃农及小农承购。短短两三年内,国民党把台湾农村转变为均等、积极的小农社会,当然是前所未有的历史新局,统治基础之奠定更不在话下。

屏东平原及嘉南平原——台湾最大的两个粮仓,都在南部。土地改革后,加上诸多以小农为主的农政措施,如水利及道路的修建、农会的改革及农业改良场的技术服务等,1950 年代,不管是人均产量或单位面积产量均扶摇直上。但二十世纪终究不是农业的时代,而台湾农村的旺盛生产力只能是为工业化的进程提供初期基础。1960 年代初开始,在低粮价政策、重赋税与现代化义务教育的推拉下,农村的资金与人力被挤压至工业部门。

彼时南台湾的高雄市因有港口之便及邻近有广大农村的供输,在出口导向的工业发展阶段,一跃成为台湾最大的加工出口业、石化工业、重工业及各种制造业基地。农业快速退场,从 1960 年代初至 1980 年代末,台湾发展舞台上的主角换成了工业。如同其他地方,台湾工业化所引导的社会发展也是断裂式的:人与土地、人与环境、人与传统——甚至是人与人的连结,都出现了难以逆转的疏离。1970 年代末,台湾社会进入了大反省的时代:乡土文学运动、民歌运动及新电影运动相继出现,引领风潮。

1980 年代,高雄市进入工业扩张的末期阶段:大规模的劳工运动要求分配正义,工业区周围的农村发起一波又一波的环保自力救济运动,试图遏止窒息性的工业污染。同时期的南部农村则呈现舒适与惆怅混合、不满但无奈的特殊气息:农业产值节节败退但外出工作者汇回的薪水足可维持起码的农家生活、农民前途茫茫但他们的子女在都市生根立业似已成功在望。在这样安逸又无出路的背景下,农村卷起了"大家乐"的狂热,农民痴心于各种签赌活动,成群流连于寺庙、坟场、巨石大树及各种据说现出异相的地方,疯狂猜解明牌。

但社会毕竟有其内在辩证的动力;宛如失心疯般的大家乐签赌狂潮,促使许多农村知识分子反省现代化过程中农村心灵的空虚与混乱。1987 年,嘉义县新港乡的士绅在一位返乡年轻医师的号召与奔走下,成立了台湾第一个具有反思与行动能力的基层组织——新港文教基金会,旨在通过环保、文化、农业、健康、社福及教育等工作,整体提升乡内的社会风气与生活质量。新港文教基金会动员社会资源,自行兴办小区图书馆与美术馆,保存历史性建筑并举办国际文化交流活动,当时确实振聋发聩,一新社会耳目。短短几年内,南部其他乡镇如高雄县美浓镇与桥头乡也成立类似的基层组织。这种自发行动回响不断,迅速扩至中、北部,甚至彼此连结,相互学习,是为"小区总体营造"运动的滥觞。

更大规模的金钱游戏当然是在都市进行,股市、房地产首当其冲。1986 至 1989 年,台北市人均购房能力在四年间萎缩了 6 成 5。1989 年 8 月,逾万台北市民上街夜宿忠孝东路,要求政府抑制房价。当时的"财政部"提出了以实际交易价格课税的行政措施,在"立法院"遭到众多代表建商、地主及房地产业者利益的"立法委员"反对,结果不了了之。

　　史称"第二次土地改革"的失败,导致台湾主要城市的土地暴涨,产生三个直接而深远的影响:一,出生率直线下降;二,制造业大量外移;三,都市失业率攀升。后两者对台湾最大制造业基地——高雄市的打击最严峻:农村青年在都市的工作机会减少、薪资被压抑,房价、物价又急速上升,他们很多人在1990年代初被迫不光彩地回到农村。留在城市的农村劳动人口,其汇钱回乡的能力当然也大打折扣了。高雄市与周围农业县份的反哺关系难以为继,对经济局势及国民党施政能力的不满于是在城乡之间相互感染、激荡,90年代中期之后迅速终结国民党在南台湾的执政地位,并对后来的大选形成关键性的影响。

　　大量农村青年回乡后,问题才开始。他们回乡后之接续农业,不仅有生产技术及营销上的困难要克服,还有更严重的心理与价值观冲突的问题。在这些问题之前或之后,他们面临一个刺痛内心的觉悟:农村根本没有女性可以或愿意嫁给他们。当时的李登辉"政府"为抵制台商西进,大力推行南向政策。在商言商,成果有限,倒是为台湾南部的农村青年娶回了数以万计的东南亚国籍新娘。

　　1995年,高雄县美浓镇的基层组织——美浓爱乡协进会思考东南亚女性嫁到台湾后除面临适应困难外,还要遭遇各种制度性及社会性的歧视,特别为她们开设识字班课程,藉由读书识字形成网络,以打破孤绝的状态。一两年内,识字班的理念与做法得到政府与民间的广泛肯定,各地纷纷效尤。同时间,愈来愈多的基层组织也意识到回乡青年的迫切课题,出现了各种面向问题的实际行动,譬如以区域性议题与需求为核

心，开办小区大学，使回乡的农村青年透过学习与交流，重新与
农业生产及农民社群接合。

　　如果您有兴趣来南台湾旅游，团进团出的观光方式很快会
令您兴味索然：既无恢宏的都市景观，也无壮丽之山川。但开
放自由行之后，若您得能以一位访客的身份与心态，放缓行程，
不预设结果，造访俗民乡里或小市镇，您将不难发现：南台湾
可与您对话层次之丰富，远超乎您意想。或许是似曾相识的社
会文化变迁痕迹，或许是您心中某个遥远的失落不期然地受到
了抚慰，或许只是在偏乡街弄中的一个小转变，您便在几近绝
望的沧桑中看到希望，它正强韧地挺立。

　　总之，欢迎光临！

江湖里的社会学操练

——2008 年台湾清华大学社会学研究所演讲记录

1990 年我回到美浓，从事环境保护、文化保存、青年培训、农村调查及音乐创作等地方运动。十年后我进入台湾南部的县级政府工作，陆续在高雄县、台南县及嘉义县担任水利局长、县长机要秘书及文化局长。在这些地方工作，不管在野在朝，都得跟两种人发生密切关系。对这两种人的理解，对我来说非常关键。

这两种人，一个是黑道，另一个是台大人，这两种人也是目前对全台湾影响最深的两种人。1988 年蒋经国过世后，当总统的一定是台大毕业的，当部长的也大都非他们不可。但离开台北，几乎每个地方议会的议长都有黑道背景。我坐在议会里面，经常问自己一个问题，假设坐在议长席上的议长不是黑道出身，他该怎么办？答案是，永远摆不平，因为在非台北地区，黑道或非知识分子思考模式的人，才是社会主流。

我曾经碰到过一次镇长选举，两个主要候选人，一个是地方上的黑道大哥，一个是骄傲的台大人，他们都来争取我们的支持。那时我们的选择对后面的地方运动发展，将有关键性的影响。我没有选择台大人，为什么？在多年的工作关系里我观察农村地区出身的台大人，尤其出身一般的小农家庭、小康家庭或贫农家庭的台大人，他们都有一个共通特质，在他们从小到大的成长环境里，都是以他们为家庭、家族甚至村子的中心，也就是说整个社会绕着他们转。因此，他们看待事情，特别没有办法用同理心，或设身处地地站在他者角度。这不是因为念了台大就会变成自我中心主义，而是源于台湾社会对升学主义的集体崇拜。

那么我们为什么重新理解黑道？1997年，"中央政府"宣布一年内动工兴建美浓水库。那时我透过一些朋友得知，台南、嘉义一带的黑道，也就是台湾所谓的纵贯线黑道，已经要准备进入美浓了。进到美浓做什么？当然是着眼于水库工程的庞大砂石利益。我们开始想，万一黑道进来怎么办？那就已经不是运动成败的问题，而是身家性命的问题了。我最害怕的一件事，就是纵贯线的黑道跟地方上的黑道结合，这在南部的砂石业里，是经常发生的事。那时我开始觉得必须要团结地方黑道，把黑道拉到我们这一边，让黑道不跟当权者结合，不跟外面更大的黑道结合，才有办法把地方工作稳住。

那次的工作经验让我对黑道产生兴趣，不是因为他们作为黑道，而是他们的故事其实是有我的故事和社会的故事在里面。综合台湾现代黑道的历程，他们有几个阶段：首先是他们必须要好勇斗狠，逼各路人马腾出存在的空间；第二个阶段是吸收兄弟，同时要与势力更强的黑道形成一定的侍从关系，学习排解利益冲突，发展地盘的管理学，还有训练跟白道打交道的手法，才有办法变成一个角头大哥；当然，这也是社会学修炼的一种。因此，熬过第二阶段的黑道，在社会上大概都能生存下来，在黑道里有一定地位，跟警察、政治人物都有一定的共生关系，知道什么事情干到什么地步，才是警察所容许的范围，若侵犯界线，又应该用什么方式处理等等。黑道在第二个阶段，就技术面和道义面，业已整建好他们的生存方法论。

黑道其实不是在社会生存的边缘人，从来不是。我刚就任文化局长时，去议会报到，议员根本不鸟我，因为我对他们无利也无害，但当有一个人进到议会，一定立刻会产生波动，这个人就是警察局长。警察局长去议会报到的第一天，首先要把议会里面的势力摸清一遍，议长通常是这个县市里面的黑道大哥，所以最重要的是把议长稳住。同时，地方这些小黑道，也一定要来跟警察局长打招呼，通常是透过代理他们的议员；两边的关系很快就和谐了。

黑道在第二个阶段之后，有时会想进入社会主流。他们有两种举动，一是开公司，把自己的事业合法化，二就是参与政治，就是报纸上写的"黑道漂白"。但当他们一入政治圈，与主流价值、舆论及品位打交道，却发现不安、自卑和恐惧无所不在。有些黑道意识到知识分子的作用，就进入质变的第三阶段。

那次回乡和伙伴讨论镇长选举，我觉得这个地方的黑道人物，已经到了第三个阶段，开始渴望跟知识分子合作了。我的观点是，台大人若当选，他即世界，不需要任何人参与讨论。但是另一个候选人，已经懂得要跟地方知识分子合作了，将来的可能性最大。后来,我们决定支持这个后者,后续发展也证明没错。

我念了两年社会学研究所之后回乡担任美浓爱乡协进会的组织干部,第一个发现是,"社会"不是一个限于某时某地的东西。如果在一个固定的工作关系中,社会了不起只是一些片面。我们透过报纸、电视、书本或网络去想象社会,但我们自己在社会中究竟是什么样的关系、怎么样的存在,通常很模糊。想象的社会和真实的社会不见得有关系,这并非否定社会学里讨论的社会;真正的社会是在人与人的串联过程中,包括跨地域、跨阶级、跨性别、跨年龄,展现动态的立体,这跟我们以静态观察出的社会,其实并不相同。

1990 年至 1994 年我待在美浓时,最兴味盎然的一件事,就是到处听人讲话;语言表现一个人的知识面、精神面和人际关系。从一个人的语言,我们读到社会关系的交会,读到他的在社会关系中的认同与位置,以及对自身的评价和诠释。比如一个老妇人、一个桩脚、一个地方代表、一个地方士绅阶级、一个地方刚回去的年轻人、一个老农民,他会去怎么看事情,用怎么样的语言来分析,用什么观点来讲,都是很精彩的社会剧本阅读。那几年的社会调查或串门子,语言对我的影响非常大,延伸到我后来的文学与音乐创作。

通过语言,慢慢联系社会学和文学,对于我的运动方法与写作,影响在于:社会学的知识如何变成社会的语言,又如何从社会的语言中提炼文学与社会学。因此进行社会学论述与文学写作时,会有多元和多层的对话想象:写一个公共政策的文字给农人时要怎么写,给一般市民要怎么写,要说服记者、政治人物又该怎么写？只有把社会学观察和对社会公义的坚持，通过有对话想象的语言传达出去，才会产生社会对话。社会运动如果没有对话，是不可能产生的，只能变成一种专制，真正的运动要能产生，便来自对话的有效性。

换句话说，要下乡成为社会运动的组织工作者，不只是把自己知识分子化而已，还必须把自己有机化。所谓有机化，就是作为一个知识分子，不是服务于某一个社群，某一个阶级，而是为了促进社会整体的进步。因此，知识分子必须让自己有机化，让自己自由，知道不同的利益之间要怎么对话、串联。

在运动过程中，要能有机化，首先必须看到自己本身或社会组织内部的问题，这牵涉到组织和领导的关系。简单说，作为一个有机知识分子，他在组织里面的领导工作，不是努力影响运动决策来领导运动，而是透过自己作为有机知识分子的媒介，让一个好的领导体制能够建立起来；并透过这个领导体制，让社会力量形成，对话能够扩散，对抗能够有效。我觉得这是知识分子在社会运动场域里面非常关键的角色；知识分子的有机化与公共化，才能抑制形式民主的弊病，实现更好的有机民主。

总结我的下乡经验，最重要的是让自己努力成为一个有机知识分子，能把自我客观化，不以本质论看待社会中任何角色。我们通常喜欢强调主体，强调个性，强调情绪不能被忽视。但是当你越坚持己见，不断强调自己的主体性，其实是把自己权力化，不再与人有对话性，自我不断萎缩和空洞，没有办法形成更大的自我。对一个知识分子而言，唯有把自我客观化、有机化，才有可能把自己当作变化生成的媒介和工具。

种　树

　　1999年孟秋，是我回乡工作三年来最安适的一小段时日。最要紧的"立法院"预算表决战，台面上我们小输，但表决前，主管美浓水库计划的经济部在我们多次陈情下，同意撤掉主体工程项目，只余附属工程预算，所以骨子底是我们赢了。高强度、多方位，三年的组织工作让干部们快速成熟，想我也该腾出位置，培养年轻一辈的总干事。是这般惬意，所以那年唯一到访的台风瑞琪儿扫过美浓，并把办公室后面的县道184甲两旁的路树吹得斯文扫地，就也丝毫不影响我拜谢各方运动伙伴的兴致。何况道路拓宽时县政府乱种一通；那两排腊肠树在原乡非洲一定没见识过狂风暴雨，当然要吓得东倒西歪。

　　台风离开后的第二天临暗，我回到办公室，发现后院堆了不少草绳与粗壮的竹子。知情的同事说有位义工古先生正在县道上扶路树，那些东西是他借放的。就他一个人吗？是的，他卸下东西，就一个人带家伙上路了。我心里一阵抽紧，暗暗羞愧于路过时心里闪出的那些侥幸心思，马上打电话给资深伙伴刘孝伸——热衷生态保育的国中教员,同时也是美浓救难大队的队员。孝伸受到强烈感染,随即启动紧急通报机制,半小时不到,一群壮汉驰赴现场。隔天早上,哗!两排路树,一百多米长,都给义肢撑住了。

我随着台风季离开美浓,受邀至高雄县政府担任幕僚。非常纯粹的办公室工作;说好听是协调几个单位的政策落实工作,实际上是帮县长盯进度、看公文,并替承办人搞清楚上面的想法。我之前的工作与水资源、文化保存相关,水利局及文化中心的业务遂归给我。县城在凤山,美浓西南,一小时车程,闲时每日通勤,忙者周末返乡。每月总会故意一两次,绕经县道184甲,与有荣焉地左顾右盼,看那些被扶起的树向风、向太阳、向身后的田野与美浓山、向中间穿过的离乡返乡的人打招呼。

地方政府本无水利局。可本县在沿海有地层下陷问题,在城乡交界处有排水系统紊乱的问题,在工业区有泛滥的私设水井问题,再加上气候暖化造成的暴雨强度猛增,使原有的排洪设计显得柔弱不堪,治丝愈棼,非专责机构无以奏治水之功,县政府遂在1999年成立了台湾第一个地方政府层级的水利局。2000年3月,民进党取得执政权后实现承诺,停建美浓水库,更使得南台湾的水源供需问题溢出政策层次,染上敏感的政治性。

好日子不长才叫惬意。

水利局是成立了,但迟迟没派局长。美浓水库计划受挫后,"行政院水利署"把脑筋动到更上游,更恐怖的取水计划一件又一件端出。我分析水资源供需现况,为县长写了几份反驳的致辞稿,并联合隔壁县市长的幕僚,提出需求总量管制及流域统一治理的主张。四月下旬,我焦虑地向县长报告,情势丕变,我们需要一位既能治水又懂水资源政策的专家来当水利局局长。县长不耐烦地点头,说人事室呈上来的几位人选均不合他意。县长是公子哥出身,愿意向我解释,已经是天大的体贴;我了解,知难而退。几天后的一个下午,他把我叫进他的超大办公室。

"钟永丰,那个水利局,你去!"

"可是,县长,那要摆平很多黑道的砂石问题。"

"你们不是搞社会运动的吗?"

"还有,县长,我缺乏工程行政的经验。"

"不难吧? 你那么聪明,一学就会。"

话一落,他旋即低头剪指甲。他的耐心特短,跟他讲事,三十秒内切不到重点,谈话气候马上阴掉。想我不该跟他辩论能力问题,他看过的公务人员,数百倍于我,适不适合,他应有评量。况且,"那会是什么样的人生旅程啊?"我胸中莫名地泌出致命的豪情。大概是五秒的考虑,我应答说:"好,我去。"接下来的一个月是我在悔恨中起床,拖着焦虑的脚步进县府。

水利局乃从原来的建设局水利科扩编,同事个个老江湖。我桌上的公文寥寥可数,对比于局里繁忙的业务,渗出复杂的讯息。我去隔壁的副局长室,那里高朋满座:跑公文的包商、建商围着茶桌,把十几个座位占满。他们抽烟品茗,喧嚷笑闹,间杂着高尔夫球经,分明是副局长的球友、酒友、玩伴。副局长年近五十,衣着讲究,配上翻公文、架眼镜时带有顿点的姿势,他的自我应是充满着明星意识。他非常忙碌,一边应和他们,一边批公文,时不时把课长叫进来追问签办进度、指示公文细节。他丢根烟给我,使了个忙不更迭的无辜眼神。

跳过副局长与课长,我请业务承办人带我去看他们的工地,理解各流域的水患与治理方针。一条河纵横几个乡镇,中游看到下游,一天就过去了。到了傍晚,我邀他们一同喝酒,听他们吐苦水,聊局里的八卦。三个月后,县长同意下,我撤换了最重要的工程课长,升上一位有理想、中气壮直的年轻工程师,我桌上的公文数量从此符合比例,副局长室也安静了许多。被撤换的课长并非等闲之辈,他年轻时教过职校,五六位现任议员正好是他的学生。为了替老师出气,他们联合提案,冻结小型治水工程预算,许多疏浚、筑堤工程因而无法发包。

我去几个村子看察停摆的工区,评估影响范围。耳边,承办人及在地民意代表忧心忡忡,干声连连,淹水的恐惧不断地被放大,我知道这也是水利局的社会基础。夏日远扬,村落外热闹着秋收。好几种鸟群兴奋忙碌,往返于田坵与待整治的野溪、小河滩,栖止于一丛丛灌木与芦苇间。心里一阵庆幸,暗暗感谢老课长及他的议员学生,并在心里告诉那些灌木,那些草,那些虫、鱼及鸟儿:今年治水预算没过,怪手不会来,请放心筑巢,安心繁殖。

从野溪望向村子周围的农地,田已不野,早被整得方方正正。田既规矩,埂径与农路也就没得弯了。野溪沿岸茂密着灌木丛,间或冒出几棵先驱树种,应是这一带平原上唯一的动植物栖地了。若是水利局的治水预算没被挡掉,这条仅有的野溪行将不保。

我身旁几位地方头人指着溪流转弯处,活灵活现地描述去年夏台的泛滥,痛骂议会里杯葛预算的议员,说他们是"诅咒别人的孩子死不完"。我问承办的同仁阿德,有没有其他的办法?他把我拉到一边,说下游的整治工程即将完工,结算后应该有一些发包剩余款。我点头,走向头人,跟他们说下游工程还有一些钱,但等着要用的地方很多,不是我能决定。他们拍拍我的肩膀说,局长你这样讲我们就知道了。

县长并不管这些小工程的优先级,更何况他已是第二任,懒得再经营这些小票数的政治交换。我把事情往上推是出于懦弱;我无法斩钉截铁地跟他们说,这条野溪不值得整治。几年才淹一次,只波及几公顷农地,就算淹了,也补充大量有机质,增加肥力。几百万的工程款拿来补贴受灾农户,不仅绰绰有余,还可上溯流域,一路种树到上游山坡地,减少雨水径流量。

我上任后的第一个雨季,心里咕噜的想法露出话头,曾引来承办人懒散的反驳:局长,下次淹水时请你去那里站,如果他们的口水淹不死你,我随便你怎样。水患的政治学是一种恐惧的数学,从选民,他们的乡民代表、里长及乡镇长,到议员,恐惧一层一层往上堆,中间若有媒体插入,往往诱发其他媒体狂跟,那么恐惧的加总就从简单算式,跳至等比级数。淹水当然是真实的灾难,严重干扰生产、交通及居住,但在民粹主义政治的作用下,水利局的专业沦为头痛医头、脚痛医脚的反射式治水。

处理完野溪工程的经费问题,我们沿着田埂走回停车的重划道路。正是最恐怖的秋老虎时节!上午十点不到,路旁等待收割的稻穗纹丝不动,我们个个大汗披身。不远处一位老农民在稻田边角整理苗床,准备冬天的小作。村子的头人瞧见,很紧张地大喊:"阿伯,别再做了,快回去,这款天气,会出事情啦!"老伯挺起身躯,笑容像干硬的土裂开,举手挥了挥,复弯身在他的工具上。

老伯身后,几百公顷的重划地上,没有一棵能遮阴的树。难怪每年夏秋之交,老农民在田间中暑身亡的新闻屡屡不绝。两条交叉的重划路上是有一些零星的树木,但都肢体残障:偏南北向的不是断头,便是枯死;靠东西向的好一些,但也几乎被截肢。"实在拿他们没办法,你看,乡公所种的树被弄成这样!说会荫到作物。热出人命来,我们还不敢骂他们活该,自作自受。"头人似乎看穿我脑中盘旋的念头。

这幅景象我亲身经历过,但头人只说了后半部;前半部的剧情是1980年代前后施行的农地重划政策。按官方定义,所谓农地重划"系将一定区域内不合经济利用的农地加以重新整理……以改善生产环境,扩大农场规模,增进农地利用的一种综合性土地改良事业。"

散落于乡间的湿地、高滩地、林地,地目是官地,传统上是农村公共使用:放牛、捡薪材、钓鱼打猎、小孩野放,尽在其中;唯属"不合经济利用的农地",通概铲除。重划后,它们被视为新增加的农地,标售给农民。连原本乡民社会通过尝会或捐献,在田间设立给农民休憩用的凉亭也难以幸免,被强制分割,落实单一私有。直白地说,农地重划消灭了田野中属于"野"及"公用"的部分。

彻底的私有化,"地尽其用",只是近景。远景是提高耕作机械化,降低地均人力需求,同时压抑粮价,迫使剩余劳动力输往新兴工业部门；所以农地重划是工业化政策的基础环节。而农业在为工业化服务的同时，本身也全面工业化。

政府赚钱，农民省力，这不是大家都高兴的"多赢"局面吗？以工业化为内外目的的农地重划，乘上农业高度工业化，归结到前面那位老农民身上，后果是生态栖地锐减，钝化农村的气温调节作用，而他原本可以乘凉、稍事休息的地方，也消失于私有化狂潮中。过度依赖农药化肥——请容我唠叨，反而助长病虫的抗药性、酸化土壤，总而推高生产成本、低降利润，农业后继乏利，致使他年过七十，仍得亲力为之。

而我也被注定了。

农村野地失灭，土地吸水与滞水的功能大打折扣，加上不分官农，皆崇拜柏油水泥，远比全球气候变迁，更加剧流域中下游的水患频率与强度。到了新世纪，各县市政府纷纷成立水利局，或筑堤疏浚，或扩增区域排水，不过是在各种锯箭法上打转转。看那条野溪的土堤，可以断定在上一次农地重划中，它被夺走了大部分高滩地。剩下几成的通水断面，要应付多出几倍的洪水；它怎能不造反？

而1999年那年秋天，古先生在台风瑞琪儿之后经过县道184甲，望见两旁被甩倒一地的路树，或许看穿的不仅是这一切的徒然，还有长期徘徊在他心灵上空的犬儒怨怼。他可能逡巡了好几趟，内心的对话愈演愈烈，理智刚统一，自己理解且讨厌但又无可奈何的孤僻性格又跳进来搅和，让他回头再回头。最后他深吸一口气，踩刹车、停路旁，估量树径、树枝以及树根离土的状况。每天早上在自营的早餐店负责结账的脑筋现在面对不幸的树木，脸上仍一贯微笑与静柔。他统计扶树需要的材料与数量,随即骑去镇上的竹材行与五金店。

县道184甲,树影重又摇曳如风的摇篮曲。别扭许久的,今通畅了,古先生感受到云一般的自由。扶树后他没有停止,紧接一个人的种树行动。中午收摊,他小睡一番就出发。他去园艺店找人讨论,选他认为适合的树苗,自己挖树穴、挑水,种在他觉得需要的地方。生态作用强的本土树种优先,而太单调的地点,他会选种季节性花树,期待它们长出宜景怡人的风光。

何等兴奋!他终于找到了。十年前厌倦漂泊,决然回乡。大家相惜,早餐店得以运转,让他及妻小乐业安居。铭感内心,他总觉要做些什么,回报受扶之恩。去隔壁小学做义工吧!他想,那是最大宗的顾客。短短数周,他的勤劳细致润泽了全校师生。第二年,校长欲上报他为好人好事代表,吓得他不敢再踏入校门。唉!他只是想安安静静地回报。

先前呼应他扶树的朋友受到感召,招兵募马,组了个种树队。古先生欢迎他们的行动,但他总是走岔。到头来,他丢不掉孤僻。也许午后独行,巡视新种的树苗,或勘察路、田、水、山及太阳的相对方位,考虑树的种类、季节的变化,最后挖穴、植下,他的心情才能放行,并享受那些或内或外、时上时下的自言自语吧?

种了多少树?他没统计。我在水利局两年不到的时间里执行了多少公里长的治水工作?我也没算。这两件事始终在我脑中交缠;我想写一首歌向他致敬,并悼念在农地重划及后来的排水工程中受害的生态众相。他安静地种树,其中的对话丰富且热闹,我想这首歌应该不叙事也不批判,就像田野上的风,一阵又一阵:

种树

种给离乡的人
种给太阔的路面
种给归不得的心情

种给留乡的人
种给落难的童年
种给出不去的心情

种给虫儿逃命
种给鸟儿宿夜
种给日头长影子跳舞

种给河灞聊凉
种给雨水歇脚
种给南风吹来唱山歌

试 写 山 歌

一

　　2013 年中秋前收到第三版的交工乐队专辑《我等就来唱山歌》(1999)与《菊花夜行军》(2001),情绪纠杂。本以为就此绝版,顶多风化成记忆的腐殖土,或许意外滋养几位后生,也就够了。乐团解散后,团员关系疏离,没有人肯冒碰钉子的尴尬,出面谈再版之事。直到风潮唱片的经理于苏英来电,说她碰到许多朋友仍在找那两张专辑,促使她愿意试试。

　　摇滚乐团的内在矛盾在于,组团之初是公社式的人际氛围与创作关系,一旦闹出了名堂,却得面对外界对团员的不均等关注,以及股份制的版权关系。团员的天分与努力程度本就有差异,但在公社时期不仅可截长补短,还能因此激荡出超出个人本事的化学作用。但现代流行音乐毕竟是在资本主义的社会关系与商业环境里运作,社会对于集体创作成果的反馈与分配,不见得呼应团员间觉得适当的比例关系;更要命的是,加之当时大家都年轻,心理与社会成熟度并不足以权衡内外的压力差;因而团员关系间的张力与时俱增,直至不堪。

苏英晓以乐迷心声,竟然让失联的团员一一签具版权同意书。经过混音与美编调整后,新版的专辑无论声音或封套美感,均胜从前。趁着即将圆满的月,透夜重听,乐音如河奔涌,拉动记忆的场景。收起唱片,往事如夏后的茖浓溪底,暴雨痕迹历历在目。

溽暑,用烤烟室改成的烟楼录音室里,贝斯手兼录音师陈冠宇冷静地把大家狂热讨论出的编曲与音场配置,一轨一轨地铺迭开来,时不时加上他的神来之笔,在在让我明白:录音乃是创作,且面向是何等丰富。鼓手钟成达大汗淋漓,绞尽心力,想把他那套中西合璧的复杂打击范式在节奏上稳定下来。最轻松的是郭进财,当时他在高雄市立国乐团已是特级唢呐手,他从录音室出来,就只有版本选择的问题。《风神125》的第二段间奏,他吹完次高音唢呐,嫌不过瘾,又要求吹高音唢呐。冠宇把两轨搭在一起,屏幕上呈现的起伏线条分毫不差,更晕出失魂落魄的迷幻效果,众人目瞪口呆。

1994年春假,当土地公用一辆濒临脱臼的野狼125把林生祥载来时,我跟许多受过1980年代台湾党外杂志影响的年轻好事者一样,满脑子想着鲁迅的小说、布莱希特式的剧场或珂勒惠支式的木刻板画。1998年春的地方选举,水库赞成派全垒打,美浓的运动情势急转直下,我三番两次跑去台北淡水瓦窑坑,试图说服生祥回乡创作运动音乐,或许能弄出一颗文化原子弹。我乱掰了 Bob Dylan、Bruce Springsteen、Billy Bragg 与民谣复兴运动、社会运动的渊源,又教条地叙说音乐生产方式与其社会意义的辩证关联。生祥静听,偶就其中的关键词,要求释疑。

我搁置习惯的左派语汇,动员所能想到的曲例,逼自己用白话解释,同时止不住心虚:那些我从前辈听来、从书中读来的概念没落地生过根,就这样兜来兜去,何异于买办? 文化原子弹? 说得很气派,但如何造? 原料在哪里? 方法又是什么? 还有,归根结底,设若造成了一张运动音乐专辑,又能在视听大众间产生什么样的效果?

关于后者,我的创作设想根据来源于两处。其一是1960、1970年代,美国、巴西、法国、日本及西德等地进步民谣与社会运动之间相互激荡的关系。这种关系中有互为工具的属性,亦即社会运动组织者运用民谣乐人的演唱,使思想的启蒙与行动的召唤通过感官,内化为情绪,以产生更深刻的能量。而对于民谣乐人而言,社会运动既是创作的场景与灵感,亦是表演的舞台与传播的媒介。其二,就1980年代之后的台湾社会运动而言,音乐的角色始终不够鲜明,现场所用的音乐多半是老左派的革命歌、闽南老民谣或翻唱自韩国的工运进行曲。如果我们把70年代"唱自己的歌"的诉求当一回事,也许,我们该以看待社会议题的严肃态度面对运动现场所用的音乐。"唱自己的歌",或可延伸为"唱自己运动的歌"。

再来,关于原料与方法问题。既是运动音乐,它当然内含社会运动所反对或主张的价值观与世界观,以及参与者的故事。具有现代意义的劳工歌自诞生于英国工业革命时期的矿坑与纺织厂以来,运动音乐一直是如此。但在音乐方法上,自18世纪以来,向来有着一而为二的路线发展。

英国最早的工运歌曲是用现成的农村音乐填上新词;第一代工人来自农村,用他们熟悉的曲调来吟咏集体的心声与诉求,当然最能在既有的呼应基础上产生教育宣传作用。到了19世纪,专业的词曲创作者,如英格兰 Tyneside 煤矿区的 Tommy Armstrong (1849—1919),将矿区的工人音乐推上另一个境界:在文学上他们更富诗意地涵括工人生活与斗争的各个面向,在音乐上他们不止于搬用现有农村音乐,而是在创造性运用各式曲调的美学高度上创造新曲。他们的作品具有令人赞叹的全面性,既适于工作与运动的集体现场,也宜于酒吧、市集及家庭等个人生活现场,集激励、教育、解疲、娱乐及团聚等作用于一身。也因此,他们作品及方法的影响深远,直至20世纪初期美国工会运动中的工人音乐创作,以及60年代的民谣复兴运动。

二

以我们的条件以及情势的急迫,我想,应该大胆地走第二条路。

1998年6月,世界杯足球赛期间,我天天听一群古巴老乐人复出的同名专辑《Buana Vista Social Club》。音乐很美妙,专辑的第一首歌《Chan Chan》透出沧桑的颠簸感,令我想起1993、1994年与美浓的老农民搭乘游览巴士,前往"立法院"陈情、抗议的历程。当时,为了省下旅馆费用,我们趁夜北上,清晨开进台北市区后,利用中正纪念堂的厕所梳洗刷牙,简单用餐后直趋"立法院"。这种行程对年轻人还好,睡一觉就到了。

但对 60 岁以上的老者,可就有点折腾了。我问过一位连续两年与我们行动的长辈,为何愿意忍受如此劳累?他说,他一辈子做农,被国民党官方哄骗了一辈子,这回水库的议题,他不想再忍气吞声。

于是我想把这段故事写成一首歌,从一位老农民的心情与目光,回顾他的农业生涯,并依此回顾,形成他的政策观点。但这位年近七十、与我父亲同年的农民会用什么样的语言结构述说这故事呢?他会用又粗又黑的俚谚表达愤怒,这是一定的。但我也没忘记,父亲那一辈以上的农民很完整地领受耕读传统的熏陶,对文字礼教充满敬崇,再大的怨怼,也不会一鄙到底的。那,又要如何表现美浓农民的文气呢?

我想到"栋对"。栋对位于祖堂两侧,栋梁的正下方,记载家族的历史,通常右联讲大陆的迁徙过程,左联说来台后的开基立业。我家祖堂的栋对,右联是"世系溯河南始钟离渡江南居白虎徙蕉阳基肇龟形族大徐溪谋燕翼",意思是说我家这一系最早的祖居地在河南颍水,先祖钟离渡过长江,住在一个叫白虎的地方,再迁至蕉岭南麓,先在龟形村奠基,后在徐溪壮大族裔,并像燕子那般,谋求更佳的栖所。左联"宗支传嘉应寓岭县移台岛定美浓迁龙肚堂开河坝丁多颍水振鸿图",意思就简单多了,指祖先从嘉应州蕉岭县徙往台湾,定在美浓,又迁至龙肚,建祖堂于河坝寮,之后呢,我们颍水这一系,人丁兴旺,有点出息。

入学前,祖父常抱我至祖堂,对着墙上文字指指点点。我当然不知所云,但他讲故事的语气、表情,以及从中透出的历史意志,深印我心。从断句上看,这栋对的基本叙事构造是2—

3,起始与转折是2,陈述与收尾用3。依此构架模拟叙事,我把这位老农民的故事写成《夜行巴士》。取此标题,也向陈映真先生的重要小说《夜行货车》致敬。

夜行巴士

(记一位老农的心情)

连夜赶路游览巴士它渐行渐北,
头颅晕晕目珠愣愣我看着夜色。
乌云食月一次又一次,
让我想起那从前的从前。

苦做硬做田地大出产,
奈何越种越凄惨。
丁多地少兄弟争出外,
留我这房养父母。
骨节痛净力道衰弱时,
新事记多变旧事。

在都市食头路的弟弟同我讲:
什么做水库美浓就变做大金库。
哀哉!我说后生,
你是笨狗想吃羊睾丸吗?
这些政府若当真有搞头,

耕田人家早出头了。
不用等到我现在六十出头，
转业太慢死太早。

东方翻白太阳一出万条鞭，
台北市的楼房挺挺撑着天。
想我这一辈子就快没效了，
但这次我不想再窝囊。
今天我一定要去，
跟这高毛①政府讲：
水库若做得，
屎也食得。

　　我把《夜行巴士》歌词传真给生祥。他打电话问音乐想法，我解说 Buena Vista Social Club 的曲子《Chan Chan》予我的导引过程。几天后生祥隔着电话弹唱新曲；他的解读与转换能力让我惊讶。那些字句竟能变成这么厉害的音乐！我心里啧啧称奇。曲式定稿后，生祥接着编曲，我则继续把乡民在"立法院"前的心理历程写成另一首歌词"我等就来唱山歌"。

三

　　当年北上的反水库乡亲泰半是 65 岁左右的"末代农民"。

---

①　客语"残酷"之意。

他们在1950年代初土地改革后接掌农务,接着在"以农养工"的现代化过程中受尽剥削,如今后继无人,所以被农业史研究者称为末代农民。我们进行筹备工作时,根本不敢提抗议,只能诉诸温和的"请愿"。彼时情治单位的反应已不足惧,反而是担心农民余悸犹存,对集体行动却步。

更早,1988年的5.20农民运动前夕,美浓的烟农愤愤不平,欲北上抗议政府向美国开放烟酒市场,以换取支持加入GATT(关税暨贸易总协议,WTO前身),这时官方的烟农组织"烟业改进社"放出风声,说公卖局一定秋后算账。报名者担心烟草种植许可被取消,导致寒蝉效应,原本的广泛响应瞬间瓦解,只余零星的坚持者。运动以流血冲突及大逮捕收场,几位打死不退的家乡子弟英勇入狱。

5.20农运的领导者其后的诉求反映了自由化政策、农业运动与老农民处境之间的多方对话。"全面农保与全面眷保"是社会福利制度应对老农照顾的基本方案;"增加稻米保证价格与收购面积、肥料自由买卖"是被剥削农民的长久心声;"废止农会总干事与农田水利会会长遴选"是反威权体制与突破国民党基层控制的合力;"成立农业部",表面上是提升农政位阶,更核心的战略设想应是要让农业部门与工业部门平起平坐,终止农业遭受挤压的悲苦和不平等地位。

从后来的演变往回看,5.20农运作出了重大贡献,唯独"农地自由买卖"这项诉求,对台湾的三农环境衍生出愈渐顽强的反噬作用。此诉求针对的,是土地法第60条有关自耕农始可购买农地的规定。老农民希望农地自由买卖,当然是四十年以农养工的后果。一边是农产品价格长期受压抑,一边是工商业发达,土地的农业产值先是低于工业产值,再来是它的生产价值又将远低于交换价值。同时,老农民之所以有末代感,还在于家中其他成员在阶级转换的道路上已难以回首。因此,让农地商品化、让交易自由化,全然贴近老农民当下的处境与心境。

"农地自由买卖"其实是呼应都市房地产的市场化。1986至1989年,由于放任炒作,台北市的平均房价由每坪7万多台币猛涨至28万多台币,同时期的人均生产毛额仅从15万多台币增至近20万台币。也就是说,人均购房能力在四年间萎缩了6成5。1989年8月,上万名无住屋市民上街夜宿地价最高昂的台北市忠孝东路段,要求政府抑止房价,实现居住正义,是为"无壳蜗牛运动"。

社会运动蓬勃发展,但形势每下愈况。国际局势是美国一手推动第三波民主化,另一手推动贸易自由化。投射到台湾,政治上的自由主义与经济上的放任主义相互拥抱:在扳倒国民党的大前提下,运动逐渐走向右翼的社会经济政策。而彼时大位濒危的李登辉应也在此拥抱中,看见了与本土政治派系及新兴社会力量结盟的契机。所以,翌年当"财政部"罕见地呼应"无壳蜗牛运动"的吁求,推出遏止房市炒作的实价课税政策时,自由派学者一片质疑,"立法委员"不分朝野地反对,也就不意外了。

农村与都市土地大开炒作之门后,台湾的政治如何绕着土地开发利益打转,地方政府、议会及开发商三者如何相互为用,农地如何大量流失,农村的生态与人文地景如何落难,粮食安全如何岌岌可危,各执政者又如何一再放开国内农产品市场以换取工业出口……都是老生常谈的"现在史"了。

1993 年 4 月 16 日晚上 11 时,几部游览车载着美浓老农民,兴致昂扬地从家乡出发。一夜劳顿,第二天清晨到了"立法院",他们显露疲惫、卑屈怯生的神色。带队的组织者秀梅一看苗头不对,赶紧集合大家讲话。她说好不容易募集车资,来到台北,等一下就这么无精打采进到会议室,不仅前来声援的专家学者与"立法"委员会觉得我们没气头①,连那些要做水库的官员也会认定我们软脚。

秀梅非常机灵,她吁请会唱山歌的长辈站出来,围成一大圈,并把俗称"大声公"的手持扩音器交到他们手上。很神奇地,第一个拿到的长辈没有推托,"大声公"随即就传出山歌子调,接着轮唱,愈唱愈悲切。我看见几个摄影记者目眶泛红地猛按快门。唱到尾声,一位赶到的美浓士绅,声泪俱下地痛陈国民党官方对农村的欺压,整场气氛紧绷欲裂。秀梅接过"大声公",嘶哑地问大家,我们现在进去跟他们说,我们不要盖水库,好不好? 众声说,好!

这个历程入歌,是为首张专辑《我等就来唱山歌》的标题曲:

我等就来唱山歌

(记一九九三年"立法院"行动)

叔婆伯母　父老兄弟
我等走出美浓山下

———————

① 　没气头,客语"不带劲"之意。

我等来到繁华无聊
没劲没趣的台北
大街路上
过路人这么多
没有人要跟我等相借问
楼房这么高,看不得出去
车子这么多,看到人着惊

O.S.【通过大声公】:
乡亲,大马路我等好好走
配棍的警察这么多,不用怕! 就当作自家子弟
立法院这么尴尬,没关系,就当作自家合院
来! 我等就来唱山歌,好吗

来! 我等就来唱山歌
【众声应答】好! 我们就来唱山歌

我等唱给它目珠晶晶
【众声应答】有!
我等唱给它心头顺顺
【众声应答】有!
唱到高楼变青山
【众声应答】有!
唱到大路变河流
【众声应答】有!

四

　　彼时"立法院",国民党席次过半,要有胜率,除须联合各反对党,还得争取国民党内较开明的"立委"。出发前的筹备会上,秀梅广邀美浓各党派代表人,向他们阐述反水库说帖,一到"立法院",务请他们把各党"立委"带出来。所以,当我们提出地质与生态上不宜的科学论证,以及产业及水资源政策上不该的理由,也就得到经济委员会的跨党派支持。他们决议搁置预算,并要求主政单位重新评估。

　　跨党派支持延续到1999年5月28日,"立法院"大会对美浓水库预算进行最后表决。那天的表决进行了两次,第一次是92比90,我们赢。国民党籍的"立法院"院长王金平一看苗头不对,赶紧喊休息,进行政党协商。趁着空档,国民党团祭出党纪,召集缺席的"立委",并对投反对票或弃权的开明派"立委"施压。一个半小时后再次表决,我们倒输两票。但由于我们所展现的强大舆论与政党支持,日后执政党未再提出美浓水库工程预算。

　　当时的支持力量,还包括因不赞同李登辉的本土化路线而刚从国民党分裂出来的新党。新党的骨干多为台北外省二代政治精英,其批判李登辉向本土派系与资本倾斜之际,提出了关怀小市民的政党诉求。在1990年代末,新党是仅次于民进党的反对党。两者的民族认同南辕北辙,却因有着共同的对手,常在某些不牵涉各自核心价值的议题上联手对抗国民党。

　　十数年后,国、民两大党以外的小党在愈拉愈窄的认同政治中沦为历史泡沫,时代硝烟静息,新党当时的召集人郝龙斌告诉我,为什么当时他们会站在我们这一边。他说整个1990年代的社会运动,不同政治阵营之间的对立激化,上街抗议的社会团体动不动就把政府官员或持不同立场的"立委"妖魔化,这时我们在"立法院"的反常表现引起他们的好奇。为什么? 他们的好奇诱发我的好奇。郝龙斌说,他从没看过一个团体像我们那样,不辱骂公务人员、不冲撞警察,总是礼貌而坚定地表达诉求,简单说,就是把人当人看。

围圈唱山歌的农民有男有女,几乎都来自歌手林生祥的村子——竹头角。竹头角紧贴着美浓山的东北端,是全镇地势最高的村子,直到1970年代末才完成现代灌溉系统,自也是经济较弱势的村子。那一带的农民种山、耕旱作、打临工,最晚被整合进现代化的小农经济,反而保存了最丰富完整的山歌传统。竹头角再往东北两公里,美浓山与狮山交会于尖山,正是水库预定地。

1930年代,后来成为日据时期台湾重要小说家的钟理和(1915—1960)随父来到尖山脚下开辟农场,深受竹头角一带农民口语文化及山歌吟唱所吸引。日后,他不仅养成随手记录农民口传文学的习惯,更常在写作时援用。直到生祥成长的1980年代,山歌仍萦绕于竹头角的街巷生活。

理和先生潦倒过世后,在文坛友人及家人的奔走下,他的重要作品陆续出版。但直到1997年——也就是我与林生祥开始合作写歌的前一年,在高雄县政府的赞助下,亲友合力整理他生前的所有文稿与日记,促成六册装的《钟理和全集》出版,他生前收录的美浓谣谚始得系统性地面世。其中山歌歌词的部分,他抄录了222首,概分为18种类型,而与男女情爱或情欲有关的,超过三分之二。

有平民认同倾向的落拓文人似乎特别能对民间音乐产生感应,他们以文学家的敏锐与严谨,每每为后世留下珍贵的歌谣集,远者如明末冯梦龙(1574年—1646年)之于万历年间的时尚小调《挂枝儿》,近者如晚清的招子庸(1786年—1847年)之于广州一带风行的说唱曲艺《粤讴》。这种关系还不是单面向的;民谣中所表现的文学形式、观看方式、文字调性与人味等等,往往影响作家的创作趋向与风格。在被誉为台湾现代文学史经典的晚年作品中,钟理和不仅大量使用客家词汇,以贴近农民的世界观,更精彩的是他常在起承转合处,画龙点睛地挪用农民谣谚。

不论在历史上抑或现代化初期的中国,文学的向下寻源从来不绝如缕,但要对主流的文化价值形成干预性的作用,甚至产出新的创作方法论,通常得通过文化或社会运动。譬如,政治叛逆者曹操父子发动乐府诗运动,大力邀请社会性格强烈的平民诗体进入文坛,为盛唐的文学开了新路。又如二十世纪初的五四运动,启发了中国现代史上第一波的民谣收集与研究的风潮。1949年来台的五四文学健将如董作宾、胡适等,均曾致力于民谣的收录与分析工作,并以民谣的观点,辅以严谨的文学素养及学术精神,重新爬梳长期遭受儒家伦理观点扭曲的文学民谣关系史。

许是政治立场作祟,国民党"政府"来台后所推行的国语文教育并未排除五四白话文学运动,但拿掉了与民谣及下乡运动关联的部分。于是我们中学时所读,出自罗家伦、朱自清及胡适等大家的文章及相关评介,提到了他们对文学古典化与形式化的批评,却略掉他们如何从民谣及平民文学入手,寻找现代语文出路的企图。于是囫囵吞读后,我心中旁生出一种对古典文学嘲讽的态度。复以唐诗的课堂上,以严厉著称的国文老师以处罚为代价,要我们牢记绝句及律诗中的平仄及押韵规律,"古典文学就是形式主义"的机械等同关系,遂刻印脑中,并覆盖一层不屑的青春期情绪。

台湾真正具有运动意义的民谣工作始于音乐学者许常惠、史惟亮所成立的"中国民族音乐研究中心"。1967 年夏天,他们组织了一群文化自觉意识强烈的知识青年,下乡收录台湾各族民谣。他们的精神、态度与方法,启发了后来的民歌运动。1980 年代初我上大学,正好碰上他们出版田野录音的成果。在某个疏离城市的夜晚,我听了其中的客家山歌专集,乡音缭串,被撼动得痛哭流涕。绕了多少弯,我才能与当初鄙夷的"形式主义"文学重逢!

那么,既然专辑名为"我等就来唱山歌",就真得写一首客家山歌体歌词,向"立法院"前轮唱山歌的农民义举致敬。传统的客家山歌是七言绝句的乐府诗格式,一段四行,也通常是第一、二、四行押韵。就二十八个字,形式简单,应该很容易的,我想。但没料到,从起笔至定稿,足足熬了八个月,吃足苦头。

反复吟哦,试从声音的角度琢磨文字,慢慢在视觉性的理解外长出听觉;原来平仄与韵脚是基于旋律与节奏的要求。因此,不管文字堆栈出的意义为何,酿不出起码的音乐性,作曲的人就难以为继。平仄倒不困难,只要有足够的农村语言生活经验,随便一个农民热烈交谈的场合,你便可听到态度、语气、意象与平仄之间的精彩转换,更何况我还经历过几年的农户访谈。

对我而言,难在于押韵。首先先天上我的音感极差,又缺乏语言学的训练,再加上客语工具书的阙如,不得不使用试误的淘金方法,依国语辞典的注音组合,再把发音转为客语,逐字比对。有时自以为找到了意义佳又押韵的字句,旁人一听,立即指出前后细微的声母差异。文字海里笨拙泅泳几个月,勉强解决三段歌词中的前两段,但最后的押韵,真让人肠枯思竭。最终的选择,竟是不得不然的尴尬。

这首名为"山歌唱来解心烦"的山歌体临摹中,开头我引了传统客家"山歌子"调中最常用到的两句词,接着第一段描写"怨怼止于行动"、"唱山歌以自我加持",第二段扣结众人的团结与家乡的地景,第三段召唤对不当政策的无所畏惧。起初还很得意;在作为总结的第三段中,我为第一、二句找到两个押韵字——"条"、"调",且其韵脚"iau"罕见于客家山歌,选择非常少。

客家人把寻字押韵的工作形容为"凑句"。试了一个多月,找遍了手上所有的山歌与客语研究数据,最后仅凑上一个极不雅的字——"屌"。生祥觉得很有力道,且不违农民语境,但我担心让家乡的朋友感到粗俗,甚至冒犯客家文化工作者。我偷偷地做了些民意调查,幸好皆曰无不可。词如下:

山歌毋唱心毋开
大路毋行生溜苔
(山歌子)

长缠故事毋再怨
邀串来到立法院
左惊右愁懊懆时
山歌唱来解心烦

一山来连一片山
山山相连美浓山
一手牵来又一手
手手相牵万丈山

脚有千双路一条
人生百样心共调
众口一声反水库
衙门恁恶照样屌

人是社会关系的总和

1980 年代末 1990 年代初,台湾的大松动时期,各种启蒙式营队与读书会盛行。几位擅长批判性分析的前辈带读台湾的政治经济史,把我拉出满是疑虑的大学生涯,尝试用他们投影的第三只眼回溯我的地方史与成长历程。我永远忘不了在一个由各大学社团组成的下乡调查工作队中,一位以煽动著称的激进学者瞪视台下眼神懵懵然的学生,要他们在认识农业史之前,先去找找他们国小、国中班上被踢下升学阶梯的同学,去了解他们现在都在做些什么。

在启蒙的激情时代里,任何一句话、一个表情,甚至一句叹息,都可能使一个青年的生命轨迹转弯。营队里有多少人被那段话击中? 我没有追踪。我很明白,不久我到美浓一所国中担任代课老师,报到后被告知分发到升学无望的"牛头班"教国文,是那段话让我摆脱社会俗常的价值观,用充满对话期待的眼睛横览全班无精打采、歪七扭八的学生。也是那段话,让我产生勇气与理解的兴趣,去拜访镇公所及代表会里坐大位的道上兄弟。

前辈们在 1970 年代留学美国时碰上保钓运动,在大中华民族主义情怀的引领下,他们跳脱国民党史观,用左派眼光探究、重新书写中国近、现代史,也因而被列入黑名单,形同流放。摆脱开一岛一屿的眼光后,他们热切学习马克思主义的分析理论,看向被剥削的第三世界,一层又一层地剥掉庸俗世界观的外衣。1980 年代中,国民党受迫于内外压力,政治控制逐渐松动,这些人选择回到成长的地方。

马克思哲学长期盘旋在他们的思想语境上空,有些句子——特别是"人是社会关系的总和",被操练成家常口头禅,鲜少解释,对我却是抽象再抽象,像诱人的一串成熟土芒果,高悬于我踮脚跟的身长加竹篙之上。他们用这句话,前面加个"马克思说"或"你要知道",声调高昂地开始或结束一场演讲,语义大概是提醒台下的后生我等,别孤立地看自己,要把每一个个体还原至社会关系中。但马克思是在什么样的脉络里说这句话?先生有专指哪一类社会关系吗?这么多的社会关系如何加总,决定一个人的内内外外呢?

从没好好说明,可能他们觉得这是再简单不过的道理吧。渐渐的,我倒是从这些不断重复的"视以为当然"中,感受到一种历史性的焦虑:他们这辈优秀的读书人长久被闭锁在白色恐怖的国民党体制中,半自愿半被迫地与社会脱离,后来又怀抱着改造社会的理想,长出了批判性的社会意识,又总嫌自己的社会化程度不足。

也怪我不求甚解,既不追问也没找书自修,就让这句话跟着、挂着,像某些朋友习惯带在身上,不一定必要的配备:求生的小工具、磨旧的帆布袋、不好写的笔记簿之类的。慢慢地,它变成我的工作指南,每到新的场域,或必须与陌生人建立合作关系,我据以组装基本的社会认识。倒非有什么标准作业程序,而是有些事变得格外要紧,譬如说理解一地的社会性质与政治模式,以及观察一个人的人际型态与人格、思想特征以及其间的呼应关系等等。可能从简单的事入手,看到背后的复杂;也可能面对复杂的体系,试图找出核心的运作动力。

前辈们当然没教这么细,但江湖日深,这句话长成工具箱,我学会临事不慌,蹲下来,掀开盖子,拿出几件工具、零件,瞎拼硬凑,总有助于降低处境的混沌与艰难。惟一的问题是,万一内在意义耗尽,连工具箱都不想再碰,那怎么办?2003年,我就这样当机了:工作顺遂,却一个劲想辞职。是中年危机吗?很难论定。但我首次意会,不管一个工作的社会价值多高,如果投影到内心,产生不了意义,人终究要失衡。

我拿到老板批准的辞呈,感到前所未有的解脱,连着几天徜徉在自由的晨光中,舒爽无比。两个礼拜后,意识到向外界交代的必要,才发现自己面临失语的窘况。所谓辞职的心路历程,几个算是知己的朋友勉强听得进,其他亲友,才刚起头,自己都觉得矫情、多余。很快的,从懒得解释,到害怕解释,自然而然,就把自己关了起来。接着,时间感、空间感、身体感开始扭曲。

我走进去上班前必挤的早餐店,身体明显迟钝了,眼前人们的速度快得让我晕眩,油烟味也不再友善。不用说站在熙熙攘攘的大街路口,我是如何地感觉落单,更不用说生活的节奏是如何乱掉。我想起多年前看过的一篇关于日本泡沫经济破灭的报道,文字忘了,影像现在清晰了———一位西装革履的失业中年白领,表情枯槁地端坐在公园的长椅上,身旁的公文包看来仍是那么尽职。

唯一安静清醒只有午夜过后，因为白天睡太饱，而所有关心你的人此刻大概都入眠了。但那种清静接近真空时又会逼人狂躁，只好开着车，在刚开通的三号高速公路上奔驰。约略是时速120公里，心神稍定。

也就那一夜，指针滑过140，前辈挂嘴边、模模糊糊浸在江湖里的"人是社会关系的总和"，突然退了水，露出更真切的意义。原来，在现代化的资本主义社会里，工作才是所有社会关系的核心。失了工作，人际关系的维系愈显吃力。我掉转车头，冲回住处，写下这首关于失业的歌《无头无路》：

世界发动，在朝晨
晕头晕脑，我虚飘
都市动身像车班
车班发动，我无票

世界换挡，在临暗
有眼无神，我虚飘
都市照转像车班
人客下车，我无票

我像零件，挑剩的
所有故事，多余的
人世同我，无关系
我怕遇到，相识的

历史的弃儿，还是资产？

　　高中课本大致是这样写的：“三七五减租及公地放领虽使农民生活改善、产量增加，惟大部分土地仍为地主所有。为贯彻国父的平均地权主张，政府乃于民国42年1月20日颁行实施耕者有其田条例，使多数农民成为自耕农，同时在中国农村复兴联合会的指导下，改善种植技术，提高产能。农民的收入获得提升，他们感念政府的德政。”

　　课堂上，三民主义刘老师照本宣科。尽管压抑，他仍微微露出嗤之以鼻的语气。人到中年，乡音关不住，总把“会”讲成“肺”；先生来自美浓，喜欢讲他的劳动童年，是我最觉亲切的老师。1980年冬，高雄中学；一年前的那个临暗，成排的镇暴车就从这所学校的操场出发，去镇压美丽岛事件。之后，新闻尽是铺天盖地的爱国宣传，几所女校的康乐社团被动员去医院慰劳被“暴民”打伤的宪警，母亲爱看的闽南语连续剧硬被置入几集逃犯被善良百姓感化自首的剧情。三民主义老师的态度是否与此有关，或来源于更早，我不得而知。但他的不屑从此感染我,变成我的体质,像冬天会痒的那种。

那时同学间比赛不信国民党,其所做所说,我们反着看、倒着听。我出身农民家庭,土地改革照说与我的家族史关系密切,但一写进三民主义课本,就失了历史重量。所以,八年后,当"5.20"运动的组织者提出"农地自由使用"的诉求,我听来竟觉义正词严,似是纠正了国民党的历史错误,也还个公道,给父亲那一辈、土改后被锁在田地上的"末代农民"。

要到全球化与反全球化的 1990 年代,我才有机会用国际的眼光看待这段历史,进而理解,它是二战后世界史的一环。

1995 年在佛罗里达读社会学研究所,修拉丁美洲现代史,老师 Vera 是 1973 年后出逃的智利知识分子,当时他母亲是诗人外交部部长聂鲁达的秘书。他讲述社会主义者阿连德当选智利总统后欲推动土地改革,让佃农及小生产者拥有合理的耕地,而地主、跨国企业主及军头又如何勾结防共的美国 CIA,对阿连德的总统府发动空袭。我才意识到,原来土改不是顺理成章的事情。

其实,沉痛的 Vera 继续说,同样的戏码在 1951 年的中美洲危地马拉早预演了,角色、剧情几乎一样,只差总统阿本斯没在政变中遇害。最后,Vera 沉痛地指明,在庄园制的南美,土地改革一直是社会主义者的梦想,而他们的最大敌人,正是奉行门罗主义的反共美国。那节课的效果像是看了布莱希特的疏离剧场,我不禁纳闷:反共的国民党为何在台湾施行社会主义式的土改,而美国竟还支持经费、技术与专家?

那年暑假,我同夏晓鹃一行人去菲律宾拜会 Bayan(新爱国者联盟,为全国性的组织联盟)。他们派出一位年轻干部向我们解说菲律宾社会运动与革命史。我猜她大概二十出头,然其视野到位、分析清楚,足令我设想他们运动之壮盛。简报最后,她在黑板写上两行字: National industrialization、Land Reform,总结他们的革命目标。这是怎么回事? 我思绪错乱,心内嘈杂:人家前仆后继几十年,现在看起来离目标还有几十光年;而几十年前那两个总目标从天外降至台湾,现在我们老觉得假假的,这是怎么回事?

十几年后,菲律宾社会运动的另一派代表性人物 Walden Bello 受浩然基金会之邀,来台演讲。Walden Bello 的行动面向厚广,学术上是国际知名的社会学者,政治上连续两届当选国会议员,更重要的是他在 1995 年创立了反全球化的学术运动团体 Focus on the Global South,关注全球化过程中南方国家的受剥削问题。我去旅馆接他,时间还早,问他想逛些什么。他望着车窗外移动的风景,摇摇头,接着幽幽地说:美国在台湾支持土改,在菲律宾,他们就是不支持,现在你看,差别就是这么大。我慢慢觉悟,原来美国支不支持土改,不是看其理念之公义,而是依其在国际战略中的作用。

我求教于政大地政系的徐世荣老师,想知道地政学界怎么看这段历史。他直言,这方面研究早已非显学;他推荐李承嘉的著作《台湾战后(1949—1997)土地政策分析》。书中,李承嘉带我们重游了伤心地——1989 年的无住屋者运动,分析其所催生的第二次土地改革主张,如何得不到市场自由派学者的支持,最终在捍卫派系利益的朝野联盟大军前灰飞烟灭。李著的另一个重点,是通过文献资料的爬梳,证明 1950 年代的农村平均地权政策,其原始动力多来源于外部因素,亦即美国的冷战布局。正因为土地改革不是从内部由下而上地长出来,所以从统治者的观点来看,当其阶段性政治经济任务完成后,从蒋经国团结地方派系,到李登辉接合新自由主义政策,这些平均地权的成果自然被端上供桌,不用客气。

送走 Walden Bello 之后,巴西无地农民运动组织(MST)来信,欲派干部来台学习农业,希望我们协助安排。台湾农业领域这么广,他们的时间不到一年,让他们学什么好呢?

在全国 2/3 的可耕地为 3% 人口所拥有的巴西,MST 正是由下而上的草根土地改革运动。至 2006 年,在工党政府的默许下,MST 业已在各个占领区安置了 15 万户小农家庭。从新兴、充满积极性的小农眼光看出去,辅以进步政党的支持,我想,他们最需要且可期待的,也许是各种常设农业机构的支持。我因而前往台东,念头很单纯,想考察在偏远地区,农业改良场与小农的关系。

台东区农业改良场的副研究员陈博士让我跟着,随他的行程去原住民部落,向有兴趣的农友推广最新研究成果:香草与红藜。红藜本就是原住民的传统作物,经他们研究后,发现更多的特性、妙用与更好的种植方式,现在——博士兴奋地说,要送它们回娘家。那香草呢? 精油萃取可不简单。不是每个推广都为了让农民发展事业,他笑笑解释,香草种植简单,利用也可以很简单,只是让农家美丽、愉快的事,我们也做。

回程途中,我很激动地用国际上正兴的另类全球化运动观点,赞扬他们农改场的作为。"什么是反全球化、另类全球化,我不太懂,但我告诉你,耕者有其田之后台湾各地的农改场跟我们一样,都是为小农服务。"他骄傲地看着方向盘前方,继续说,"但你们也不要视以为当然。"

"为什么?"我好奇地问。

"现在政府财政困难,难说有一天上面不会要我们自负盈亏。"

"哦,那你们怎么办?"

"如果得不到社会的支持,届时怕要我们把研究成果卖给国外农企公司。"

"这怎么可以!"我一眼惊怖。

"你不是说全球化,没有什么不可能吗?"他严肃地反问。

(写于农民之路(La Via Campesina)来台召开东亚、东南亚区域会议之前)

菊花为何夜行军

我以为长大后就是当农民，跟父亲那样。

1975 年秋，有天傍晚父亲从田里回来，要我把水牛牵到牛车旁。

"阿丰，来，我教你驾牛车。"父亲叫我把牛牵到牛轭旁，让牛站着，平行于连接牛轭的木框架。"好，现在你拍拍它的肩膀，它自然会走进去。"

我拍了拍，牛不动。我委屈地回看父亲。

"你要使力拍，还要大声喝！"父亲明明笑筋浮现，可又忍住，猜他是顾全我的十二岁尊严。我大吼，牛进去了。

"现在你抬起牛轭，抬到膝盖高。"我照做，五岁的牛牯侧着头，用右角撩起轭，熟练地让它滑下脖子。

"很好！最后一个手续，很重要！你把牛轭左边那条索，绕过牛颈下面，绑在牛轭右边。"我弯身拉索，牛的右眼瞪着我。

"好，上车！"父亲把牛绳递给我，"你来驾。"

父亲坐旁边，"其他的就跟你平常放牛一样。"我很开心，觉得正式跟父亲一伙了。"转弯最要注意，一定要等牛身过了弯，才转！"父亲指着前面即将与我们平行的大圳，要我准备转弯过桥。

"这样知道了吧，你让牛顺着弯走，车身就转不过。"教练父亲总结刚刚的过程，我深有领悟地点头。

"敢一个人驾吗？"父亲说他与母亲明天一大早得赶去田里引水、修田埂，晚了圳水会被别家接走，"等日头爬上东边大山，你就把牛车驾过来，好吗？"

"好，我敢！"我神气着。

想我长大就是要做农，像父亲那样。

第二天早上，太阳刚把山顶镶金边，我就把牛牵到牛轭旁；父亲已把牛犁及底肥放车上了。"这一车东西若没送到，他们就没法做田了。"理解了父亲的设想与这趟任务的紧要，我心中缓缓雄壮。

那个清晨是我的成年礼了；牛与车，我紧握绳索，风景踏着牛蹄的节奏向后摆动，秋天拂面，父亲在南边，远远的荖浓溪畔；我感觉昂扬。

想我长大后就是农民，像父亲。

一年后国小毕业，被送到镇上升学率较高的美浓国中，课后见不到太阳下山，一科补过一科，三年后考上高雄中学。初先农事与课业于我无差，只要父亲交代，我绝不失误。但有种空洞像不需水土的怪植物，悄悄长大、移动，有时在胸中，有时在脑里，傍晚便占据眼神。我想运动会好些。

农村来的孩子可能症状类似，所以降旗后雄中排球场上挤了一堆吆喝客家话、闽南语的土家伙。我几乎把排球场当农场，打到痴狂，三年级被拱为校队队长。空洞不断膨胀，我想上了大学会好点。没有用；那个空洞变得颓废，我窝在里面听摇滚、读现代文学。大三我就被退学了。

小我两岁的妹妹勇敢得多，大一那年她就钻进内心，像游泳时从水面潜向河床那样，找到那空洞，给了它一击。她跑去鹿港参加反杜邦运动，当然书也不念了。父亲不仅没反对，居然还给她五千元盘缠。父亲当时是怎么看那件事，又为什么不对秀梅退学搞运动不生气，我没来得及问他。1987，我退伍前一年，父亲因体内农药重金属残余过量，暴病身故，得年五十又五。

反杜邦运动之后，秀梅与她的社会主义同志全岛串联，培训农民。我剪掉长发，加入秀梅的行列。80年代结束前，社会运动快速政党化与民族主义化，民粹主义当道，以弱势者为主体的进步运动愈见萧条。秀梅兴起回乡的念头。

1990年，秀梅参与"中央研究院"研究员徐正光所主持的"小商品的政治经济学"计划，回到出生地，于屏东六堆地区进行农户访谈，搜集基本资料。父亲不在的美浓寂寞许多。在美浓种了半世纪的烟草，面积大幅萎缩，导因于1987年台湾被迫向美国开放烟酒市场，以换取世界贸易组织的门票。当时，妹妹与她的同志们曾组织大型游行，抗议美国霸权。

美浓的农民必得尝试其他经济作物，走上艰辛的全球化时代农业道路。路上首遇咖啡。农民被苗商拐骗，花大钱买了号称从巴西空运来台的咖啡树苗，咖啡结果后苗商闪人，没照约定收购，导致带头的农民走投无路，羞愤自杀。接着是菊花；花商透过农会找农民契作，丘陵周围顿成花海。为延长光合作用，使花枝俊俏，夜晚灯火通明，星图隐逝。收成时花商压低价格，农民收多赔多，干脆野放。一眼望去，败花的农田上颓坐着一个个失欢的小丑。新自由主义当道。过去被政府看管、组织并保证价格收购的烟农，这下得独力而弱势地面对市场的残酷。以前作物与农民一同，日出而作，日落而息。现在农民被打散，赶入自由市场，作物也不得自然，果如菊花挑灯，夜夜行军。

　　借着研究之便，我们访谈农民，试图厘清问题，同时与留乡的知青合作，开办调查营队，组织进步学生下乡探讨三农问题，找出行动的可能。我心内的空洞开始缩小；还是可以听摇滚、读现代文学，但多了劳动者观点。访谈农民的收获是多面向的：既是政治经济学，又是社会人类学。另一个重要面向，是语言。从魅于农民语言的魔力，到领略它们的节奏、情绪、隐喻等技法构造，才是父亲教我驾牛车以来，真正地向农民学习。

从农民运动到社造运动

　　台湾的现代农民运动起源于日本殖民政府的糖业政策。

　　17 世纪欧洲兴起甜食文化,上至贵族下至庶民,大量消耗果酱、糖果、茶、咖啡及可可,导致蔗糖需求暴增,各强权遂四处寻找、抢夺适合种植甘蔗的殖民地。1624 年荷兰东印度公司强占台湾后即鼓励汉移民种植甘蔗,成为台湾最早的经济作物。1650 年前后,台湾砂糖主要输往日本,每年输出额多达七八万担(一担等于 60 公斤),至晚清台湾砂糖出口臻于高峰,每年约一百万担。

　　日本政府因此注意到台湾砂糖的生产潜力,1895 年日本占领台湾之后,随即将糖业的扩张与工业化视为农业要务。1900 年,日本总督府募集一百万圆资本,设立"台湾制糖株式会社"于台南县桥仔头庄(今高雄市桥头区),建立了台湾最早的新式机械制糖工厂。总督府接着聘请农业技术人员来台进行农业地理的评估,品种与种植技术的研发,水利及运输等基础设施的规划,以部署台湾的糖业策略。1902 年,总督府颁布

《糖业奖励规则》，奖励私人资本设立大型新式制糖厂，并由总督府以武力为后盾强势征集土地。在统治者的笼络意图下，新成立的糖务局及台湾银行对台籍资本家进行劝说，鼓励其入列。1905 年至 1909 年间，日本及台湾资本家在台湾西岸平原设立了七家大型新式制糖会社（公司），其中板桥林家及高雄陈家等两大家族分别成立了"林本源"及"高雄新兴"等两家糖厂。

　　"新式制糖厂"乃工业革命、殖民帝国与私人资本的产物，其制程远远超前于旧式以兽力拖动石辘榨汁、人工熬煮的作坊式"糖廍"①。新式制糖厂既设，台湾原本历史悠久的制糖业或被挤出市场，或遭整并，台湾砂糖的产能也随着新品种及新技术的引进，迅速发展。1929 年，日本据台三十年，台湾砂糖年产量逼近一千三百万担，足够日本国内总需求量，彻底实现了帝国主义者原本设定的"工业日本，农业台湾"目标。

　　然而，产量只是甘蔗重要性的一个面向。以栽培面积论，甘蔗仅占全省耕地之 14.2%，蔗农户数也不过占全台农户数之 8%，甘蔗生产量亦仅占全部农业量之 15.3%，但是砂糖的生产额却占当年台湾工业总生产额的 60.9%，砂糖出口占台湾出口总数之 43.2%（涂照彦，1993）。蔗糖的利润与生产力发展不仅是经济核心，殖民者、资本家与蔗农三者间的生产关系亦是当时最尖锐的社会关系。

　　尤其在第一次大战（1914—1918）期间，全世界砂糖因欧

---

①　糖廍，台湾早期的制糖工厂，由压榨甘蔗的棚屋和煮糖的熬糖屋所构成。

洲甜菜糖生产受战祸重创,供给严重不足,更成为台湾制糖会社的黄金时代。当时的制糖业享尽暴利,投资一年即可赚回资本额,然而底层的蔗农并没有享受到合理利润。制糖会社牢牢控制生产过程,蔗农或受雇为糖厂农工,或与会社签订不平等的供货合约,成为被绑架的契约农。殖民政府并未更动台湾的封建租佃制与土地所有制,却在其上架构现代化的生产方式与粗暴的资本主义剥削。不久,生产力与生产关系即发生严重的冲突。

1920 年代初,欧洲各国产能在战后逐渐复苏,日本发生关东大地震引发金融危机,台湾的糖厂遂将外部市场的损失内化,转嫁给蔗农。同期间,台湾稻农受益于新种蓬莱米研发成功,收入获得改善。因此,无论出于绝对或相对剥夺,蔗农的愤懑迅速累积。1923 年,"林本源制糖株式会社"的甘蔗收购价格,低于邻近糖厂,引发彰化地区蔗农不满,当时二千多名蔗农出面向当局提出陈请书,事后虽只获得些许的额外补助,然而却鼓舞了农民的组织意识。

1925 年,针对"高雄新兴制糖会社"要求佃农归还其所开垦的土地,由农民领袖黄石顺及农民知识分子简吉等人所组织的"凤山小作人(佃农)组合"正式成立,这是台湾最早的现代农民组织。不久,彰化二林地区的蔗农也召开蔗农大会,决议成立"二林蔗农组合",并向"林本源制糖株式会社"交涉,提出"甘蔗收割前公布收购价格"、"肥料任由蔗农自由购买"、"会社与蔗农协议甘蔗收购价格"、"甘蔗过磅应会同蔗农代表"及"会社应公布肥料分析表"等五项要求。

蔗农组合代表要求会社收割前,必须答应这五项前提,会

社断然拒绝。当年 10 月 22 日,会社强行收割,蔗农反抗,酿成
"二林蔗农事件",导致数十位干部系狱。此事件刺激了全岛
农民组合的产生,日本的左翼组织"劳动总同盟"更派出两位
律师来台协助蔗农辩护,并在简吉、赵港等农组干部的陪同下,
巡回全岛演讲,运动的能量与氛围遂串联全台。二林事件后不
到一年,全岛性的"台湾农民组合"即告成立,至 1928 年底,拥
有 4 个支部联合会,全岛会员超过 3 万名,成为当时发展最迅
速的社运团体。在 1929 年遭到日本殖民政府全面取缔、解散
之前,由农民组合所指导的农民抗争事件,高达四百二十余件。

1920 年代的蔗农运动之所以深具现代进步意义,有如下
几点要素。

首先,台湾从明郑到清朝两百余年间,大大小小的叛变、械
斗莫不围绕着垦殖区的利益,而日据时期的农民运动以受糖业
资本家剥削的蔗农为主轴,阶级属性鲜明,其所团结者横跨族
群、宗族与地域,其所要求的生产民主与分配正义,皆是现代工
会运动的核心价值与诉求。

其次,由于蔗农运动的起点——"凤山小作人组合"、"二
林蔗农事件",均指向台湾资本家所设立的制糖会社,矛盾的
核心为阶级问题,而非民族问题,再加上日本左翼运动家的支
持、启蒙与指导,使得台湾当时的农民运动洋溢着左翼国际主
义的特色。1928 年底,台湾农民组合的第二届全岛代表大会
所通过的大会宣言里,更有了世界革命的主张,如"反对新帝
国主义战争","台、日、鲜、中的工农阶级团结起来","打倒国
际帝国主义"等等。

更重要的,大量学生、专业者及士绅投入了当时的农民运

动,为台湾知识分子的下乡实践,创造了传统与典范。他们之
参与,使社会运动手脑兼备、能远眺能近观、能抒情能抽象,一
则立体化了参与运动的社群,二则使运动的论述与记述既有坚
实的理论基础及行动指引,又能在社会上产生文化穿透力。农
组领袖简吉 1929 年遭殖民政府逮捕后在公审中的著名答辩:
"更困穷的,莫如在会社自作的赁银劳动者,一日劳动的报酬,
不能维持家族的生计,其惨淡的生活,时常目击,在这周围过日
的我,不觉感着无限的伤心,为此决定加入农组奋斗。"糅合着
社会分析、自我觉醒与动人的诗意,诚为当时进步知识分子的
典型。

　　台湾农民组合干部之遭到全面性检肃、逮捕,其原因溯及
日本国内及国际的政治斗争,其影响则直达今日台湾。

　　台湾农民组合在发展初期即受日本劳动农民党的指导,农
组的第一次全岛大会便决议支持日本劳动农民党,也因此,
1928 年台湾共产党(正式名称为"日本共产党台湾民族支
部")成立后,很快便取得了农组及另一个左倾组织——台湾
文化协会的领导权。因此,对日本军事内阁而言,作为日本农
业基地的台湾当然不能置身化外。1928 年初,刚对山东发动
侵略战争的日本田中义一内阁决心回头整治日本国内的"赤
化问题",大举扫荡日本共产党,解散与其互通的三个左翼团
体——劳动农民党、日本劳动组合评议会、全日本无产青年同
盟,并紧急修法,以死刑和无期徒刑对付"思想犯",接着更设
立"特别高等警察",持续进行红色追捕。

　　日本政府之全面清扫本国及其殖民地的共产党势力,还有
更广的国际战略背景,此一行动甚至可看作是日俄战争

（1904—1905）的延续。日俄战争失败后，俄国发生无产阶级革命；1919年，革命成功的列宁成立第三共产国际，积极支持、指导远东地区的阶级运动，中国内地、日本、朝鲜半岛及台湾等地的共产党纷纷成立，不仅发展迅速，且指挥系统直达前线，严重破坏日本殖民地的社会秩序。对雄心饱满的日本军国政府而言，这已非兵临城下，简直是破门踏户了。至1931年底，日本殖民政府的红色追捕行动导致310名台湾共产党员落网入狱，台湾第一波现代性的农民运动至此偃旗息鼓。

　　1945年二战结束后国民党从日本人手上接收到的，不仅是台湾的现代化基础设施，还有日本政府镇压农运与左翼人士的成果。1947年台湾发生2.28事件，国民党镇压民变，接着"按图索骥"，用日本殖民政府建置的档案资料追杀农组及台共的旧成员。日本人用"特别高等警察"对付政治犯，基本上仍在民政的法律范围内，而国民党用以执行任务的"警备总部"则易形自军方的情治单位，他们肆意越过宪法的保障，直接关押、处决人犯。

　　国民党另一个超越日本殖民政府的"成就"，是彻底消灭左翼农民运动的社会基础。1949年，国民党"政府"颁布三七五减租，将各种形式的地租率从原本的六、七成一律降至37.5%以下，大幅提升了农民的生产剩余率与劳动积极性，从而削弱了农村的阶级张力。接着在1951年及1953年分别实施"公地放领"与"耕者有其田"政策，释出可耕荒地、征收地主的土地，鼓励佃农分期承购，短短几年即把台湾乡间改造为小农社会。

　　土改是台湾现代化史上罕见的社会主义壮举，其之所以生成,外部的必要多于内部的必然。就台湾内部而言,"2.28"事件之后的左翼大扑杀与白色恐怖根本清除了社会积极分子,三七五减租更缓解了佃农的不满,再加上国民党政权的资产阶级性质,土改在政治上并非有紧迫的必要。比较说得过去的理由在于经济:一是为突增的人口稳定粮食供应,二是为工业化创造原始资本;但这更多是土改的效益,而非原因,更何况就粮食生产与工业化而言,小农制还并非是最佳选择。事实上,当时台籍及外省籍地主在政府中的代言人均反对土改。蒋介石之所以挺住内部的反对声浪,关键在于国民党对美国的依赖及后者的态度。

为确保美国的支持与援助,孤立于台湾的蒋介石大量起用亲美知美的军事将领与行政、技术官僚,同时坚定执行美国的战略部署。二战后,冷战格局形成,在美国的围堵战略中,在红色区域的外围推动土地改革是重要的防渗透战术。西德、韩国、日本等国既受美国控制,又处于战线前沿,其内政更必须紧密联系于美国的指导。台湾若想栖身保护伞下,自不能置之度外。在与台湾之间的经济援助协议中,美国就直接规定,实施土地改革是援助的必要性业务。

也因此,土改本身在台湾充满着历史的嘲讽与偶然。日据时期的农运分子被扫出历史舞台后,国民党以他们想象不到的彻底程度全面施行土地改革。对1970年代后出现的年轻一辈左派而言,土改既是威权体制下的政策产品,土改所建立的农政体系后来在工业化初期又成为剥削农民的有效工具。对80年代中成立的民进党而言,其早期的重要支持者多出身于土改中被强制征收的地主阶层,土改毫无疑问是压迫台湾人的暴行。80 年代末，台湾误入泡沫经济，制造业大规模外移，工人大量失业，城市对乡村的反馈断裂，土改的红利于焉告终，农民开始转向，南台湾逐渐成为民进党的基本盘。凡此种种，皆让土改无法成为台湾社会运动的资产。1990 年代，当李登辉"政府"以新自由主义的思路，欲解构农地农用的限制时，竟一片叫好声，也就不令人意外了。

土地改革的同时，国民党"政府"在美国的资金与技术援助下，推出诸多以小农为主的农政措施，如水利及道路的修建、农会的改革及农业试验所的品种改良与推广服务等，从 1950 年代开始，台湾的农业生产力不论是人均产量或单位面积产量均扶摇直上。惟台湾农村的旺盛生产力终究只为工业化的进程提供初期条件；1960 年代初开始，在低粮价政策、重赋税与现代化义务教育的推拉下，农村的资金与人力被挤压至工业部门。农业快速退场，从 1960 年代初至 1980 年代末，台湾发展舞台上的主角换成了工业。如同其他国家地区的历程，台湾工业化所引导的社会发展亦是断裂式的：人与土地、人与环境、人与传统——甚至是人与人的联结，都出现了难以逆转的疏离。1970 年代末，台湾社会进入了大反省的时代：乡土文学运动、民歌运动及新电影运动相继出现，各领风潮，形塑了台湾的文化面貌。

1980 年代中期之后，台湾快速进入大松动的历史阶段。政治上，国民党领导阶层的大批老化、凋零引发日益尖锐的合法性危机。从蒋经国晚年至 1988 年李登辉上台，国民党当权派愈来愈深广地拉拢本土地方派系，以应付党内的反动、党外的挑战，结果诱发经济上的"木马屠城记"：垄断地方自治行政权与监督权的土地利益集团大肆炒作城市土地与住屋,急遽拉高都市生活成本,不仅使中低收入者愈渐无法负担都市生活,更要命的,是激化生产力与生产关系的矛盾,迫使劳方上街、资方出走,整体经济形势步入膏肓。

为挽救台湾的国际竞争力,国民党"政府"另一个左支右绌的策略是与时兴的全球化接轨。为加入国际贸易组织,产值占 GDP 百分比已掉至个位数的农业,被推出去换门票。1986年,为争取美国支持,国民党"政府"被迫向其开放原本受到严格限制与保护的烟酒市场,到了 1988 年初更决定扩大开放肉类农产品的进口数量与种类。1960 年为扶植工业,农业已被牺牲过一次,到了 80 年代,为了把工业再推向全球化市场,奄奄一息的农业还要再被剥一层皮,对农民而言当然是忍无可忍。

1988 年,距离 1920 年代蔗农运动近 60 年后,台湾始出现第二波农民运动。第一批农民上街,乃由生还的白色恐怖政治犯所领导。他们延续 20 年代农民组合运动中的反帝国主义与反阶级压迫精神,领导畜农与果农至美国在台协会抗议美国强势倾销农产品,是为"3.16"与"3.21"事件。社会主义者所组织的这两起行动引起了舆论的义愤,对于左翼青年及农民领袖产生了强力的号召与指引。两个月后,民进党参与社会运动最积极的派系——新潮流带领上千农民与党员上街抗议,并强力冲撞军警,演变为"5.20"事件。

"5.20"农民运动与之前的平和农民示威,不管就运动或政治属性均大不相同。表面上它是一个激进、勇敢的农民行动,沿路与镇暴部队冲突。但检视其诉求:全面办理农保、免除肥料加值税、有计划收购稻谷、农会还权于会员、改善水利会、设立农业部及农地自由使用等，多着墨于农民福利，却不触及较核心的农业问题。甚至还有消灭农地的"农地自由使用"诉求，简直是讨好"末代农民"的民粹主义式诉求。以其保守甚至反动的诉求，新潮流却鼓动群众激烈冲突，导致396人被收押，约80人被判刑。"5.20"事件之后不久，运动的领导人纷纷代表民进党在农业地区选上了"立委"，帮助民进党攫取了农民的政治领导权，却使农民运动的进步性大为倒退；第二波农民运动出生后即告夭折。

"5.20"农民运动之所以表现为"争取退休福利"式的抗争，实是反映了当时工农的社会经济关系。1980年代末，台湾农村呈现舒适与惆怅混合、不满但无奈的特殊气息：农业产值节节败退，但外出工作者汇回的薪水足可维持起码的农家生活，农民前途茫茫但他们的子女在都市生根立业似已成功在望。在这样安逸无出路资金又充裕的背景下，农村卷起了"大家乐"的狂热：农民痴心于各种签赌活动，成群流连于庙寺、坟场、巨石大树及各种据说现出异相的地方，疯狂猜解明牌。

宛如失心疯般的大家乐签赌狂潮，促使许多农村知识分子反省现代化过程中农村心灵的空虚与混乱。1987年，嘉义县新港乡的士绅在一位返乡年轻医师的号召与奔走下，成立了台湾第一个具有反思与行动能力的基层组织——新港文教基金会，旨在通过环保、文化、农业、健康、社福及教育等工作，整体提升乡内的社会风气与生活质量。新港文教基金会动员社会资源，自行兴办小区图书馆与美术馆，保存历史性建筑并举办国际文化交流活动，当时确实振聋发聩，一新社会耳目。短短几年内,这种自发的地方行动回响不断,迅速由南部扩延至中、北部,甚至彼此联结,相互学习。

在 1994 年官方的文建会以"小区总体营造"为政策名称,试图笼括台湾各地内容、过程皆高度歧异的地方运动之前,台湾最早产生小区改造运动的地方大都在农业地区。小区营造运动(以下简称"社造"或"社造运动")的吊诡之处在于:它们发生在农村,但其发轫内容却鲜少触及农业与农民问题。它们发生的动力大多来源于防卫外来的生存威胁,或保存濒临崩毁的群体文化资产。前者著名如彰化鹿港因反杜邦公司设厂运动、高雄美浓因反对水库计划,而发起各种地方保存与再造运动,后者如高雄桥头及桃园大溪因抢救老建筑聚落而集结新的地方文化自觉。社造运动的着力点多落在农村的有形或无形文化资产保存与推广、小区生活环境的整洁与艺术化及生态化、分享性及互助性人际关系的重建等等。小区组织虽也常会推销地方农产品,多是用以展现地方特色、塑造地方认同。

1990 年代的小区营造运动发生在农村,却大抵与农业、农民问题无涉,有几个结构性的因素。首先是前面提过的,在"大家乐"时期,农民普遍处于临界退休状态。他们在 1950 年代的土地改革后成为农业主力,一则为台湾初期的工业发展累积了原始资本,二则为非农业部门培养了大量的年轻劳动力。1980 年代之后,这一批农民普遍兴起"末代农民"的自我认识。虽不乏"农业无以为继"的感慨,但他们的子女多已在非农业部门立下基业,并渐能补农业收入的不足,加上农产品价格持续受到公私部门的压抑与剥削,自不会对农业未来有过多期待。也因此,在泡沫经济的惠诱下,农民看待农地的面向,自然从生产价值转向交换价值。"5.20"农民运动之沦为民粹主义操作,在于民进党人不思结构性翻转三农在发展主义中的被挤压角色,以及再定位农业在社会整体中的角色价值,只图迎合农民的去农化倾向,以快速占据农村中的反国民党选票。

　　阻碍各地有志之士与返乡知识青年涉入农业议题的,尚有两个重要的政治与行政因素。其一,各地与农业密切关联的农渔会、水利会及乡镇公所,在1950年代土地改革后,普遍成为国民党藉以控制台湾基层社会的地方派系。在地方派系的倾轧与竞争中,国民党透过政治的调处与经济资源的分配,牢牢地透过侍从体制掌握基层社会。1980年代后各种社会运动虽盛开如春日繁花,但乡间基本上仍处于一元化社会的局面。直至1990年代末以前,非国民党系人士欲透过选举进入基层农政体系,仍是困难重重。另一重阻碍来自行政设计。

　　在"政府"体制里,"小区总体营造"政策的制定与施行落在"中央文化部门",其鼓励小区组织的工作项目如下——

　　　　(一)"小区影像":透过影像创作(如纪录片制作、小区小故事拍摄)、议题讨论等方式,记录在地文化特色,表达小区生活经验及智慧,促进小区参与;

　　　　(二)"小区刊物":透过小区刊物(如小区报、电子报)进行小区讯息传播、共同议题讨论,表达小区情感,促进小区参与;

　　　　(三)"地方文史":以小区历史或村史之访查、整理、写作、出版、展览等为媒介,发掘本地资源,深化小区认同,以此探讨小区愿景图像、小区发展等议题,并以小区居民为主进行访查、记录、整理等工作；

（四）"小区学习"：以研讨会、读书会、小区参访、人才培训、终身学习等为主要形式之小区营造策略，学习内容应以小区营造、节能减碳、营造永续小区等议题为主，并用以从事小区营造工作；

（五）"文学艺术"：以当地出生之文学家、艺术家、各类名人为主题，以历史典故、生活、遗迹等为课题，让小区居民充分认识、了解并解说这些人、事、物之故事，同时藉此发展出有助于地方产业提升之课题；

（六）"小区工艺"：让小区居民认识小区特有之工艺，并可从小区传统工艺之资源调查、研习、创作及产品开发等着手，作为小区民众共同思考小区人文教育及产业发展之媒介，进而促进地方产业及观光之发展；

（七）"传统艺术"：以传统艺术（包括戏曲、民俗等）为媒介，结合小区参与及传统艺术保存与发展等课题，建立有效之小区营造操作机制；

（八）"表演艺术"：以表演艺术（包括戏剧、音乐、舞蹈等）作为主题，营造小区发展特色、并激发小区居民参与感及创造力等；

（九）"艺术创作"：以艺术创作或展示作为小区探讨公共议题之媒介，鼓励小区居民一起动手做，激发小区参与感。

（十）"生态保育"：透过小区居民共同进行环境之整理及特有生态环境与物种之保育，凝聚小区共同意识，并提升小区居民生活质量；

　　（十一）"文化资产"：以小区文化资产之调查、通报、保存维护、再利用等为媒介，激发小区共同参与、讨论，进而善尽小区守护文化资产之责任；

　　（十二）"小区产业"：以小区民众为主体，共同推动、发展小区型产业，藉由产品的开发、共同制作、包装设计、营销等议题，激励小区的活力，构筑共同的愿景。

　　广义的"小区产业"当然也包含农产品，但实际上在整个1990年代农业部门绝少响应来自小区工作者关于重建产销体制、农业生态与文化的主张，更不会试图通过政策性调整，鼓励基层农会与农民参与小区营造工作。因此，通过小区营造运动产出的"小区工艺"产品，若非市场性低，就是很难进入市场。

　　虽说上述因素堵住了小区营造运动发展为三农运动的趋势，但仅以农村运动观之，小区营造仍创造了许多新的可能。最重要者，小区营造运动促使农村生活得以公共化，诸如小区文化、景观、公共卫生、交通、成人教育、老人照护等小区共同事务，皆可透过村民的讨论、提议及参与，改变原先由上而下的单向决策模式，提升施政质量。再者，通过公共事务的参与，村民得以跳出原先由血缘与地缘所规限的村落传统伦理，使村落生活获致现化性的共识。也因为跳出传统的框架，村民得能以"他者"的眼光，科学性与民主性地审视村落各种生活安排的正当与正确与否。这样的现代性审视，在1990年代末以后，逐渐从社会文化面向转移至政治、经济面向，其面对生产方式、生产环境与生产关系，应是迟早的事。

跋

　　写完末篇次月，有天早上我发现自己坐在台北市一间租来的会议室里，正对着一双聪明、世故又好奇的眼神。乱了前因后果，脑子止不住地打转——"这是哪里?"、"我为什么会在这里?"。

　　恍惚间我回到六岁的初秋午后，愣坐祖堂门坎，南向空荡的禾埕，以及鱼塘边上由柚子树、莲雾树、柚木、槟榔树、椰子树、金龟子树及无数鸟虫交欢的树冠层王国。眼睛往上抬，更高、更远是灰蓝的冬日晴空。

　　忽地叠进嘉南平原——落日红通通，像巨大的金币，正存进地平线；我结束慌张的第一个上班日，伫在嘉义县政府大门，被漫阔绵延的甘蔗田镇住。顺着那个慌张往下滑，我回到1998年4月17日清晨，跌坐在美浓爱乡协进会的屋檐下，端着捡起的日报，一字一字地跋涉当天的头版头条"美浓水库一年内动工兴建"，意识发麻。

　　我记得的旅程，或起或转折于那些不明所以的凝视。有些凝视太用力或滞停太久，以致扭转了场景，曲解了现实；所有与本书相关的亲友、同志、同事们，请你们谅解啊！

图书在版编目（CIP）数据

我等就来唱山歌/钟永丰著.－上海：上海文艺出版社.2015.11
ISBN 978-7-5321-5921-5

Ⅰ.①我… Ⅱ.①钟… Ⅲ.①散文集-中国-当代
Ⅳ.①I267

中国版本图书馆 CIP 数据核字（2015）第 242204 号

责任编辑：胡远行
封面设计：朱云雁
插画绘制：林旭茂

我等就来唱山歌
钟永丰 著
上海世纪出版集团
上海文艺出版社 出版
200020 上海绍兴路 74 号
上海世纪出版股份有限公司发行中心发行
200001 上海福建中路 193 号 www.ewen.co
苏州文艺印刷厂印刷
开本 850×1168 1/32 印张 9 插页 2 字数 179,000
2015 年 11 月第 1 版 2015 年 11 月第 1 次印刷
ISBN 978-7-5321-5921-5/I·4736 定价：40.00 元

告读者 如发现本书有质量问题请与印刷厂质量科联系
T：0512-66063782